Ich – Das Flüchtlingskind

JANA BILIC

Ich – Das Flüchtlingskind

Bibliografische Information der Deutschen Nationalbibliothek:
Die Deutsche Nationalbibliothek verzeichnet diese Publikation
in der Deutschen Nationalbibliografie; detaillierte bibliografische
Daten sind im Internet über http://dnb.dnb.de abrufbar.

© 2017 Jana Bilic
Satz, Umschlaggestaltung, Herstellung und Verlag:
BoD – Books on Demand

ISBN: 978-3-7431-5029-4

Inhalt

Gemischte Gefühle	7
Verdrängte Ängste	17
Gute alte Zeiten	23
Ein Stück Geschichte	31
Glückliche Kindheit	39
Es beginnt zu kriseln	57
Fünf Minuten	61
Hunger, Hagel, Hilflosigkeit	75
Angst und Schrecken	83
Marthas Geburt	87
Das versprochene Land	97
Rückkehr	139
Nichts ist mehr so, wie es einmal war	149
Was willst du werden?	155
Die Karawane zieht weiter	169
Meine Karriere	176
Happy End	184
Dankesrede	187

Gemischte Gefühle

Mit gemischten Gefühlen betrachtete ich die erste größere Flüchtlingswelle, die auf Europa zukam. Was waren das für Menschen, die ihr Leben und das Leben ihrer Kinder aufs Spiel setzten, alles verkauften, um etwas Geld zusammenzukratzen, damit sie sich ein Ticket oder oft nur ein Versprechen kaufen konnten, um sich irgendwann in der Nacht in ein uraltes, verrostetes und oft zum Kentern verurteiltes Schiff zu setzen, das oft dreifach überfüllt war, sich von den Betreibern oder besser gesagt den Menschenschmugglern schäbig behandeln ließen, tagelang still sitzen mussten und keinen schiefen Ton sagen durften? Was ihnen blieb, war, darauf zu hoffen, dass sie die Überfahrt überlebten, dass endlich Land in Sicht kam, dass sie wieder festen Boden unter den Füßen spürten. Erst dann würde ihnen ein Stein vom Herzen fallen. Doch fast in derselben Sekunde bekamen sie einen riesigen Felsen auf den Buckel geschnürt. Der Kreuzweg begann, wohin sollten sie gehen? Welche Straße führte in die Sicherheit? Welcher Feldweg in das versprochene Land?

Die Menschen liefen einfach los, fühlten sich in der Masse ihrer Landsleute sicher und motiviert, bewältigten etliche Kilometer; Zeit zum Ausruhen gab es nicht, denn irgendwo, weit weg, gab es ein Land, das Frieden und Sicherheit versprach. Es hatte sich rumgesprochen, dass dort alle Menschen, die sich auf der Flucht befanden, willkommen waren. Die Schritte der Flüchtlinge wurden immer schneller, das Adrenalin stieg. Jeder wollte in das toleranteste und freundlichste Land der Welt und dann vor Freude laut losschreien: *Hier bin ich! Ich habe es geschafft, bin endlich dort angekommen, wo ich vor niemandem mehr Angst haben muss, wo ich etwas zum Essen bekomme und die Möglichkeit habe, ein neues Leben mit meiner Familie zu beginnen, weit weg von Bombenanschlägen, Granaten, Unsicherheit, Angst – Krieg.*

Ich saß vor meinem Fernseher und ärgerte mich, dass so viele Flüchtlinge unterwegs waren. Jeden Tag kamen neue Schiffe an die griechische Küste. Hunderte Menschen stiegen aus, meistens nur junge Männer mit Rucksäcken, die mit einem breiten Lächeln den neuen Kontinent betraten. Für mich waren sie eine Bedrohung. Ich sagte es nie laut, weil ich mich automatisch schlecht dabei fühlte und solche Gedanken in unserer Gesellschaft fast nicht erlaubt waren. Einige Frauen stiegen mit kleinen Kindern aus einem Gummiboot, das die Seenotretter aus dem Mittelmeer gefischt hatten. Sie knieten auf europäischem Boden und dankten ihrem Gott, dass sie es geschafft hatten. Mein Mutterherz wurde weich, als die kleinen Kinder ängstlich in die Kamera sahen. Ihre Mütter hielten sie fest im Arm. Ein höchstens ein paar Wochen altes Baby schrie in den Armen seiner Mutter. Der Reporter erklärte, dass es Hunger habe, die Mutter aber keine Babynahrung besitze. Meine Augen füllten sich mit Tränen. Eigentlich wollte ich so etwas nicht sehen, es berührte mich zu sehr, ging mir näher, als ich gedacht hatte. Ich wechselte den Sender und sah wieder einige Gummiboote, aus dem viele junge, kräftige Männer stiegen. Erneut erfassten mich gemischte Gefühle. Was wollen die bei uns? *Sollen sie doch unten bleiben und ihr eigenes Land verteidigen, statt einfach zu fliehen und sich bei uns auf die faule Haut zu legen!* Es waren ja nicht nur zwei, sondern zweihundert Boote am Tag. Was musste in ihren eigenen Ländern vorgehen, dass sie so verzweifelt waren?

Für Politik hatte ich nicht viel übrig. Am Rande hatte ich mal mitbekommen, dass es in Syrien drunter und drüber ging. Das war es aber auch schon. Aber diese Massen von Menschen, die durch den Balkan marschierten und immer näher kamen, waren für mich zu beängstigend. Hunderte Reporter auf sämtlichen Fernsehkanälen berichteten nur noch über die armen, verfolgten und ängstlichen Menschen aus dem Osten, die dringend

Schutz bei uns benötigten. Einige Flüchtlinge sagten bei den Interviews aus, dass für sie nur Deutschland infrage käme. Kein anderes Land, nicht einmal Österreich, England oder Frankreich wären gut genug. Wut stieg in mir hoch. Also wenn es mir so schlecht ginge, dann wäre ich überall auf der Erde glücklich und zufrieden, Hauptsache kein Krieg! Dann wären auch Griechenland, Mazedonien oder Serbien okay. Hauptsache Sicherheit – aber nicht bei diesen Menschen. Ein Mann hielt das Bild unserer Bundeskanzlerin in die Luft, dann küsste er es. Mein Magen fing an zu rumoren, ich zappte durch die Programme und landete bei einer Ansprache der Bundeskanzlerin, in der sie immer wieder betonte, dass es keine Obergrenze geben würde. Das hieß für mich, dass eine weitere Million an Flüchtlingen kommen durfte. Und wohin mit denen? Wer zahlt das alles? Die Unterkunft? Das Essen? Die Krankenversicherung? Plötzlich gab es Geld in der Staatskasse. *Aber wenn wir Krankenschwestern für ein paar Euro mehr im Monat bitten, dann interessiert sich niemand für uns.* Irgendwie fühlte ich mich hintergangen.

Mein Baby fing an zu schreien. Rasch bereitete ich die Milchflasche vor. Mein sechs Monate alter Sohn grinste übers ganze Gesicht, als er mich an der Kinderzimmertür sah. Ich nahm ihn in den Arm und er trank zufrieden. In der Wohnung war es warm. Als mein Sohn satt war, kippte ich das Fenster und breitete eine weiche Decke auf dem neuen Parkettboden aus. Vorsichtig legte ich mein Baby darauf und wachte über ihn, damit er nicht zur Seite kippte oder sich irgendwie wehtat. Aus seinem Zimmer nahm ich einen Plüschhasen, übrigens einen von mindestens fünfzig Geschenken, die wir zur Geburt bekommen hatten, und legte ihn neben meinen Sohn. Er versuchte, ihn zu greifen. Lächelnd sah ich ihm zu und entdeckte einen Fleck an seinem Strampler. Na so was aber auch. Sofort zog ich ihm einen frischen an und die Freude war wieder groß. »Es gibt nichts Schlimmeres, als so ein hübsches Baby mit dreckigen

Klamotten«, sagte ich zu ihm und aß einige Schokoladenkekse, die auf dem Tisch standen.

Zur gleichen Zeit, zweieinhalb tausend Kilometer weiter, lief eine junge Frau mit einem Kleinkind im Arm hinter ihren Verwandten her. Es war ihr erstes und bis jetzt auch das einzige Kind. Ihr Mann war vor kurzer Zeit bei einem Bombenanschlag in Syrien ums Leben gekommen. Er hatte als Soldat sein Dorf verteidigt und auf grausame Weise sein Leben verloren. Die Frau hatte das kleine Haus verkauft, wenn man es überhaupt als Haus bezeichnen konnte, in dem sie in einem kleinen Dorf hinter der syrischen Hafenstadt Latakia bis vor kurzem mit ihrer kleinen Familie gelebt hatte. Sie hatte ihr letztes Geld zusammengekratzt, um nach Europa zu fliehen, wo es angeblich ein gutes Land gab, in dem den verfolgten Menschen geholfen, in dem sie aufgenommen und in dem ihnen Sicherheit geboten wurde. Was hatte sie denn noch zu verlieren? Sie wollte ihrer kleinen Tochter eine bessere Zukunft ermöglichen, eine bessere Zukunft, als sie selbst mit ihren 23 Jahren gehabt hätte. Für eine Witwe mit Kind war es sehr schwer, wieder einen Mann zu finden. Außerdem konnten die Feinde jederzeit wieder im Dorf einmarschieren und Frauen verschleppen, wie es schon einmal vorgefallen war. Ihre Tante und zwei weitere Familienmitglieder, die von der Idee zur Flucht beeindruckt waren, suchten einen Schlepper auf, der ihnen eine Überfahrt nach Europa versprach. Da es bereits Tausende vor ihnen gewagt hatten, war es für die Schlepper inzwischen zur Routine geworden. Sie wogen die notleidenden Menschen nur noch in Geld auf.

Es war fast wie auf einer Urlaubsfahrt, wo an jeder Ecke lästige Leute mit Broschüren standen, um die Touristen zu einer kleinen Schiffsfahrt zu überreden. Reich werden durch Krieg? Kein Problem, man muss nur wissen wie.

Für die junge Frau und ihre Familie lief alles nach Plan. Die Geldübergabe war bereits einige Tage zuvor erfolgt. Jetzt mussten sich alle in einer langen Schlange aufstellen und nacheinander in das alte, verrostete und nicht gerade vertrauenswürdig erscheinende Schiff steigen. Die junge Frau drückte ängstlich ihre Tochter an sich. Obwohl sich viele über den Zustand des Schiffs beschwerten, stiegen sie ein. Eine Umkehr war undenkbar. Wohin sollten sie denn zurück? Sie hatten alles verkauft und das Geld den Schleppern gegeben, einige hatten sich hoch verschuldet und wollten ihr Gesicht nicht verlieren. Die Männer an Bord gaben sich trotz ihrer Angst stark und zuversichtlich. Sie machten den Frauen Mut, sie halfen einigen Schwächeren auf das Schiff zu steigen und waren froh, ein Teil der Menschen zu sein, die sich noch ein Ticket kaufen konnten. Das Schiff war am Ende so überfüllt, dass die Menschen wie Sardinen in der Dose nebeneinander saßen. Sie trauten sich nicht, sich zu beschweren, weil die Organisatoren sehr rau mit ihnen umsprangen und jedem befahlen, den Mund zu halten.

Es war eine Höllenfahrt. Toiletten gab es keine, viele Menschen wurden unter Deck in kleine Kabinen gesperrt. Sie schrien, weil sie raus wollten, weil sie Panik bekamen und Platzangst hatten. Einige saßen ganz tief unten im Schiff und wussten nicht einmal, ob es Tag oder Nacht war, weil es keine Fenster gab und sie ihre kleinen Kammern nicht verlassen durften. Zu der allgegenwärtigen Unruhe und Angst kamen hohe Wellen. Die junge Frau, die auf dem Deck saß, wickelte ihre kleine Tochter in eine weiche Decke. Das Kind weinte, weil das Schiff hin und her schwankte und es von den Wellen nass wurde. Die Mutter versuchte, das kleine Mädchen zu beruhigen. Doch einem kleinen Kind konnte man nicht einfach erzählen, dass es jetzt still sein musste, weil der Schlepper drohte, alle ins Meer zu werfen, wenn sie nicht endlich ruhig seien.

Ein mutiger, älterer Mann hatte sich beschwert, dass er für so etwas nicht bezahlt habe, und forderte sein Geld zurück, worauf zwei Helfer des Schleppers auf dessen Befehl hin den um sein Leben schreienden Mann einfach über Bord warfen. Dann drohte der Schlepper, jeden ins Meer zu schmeißen, der nicht das tat, was er sagte. Obwohl die Flüchtlinge in der Überzahl waren, traute sich keiner, aufzubegehren. Stumme Trauer und Panik brachen aus. Die kleine Tochter der jungen Frau spürte das und weinte immer lauter. Die Mutter konnte das Kind nicht beruhigen, obwohl sie ihm Gute-Nacht-Lieder sang und es schaukelte. Der Schlepper befahl der Frau, das Kind ruhig zu halten, sonst drohe ihr das gleiche Schicksal wie dem alten Mann. Angsterfüllt gab sie ihr Bestes, beruhigend auf ihr Kind einzuwirken.

Viele Menschen legten ihre Köpfe zwischen die Beine und beteten darum, heil an Land zu gelangen. Plötzlich hörte die junge Mutter die Schreie anderer Frauen, die den Schlepper anflehen, es nicht zu tun. Im nächsten Augenblick sah sie große Hände auf sich zukommen, sie krallten sich das Kind und schleuderten es über den Kopf der Frau hinweg in das dunkele Mittelmeer. Die Frau sprang auf und streckte die Arme ihrem einzigen Kind und dem schwarzen Wasser entgegen. Die Mutter stieg auf das Schiffsgeländer und wollte hinterherspringen. Sie wurde jedoch von den anderen gepackt und zu Boden gedrückt, wenigstens sie überleben. Vor Schmerz und Hilflosigkeit fiel sie in Ohnmacht. In dieser Nacht flogen noch ein weiteres weinendes Kind zusammen mit seiner Mutter und zwei erwachsene Männern, über Bord . Aufgrund einer Lapalie.

Was ist schon ein Menschenleben wert? Heutzutage absolut nichts. Eine tragische Nacht unter klarem Himmel im Mittelmeer. Eine Nacht, in der einer Mutter das Herz rausgerissen worden war. In der sie alles verloren hat. Deren Schmerz nie vorbeigehen wird und den niemand nachvollziehen kann, der nicht schon einmal sein Kind verloren hat. Dieses Kind trieb jetzt leblos im Mittelmeer, während Kreuzfahrtschiffe und Millionärsjachten herum cruisten und sich die Passagiere aufregten, dass das Wasser nur 25 Grad hatte.

Nachdem ich einige Runden mit dem Kinderwagen im Park gedreht hatte, fiel mir ein, dass ich noch einkaufen musste. Ich ärgerte mich, dass ich keinen größeren Korb im Kinderwagen hatte, weil ich wieder einmal viel zu viel aus dem Supermarkt mitgenommen hatte. Aber ich hatte lieber einen schicken und keinen praktischen Kinderwagen gewollt. Und jetzt musste ich damit leben. Mir fielen die Worte meines Mannes ein, als er mich beim Kauf des Kinderwagens genau auf den kleinen Korb aufmerksam gemacht hatte. Aber nein, ich hatte den Designerwagen ja unbedingt haben wollen. Und nun hatte ich den Salat. Dazu die ständig rote Ampel. Nicht ein einziges Mal war sie grün, wenn ich die Straße überqueren wollte. Plötzlich fing mein Sohn an zu weinen und ich wurde langsam nervös. Eilig marschierte ich nach Hause und regte mich nicht zum ersten Mal darüber auf, dass ich die ganzen Einkäufe plus Kind und Kinderwagen in den ersten Stock tragen musste. So ein misslungener Tag aber auch. Nachdem ich das Kind versorgt, Abendessen gekocht und die Wohnung aufgeräumt hatte, setzte ich mich auf die Couch und schaltete den Fernseher wieder an. Weitere zehntausend Flüchtlinge waren am Münchener Hauptbahnhof eingetroffen, winkende Deutsche empfingen sie. Die einen klatschten, die anderen verteilten Essen und Süßigkeiten, einige gaben den Kindern Stofftiere und kleine Flaschen mit Säften. Aus den Zügen stiegen erschöpfte Menschen. Frauen mit Kopftüchern und dunkelhaarige Männer, die in die Kamera grinsten, ihre Erleichterung offen zeigten und sich sicher fühlten. Wie viele denn noch, fragte ich mich. Wie viele kamen noch? Wann war Schluss damit? Dann wurden Bilder gezeigt, wie fliehende Leute vor der ungarischen Mauer standen und nicht wussten, wie sie weiterkamen. Sie traten gegen die Wand und wollten weiter nach Deutschland. Ohne Pässe, ohne Kontrolle. Anonym suchten sie andere Wege, um nach Deutschland zu gelangen. Ich bekam Angst. Es erinnerte mich an Krieg, an den Krieg, der vor über zwanzig Jahren in Ex-Jugoslawien getobt hatte. Ich dachte an die Zeit, als lange vor uns das Osmanische Reich bis ins Landesinnere von Bosnien eingebrochen war und dort vierhundert Jahre regiert hatte.

War das gegenwärtig nur eine Masche, um wieder nach Europa zu gelangen, Europa erneut mit Muslimen zu bevölkern, damit es nicht vorwiegend christlich blieb? Um uns zu schwächen? Um sich so stark fortzupflanzen, dass unsere Kinder in dreißig, vierzig Jahren einen deutlichen Unterschied spüren würden? War das alles nur eine Taktik mit dem Krieg, ein Versuch, uns wieder einmal zu erobern? Die Deutschen dachten nicht einmal an so etwas. Für sie waren Syrer, Iraker und Flüchtlinge jeglicher Herkunft allesamt nur Freunde. Das Mitleid mit den Leuten war enorm. Überall wurden Spenden gesammelt, von Essen über Klamotten bis hin zu Geldgeschenken. Alle Schutzbedürftigen der Welt konnten einfach so, ohne Kontrolle, einreisen und hierbleiben. In welchem anderen Land war das noch möglich? War das nun lobenswert und vorbildlich oder einfach nur naiv und dumm?

Die Kanzlerin schwor auf ihre Politik. Ich dagegen war skeptisch und fragte mich, wo das hinführen würde. Ich fühlte mich irgendwie verraten und hintergangen, durfte aber niemandem in meiner Umgebung meine Meinung sagen, weil alle irgendwie anders dachten. Doch ich hatte Angst. Angst vor den fremden Menschen, die eine vollkommen andere Kultur hatten und meiner Meinung nach nicht in unser Land passten. Aber ich musste gleichzeitig irgendwie unserer Regierung vertrauen, weil die Politiker immer betonten, alles genau zu wissen, was sie taten. Aber manchmal musste ich an die naiven Trojaner denken, an das große Holzpferd, aus dem später die große Überraschung sprang.

Mein Mann kam spät nach Haus und erzählte mir wütend von einem Auftrag, der ihm durch die Lappen gegangen war. Alles war vorbereitet, angezahlt, organisiert gewesen, und in letzter Sekunde war der Kunde abgesprungen und hatte ihn sitzen lassen. Seine Firma musste sämtliche Kosten übernehmen; er hatte nicht nur keinen Gewinn, sondern obendrein einen ziemlichen Verlust eingefahren. Er sagte, dass dieser Monat überhaupt sehr schlecht gelaufen sei. Wir sahen uns bedrückt an, da wir diesen Monat nicht so viel Geld zur Seite legen konnten, wie sonst.

Zur gleichen Zeit kämpfte sich ein sechzehnjähriger Junge aus dem Sudan durch die heiße Wüste Afrikas, um in den Libanon zu gelangen. Der Schlepper hatte ihm den Transport bis Beirut und dann eine Schiffsfahrt nach Italien zugesichert. Er saß mit fünf anderen in einem alten Jeep, seit drei Tagen und Nächten ohne Wasser. Sie saßen dicht nebeneinander und waren nur froh gewesen, irgendwo zu fahren. Hauptsache weg aus dem Sudan. Irgendwann erreichten sie den Libanon und nach dreimaligem Umsteigen und ständigem Versteckspiel mit der Polizei erreichten sie zu dritt Beirut. Die anderen beiden hatten dem Hunger und Durst nicht standhalten können, waren kurz vor dem Kollaps gestanden. Sie waren einfach in der Wüste ausgesetzt worden. Schockiert hatte der Junge die Augen geschlossen und geschwiegen. Das erstaunlich kleine Schiff, das sie in die Freiheit bringen sollte, schien nicht gerade geräumig und sicher, aber egal. Wichtig war, einfach an Bord zu gehen und loszufahren, bevor die Leute von den Behörden sie aufspürten und zurückschickten oder einsperrten. Das Geld für die Reise hatte der Junge leihweise von Verwandten erhalten. Er hatte versprochen, das Doppelte zurückzuzahlen, sobald er in Deutschland sei und eine Arbeit habe. Mit einhundertzwanzig weiteren Personen ging es schließlich los. Ihm fiel ein Stein vom Herzen. In wenigen Stunden würden sie Europa erreichen und damit ihre Freiheit gewinnen.

Doch nach knapp einer Stunde drohten ihnen die Schlepper mit Gewehren und befahlen ihnen, vom Schiff zu springen. Sie hatten die Kohle kassiert. Alles andere war ihnen egal. Die Menschen und ihre Schicksale interessierten sie nicht. Die Flüchtlinge versuchten, die Situation zu klären, und fragten, ob sie schon vor der italienischen Küste seien. »Runter mit euch!«, war alles, was sie zu hören bekamen. Sie mussten ins dunkle Meer springen, ansonsten würden die Schlepper sie erschießen. Der Junge sprang voller Angst ins Wasser und schwamm, um sich irgendwie zu retten, was aussichtslos war. Nachdem die Schlepperbande alle Menschen ins Meer getrieben hatten, kehrten sie um. Am nächsten Tag wartete eine neue Tour von Flüchtlingen, die das gleiche Schicksal ereilen würde. Die Menschen schrien, einige konnten nicht schwimmen und ertranken. Der Junge war ein guter Schwimmer und kämpfte. Viele Stunden in den hohen Wellen. Bis auch ihn die Kräfte verließen und er ertrank. Fern der Heimat trugen die Wellen seinen Körper davon.

Verdrängte Ängste

Die Vorbereitungen für die Taufe unseres Sohnes näherten sich dem Ende. Die Einladungskarten waren längst verschickt. Auf einem Blatt Papier hielten wir die Leute fest, die zugesagt hatten. Die Liste wurde immer länger. Am Ende zählten wir rund siebzig Erwachsene plus Kinder. Ich holte tief Luft. Es gab Leute, die ihre Hochzeit mit weniger Gästen feierten, aber es war unser erstes Kind und der erste Enkel meiner Eltern, versuchte ich, mein Gewissen zu beruhigen. Plötzlich klingelte es an der Tür. Das Taufkleid war da! Ich machte ein paar Fotos und schickte sie an Ani, die eine der beiden Taufpatinnen sein würde. Ani antwortete mit einigen Smileys und der Mitteilung, dass er einem Engel ähnlich sähe. Sie hatte noch keine Kinder. Unser Sohn war ihr Ein und Alles. Für ihn würde sie nach eigenen Aussagen alles hergeben, sterben und ihn adoptieren, wenn uns, Gott bewahre, etwas zustoßen sollte. Es war sehr schön, jemanden zu haben, dem man sein Kind anvertrauen und in jeder Situation mit Hilfe und Unterstützung rechnen konnte.

Es war soweit. Gegen sechs Uhr morgens fuhr ich mit dem Auto los, um meine Eltern am Busbahnhof abzuholen. Sie waren für den festlichen Anlass extra aus Kroatien angereist. Als ich am Hauptbahnhof vorbeifuhr, sah ich Hunderte von Menschen, die bepackt mit Tüten, Decken und Rucksäcken rumstanden und auf Hilfe warteten. Sie schienen orientierungslos und ängstlich, wirkten aber auch erleichtert, dass sie sich auf sicherem Boden befanden. Ich stand an der Ampel und wartete, dass sie auf Grün umschaltete. Automatisch drückte ich die Taste an meiner Autotür und verriegelte sie. Eine Gruppe junger Männer überquerte die Straße und gesellten sich zu der Menschenmasse, alle wurden wieder eins. Schon wieder diese Flüchtlinge, ich war wütend. Sollen sie doch dort hingehen, wo sie hergekommen sind. Ich entschloss mich, an Frau Merkel einen Brief zu schreiben und ihr meine Meinung und meine Ängste über die vorwiegend muslimischen Einwanderer mitzuteilen. Vielleicht erhielt sie den Brief ja nie, aber zumindest würde ich meine Meinung äußern und damit versuchen, etwas zu ändern. Am schlimmsten war es schließlich, nur zuzusehen und nichts zu unternehmen. Es war nichts anderes als eine Völkerwanderung. Der Seehofer hatte Recht.

Eine junge, vermummte Frau hielt ihr wenige Wochen altes Baby auf dem Arm und wiegte es; neben ihr Müll, McDonalds Tüten flogen durch die Gegend. Es war ein kalter, unangenehmer Herbsttag. Irgendwie atmete ich tief auf, als die Ampel endlich wieder grün zeigte, denn die junge Mutter mit dem Baby weckte in mir ein trauriges Gefühl. Ich parkte den großen Geländewagen meines Mannes vor dem Busbahnhof und stieg aus. Bereits von weitem sah ich meine Eltern. Meine Mutter, eine zierliche, kluge, zurückhaltende Frau, die wunderschöne lockige, braune Haare hatte, um die sie alle Frauen mit glatten, dünnen Haar beneideten. Sie drückte ihre Handtasche an sich und hatte alles fest im Blick. Mein Vater stand ein paar Meter weiter. Er trug einen dicken Pulli und eine Hängetasche quer über seinem etwas dickeren Bauch. Mit dem Schnurrbart sah er ein bisschen aus wie Stalin. Sein ernster Blick unterstrich dieses Bild. Er starrte auf einen Punkt und bewegte sich nicht. Beim Näherkommen winkte ich den beiden zu. Sie nahmen ihre Koffer und gingen mir entgegen. Ich freute mich sie wieder einmal zu sehen und brachte sie zu unserem Wagen. Vater stellte erneut fest, wie stark und gut unser Wagen sei, betonte mehrmals, dass wir uns das hier im Westen locker leisten könnten und nicht so arm dran seien wie die meisten Kroaten in der Heimat. Damit wollte er mir verdeutlichen, dass ich es richtig gemacht hatte, als ich vor sechs Jahren nach Deutschland gezogen war. Ich verdrehte leicht die Augen, nickte aber höflich in den Rückspiegel, um nicht ganz so genervt zu wirken. Mutter dagegen betonte, dass ich gut ausschaue und schlanker geworden sei, was mich sehr freute. Als ich wieder an den Einwanderern vorbeifuhr, meckerte Vater über die versammelte Mannschaft und sagte, dass er eigentlich nichts gegen verfolgte Leute hätte, betonte aber, dass sie einen anderen Glauben haben und sich wahrscheinlich hier nie richtig anpassen werden. »Arme Menschen«, sagte Mutter, »als wäre es gestern gewesen, dass wir unsere Häuser fluchtartig verlassen mussten.« »Das war was anderes«, erwiderte Vater energisch. »Wir sind Christen ...«. Ich schaltete mein Hirn aus, drückte aufs Gaspedal und nutzte die Strecke im neuen Tunnel, wo es noch keine Blitzer gab.

Sie stellten die Koffer ins Gästezimmer, schlichen zum Kinderzimmer, öffneten leise die Tür und bemerkten hoch erfreut, dass der kleine Mann schon munter war. Während Oma und Opa sich mit dem Kleinen beschäftigten, kümmerte ich mich um das Frühstück. Dazu gehörte auch der geräucherte Speck, den ich vor einigen Tagen extra gekauft und dafür gefühlte zwanzig Läden abklappern musste, damit es auch der Gleiche war, den mein Vater so gern mochte, ohne den er glaubte, nicht leben zu können. Außerdem hatte ich weitere Wurstsorten und Brotspezialitäten gekauft. Das größte Hobby meines Vaters war es, gut und opulent zu essen. Er war nicht wählerisch, aber sein Essen musste Fleisch enthalten und der Teller musste gut gehäuft sein.

Mein Vater wollte wissen, wo denn die Suppe sei. Ich rollte nur mit den Augen. Er hatte die seltsame Angewohnheit, jeden Morgen drei bis vier Teller Suppe zum Speck und Brot zu verzehren. Mutter stuppste ihn etwas beschämt an. Also setzte sich Vater zu seinem Enkel auf den Boden, um mit ihm zu spielen. Leider begriff dieser immer noch nicht, wer denn die Besucher eigentlich waren. Wenig später gesellte sich mein Mann verschlafen zu uns und begrüßte herzlich seine Schwiegereltern. Mutter konnte etwas Deutsch. Mit Händen und Füßen versuchte sie, ihrem Schwiegersohn zu erklären, wie das Wetter bei ihrer Abreise in

Kroatien gewesen war. Vater dagegen konnte nur diese Wörter: Speck, wunderbar, ja, nein, wie geht's und gut. Was natürlich ziemlich peinlich war.

»Sei froh, dass Michael unseren Vater nicht versteht. Gott weiß, was er ihm alles über uns erzählen würde«, hatte Ani gesagt, als sie vor ein paar Monaten bei uns war und wir ein Gläschen hausgemachten Kirschlikör getrunken hatten. Wir hatten herzlich gelacht und auf unsere Eltern angestoßen. Die Taufe unseres Sohnes war sehr schön, meine jüngste Schwester Marta war schon einige Tage zuvor angereist und wohnte bei Ani.

Als wir am Abend müde nach Hause kamen, drückte mir Mutter ein kleines Päckchen in die Hand. »Vielleicht erinnerst du dich daran.« Als ich es ausgepackt hatte, schlug mein Herz schneller. Es war die dünne, goldene Halskette mit goldenen Minikugeln, die ich zu meiner eigenen Taufe in Travnik von meiner Taufpatin bekommen hatte. Die Kette besaß für mich eine große Bedeutung. Ich hatte sie als Kind immer mal wieder ansehen dürfen. Natürlich hatte ich die Kette nie getragen, weil Mutter Angst gehabt hatte, dass sie eventuell kaputtgehen könnte. Bei den Erinnerungen an meine Kindheit wurde mir ganz warm ums Herz. Unter der Kette lagen goldene Ohrringe mit einem riesigen Stein in der Mitte. Es waren die Ohrringe meiner geliebten Oma, die ich ihr als Kleinkind immer hatte erbetteln wollen. Angeblich hatte ich meiner Oma jeden Tag gesagt, was für schöne Ohrringe sie hat und dass ich solche auch gerne hätte. Dabei hatte ich immer gehofft, dass sie den Schmuck abnehmen und mir in die Hand drücken würde, was sie zum Schluss auch getan hatte. Diese Ohrringe waren neben den wenigen Erinnerungen und dem Grabstein das Einzige, was von meiner Oma geblieben ist.

Nach wenigen Tagen fuhren meine Eltern wieder zurück nach Hause, da sie einerseits immer etwas zu tun hatten und andererseits einfach nicht stören wollten. Sie ließen sich auch durch diverse Freizeitangebote nicht dazu überreden, länger zu bleiben. Mein Mann und ich brachten unseren Sohn zu seiner geliebten Tante und fuhren meine Eltern und Marta zum Busbahnhof. Ich hätte mir gewünscht, dass sie alle länger bleiben würden, aber ich versprach ihnen, zu Weihnachten nach Hause zu kommen. Gleich im Anschluss fuhren wir zur Geburtstagsparty eines guten Freundes. In dem schicken Restaurant warteten schon alle und begrüßten uns herzlich. Die Truppe war gut gelaunt und das Essen spitze. Nachdem ich mir einen Weißwein bestellt hatte, packte das Geburtstagskind seine Geschenke aus und freute sich über die Kleinigkeiten, die alle mitgebracht hatten. Ein *Hugos* nach dem anderen wurde bestellt und nach einiger Zeit kamen wir, wie sollte es auch anders sein, auf das Thema Flüchtlingskrise zu sprechen. Die einen waren strickt gegen die ungebetenen Gäste, andere zeigten jedoch etwas Mitleid, das sich aber in Grenzen hielt. Ich hatte nur das Bild der grinsenden, jungen Männer im Kopf und sagte offen, dass ich gegen diese hohe Anzahl von Flüchtlingen bin.

»Schatzi, erzähl doch mal, wie es bei dir damals war. Du warst doch auch ein Flüchtling«, sagte mein Mann, ohne näher darüber nachzudenken. »Für alle, die es nicht wissen, Jana floh mit ihrer Familie aus Bosnien. Es ist eine interessante Geschichte, erzähl mal!« Ich spürte, wie ich rot anlief. Keiner von den Anwesenden wusste, dass ich ein Flüchtlingskind war, und ich hatte auch keine Lust, darüber zu sprechen. Es lag schon so viele Jahre hinter mir und irgendwie hatte ich mit der ganzen Geschichte schon längst abgeschlossen und ein neues Leben begonnen. Aus einem unerklärlichen Grund verschwieg ich allen neu gewonnenen Freunden und Bekannten meine Herkunft und erzählte ihnen nichts von meinem steinigen Lebensweg. Wenn mich jemand fragte, woher ich denn käme, sagte ich spontan aus Kroatien, und das war's. Meine Eltern lebten seit über zehn Jahren in einem beschaulichen Ort an der kroatischen Küste, unser Haus lag nur zweihundert Meter von einem wunderschönen Strand entfernt. Wir besuchten unsere Eltern, vor allem im Sommer, so oft es ging. Das war die Geschichte, die alle kannten, weil ich sie als meine Heimat verkauft hatte.

Natürlich wunderten sich an diesem Abend alle über diese neue Erkenntnis, die mein Mann ohne böse Absicht kundgetan hatte und wollten mehr darüber wissen. Am Tisch wurde es ganz plötzlich still. Da begriff ich, dass ich mich für meine Vergangenheit schämte. Alle Augen waren erwartungsvoll auf mich gerichtet und ich wünschte mir, dass die Erde aufging, damit ich hineinfallen konnte. Irgendwie redete ich mich aus der Situation heraus und hoffte, dass niemand etwas von meiner Nervosität merken würde. Ich sagte, dass alles nicht so wild und dass der Krieg schnell vorüber gewesen sei. Ich würde ein glückliches Leben führen. Darauf erhoben wir unsere Gläser und stießen an. Mein Mann wunderte sich sichtlich über meine Aussage, sagte aber nichts weiter, weil ich ihm einen bösen Blick zuwarf. Nach ein paar Minuten entschuldigte ich mich und ging auf die Toilette. Ich stellte mich vor den Spiegel und erneuerte meine Schminke. Ich atmete tief durch und sah vor meinem inneren Auge das kleine, blonde Mädchen mit den roten Bäckchen, das mit seinen blauen, großen Augen traurig im Flur stand und seine geliebte Puppe im Arm hielt. Ich betrachtete mich im Spiegel und sagte laut: »Mein Gott, ich bin ein Flüchtling, warum schäme ich mich dafür?«

Gute alte Zeiten

Travnik im Dezember 1992. Ich war ein sechsjähriges, blond gelocktes Mädchen. An diesem Abend hatte ich mir fest vorgenommen, die ganze Nacht wach zu bleiben, um den Nikolaus endlich mal mit eigenen Augen zu sehen. Meine Eltern und meine fünf Jahre ältere Schwester Ani hatten mir erzählt, dass der dicke Mann mit dem langen weißen Bart und dem roten Anzug einmal im Jahr um die ganze Erde reiste und Geschenke an die Kinder verteilte, aber nur an die Kinder, die das ganze Jahr auch brav gewesen waren. Anstatt mich zu freuen schluckte ich erstmal, weil ich mir nicht sicher war, ob ich diesmal dazugehörte. Ich spürte wie meine sonst so roten Bäckchen noch mehr Wärme bekamen und mein Herz schneller schlug. Da ich ein sehr lebendiges Kind war, hatte ich öfter Sachen angestellt, die verboten waren. Häufig lief ich barfuß zur Oma gegenüber und machte mit den staubigen Füßen das ganze Haus dreckig. Oder ich klaute das heiß geliebte Schulbuch meiner Schwester, um es schnell durchzublättern und die bunten Bilder anzuschauen. In der Eile konnte es schon mal passieren, dass die Seiten knitterten oder gar zerrissen. Allzu oft zog ich die dreckigen Stiefel im Flur aus und warf sie dann durch die Gegend. Mutter rastete jedes Mal aus, aber ich ließ mich nicht belehren. Es war aber auch nicht schwer gewesen, Fehler zu begehen, da unsere Eltern sehr streng waren. Sie hatten viele Regeln aufgestellt und bestanden darauf, dass wir Kinder diese ohne Wenn und Aber befolgten. Wenn der Nikolaus dieses Jahr nicht zu mir käme, dann schaute er zumindest bei Ani vorbei, die ein absolutes Vorbildkind war. Sollte ich keine Geschenke bekommen, war mir das egal. Wichtig war nur, dass ich den Nikolaus endlich mal zu Gesicht bekomme. Warum verschlief ich immer seinen Besuch? Heute Nacht sollte es aber anders sein, ich würde den Nikolaus sehen, und wenn es das Letzte war, das ich im Leben tun würde.

Das Abendessen wurde in Edelstahltellern serviert. Ich hasste diese Teller so sehr, dass mir der Appetit sofort verging, als ich sie in der Küche klappern hörte. Aber so war es, seitdem ich denken konnte. Unsere Eltern hatten bei jedem Versuch, schöne und große Teller zu erbetteln, die Köpfe geschüttelt.

Meine Mutter, die sehr praktisch veranlagt war, hatte ein kleines Vermögen für die ewig lebenden Teller bezahlt, damit wir Kinder sie nicht kaputt hauen könnten, wie es früher mit anderem Geschirr passiert war. Ich meckerte auch an diesen Abend, weil ich lieber aus den Porzellantellern mit dem Blumenmuster essen wollte, die meine Tante Ljuba hatte. Aber wie jedes Mal war ich noch zu klein dafür, das behauptete zumindest mein autoritärer Vater, den meine Mutter Vlad nannte. »Dann esse ich auch nichts«, sagte ich und schob den Edelstahlteller zur Seite. Ein Blick des Vaters genügte, um den Teller wieder zurückzunehmen und unter Tränen mein Sarma, ein bosnisches Nationalgericht, zu essen. Es war eher ein Rumstochern, weil ich die Sauerkrautblätter sowieso nicht mochte, aber jeder Widerspruch bedeutete Strafe. Sarma ähnelte deutschen Krautwickerln, allerdings gefüllt mit gemischten Hackfleisch und Reis. Dazu gab es meistens Kartoffelpüree mit Soße. Das Kartoffelpüree verschlang ich im Nu, aber das andere blieb auf dem Teller. Ich habe gehofft, nicht bestraft zu werden, denn jeden Tag gab es Theater mit dem Essen, weil ich außer Kartoffeln nichts anderes mochte. Nachdem Vater fertig war, stand er auf und schimpfte komischerweise nicht über das verbliebene Essen auf dem Teller. Er ging in den Flur und Mutter folgte ihm, die kurz darauf wieder zurückkam. Plötzlich rief Vater laut und forderte uns Kinder auf, rauszukommen. Ani und ich liefen in den Flur und starrten durch die offene Haustür nach draußen. Vaters jüngerer Bruder, Onkel Braco, stand im tiefen Schnee, lachte laut und sagte, dass wir schnell rauskommen sollten, weil der Nikolaus gerade mit dem Schlitten wegfahren würde. Aufgeregt rannten wir nur in Socken die Treppe hinunter, wurden jedoch aufgefordert, erst unsere Stiefel anzuziehen. Ich fand das total überflüssig, da ich unbedingt den Mann sehen wollte, von dem ich bereits so viel Gutes gehört hatte. Ani war schneller und half mir, in die blauen Stiefel zu schlüpfen. Gemeinsam rannten wir Hand in Hand die Treppe hinunter. Unser Vater und der Onkel riefen, dass wir schneller laufen müssten, weil der Nikolaus bald über alle Berge sei. Mit Herzrasen schaute ich um die Ecke. Nichts! Meine Enttäuschung war grenzenlos. Braco sagte, dass der Nikolaus eine Sekunde, bevor wir um die Ecke geschaut hatten, an der nächsten Kurve samt den Rentieren, seiner Kutsche und den Geschenken verschwunden sei, um anderen Kindern eine Freude zu machen. Ani und ich waren ziemlich verärgert und forderten unseren Vater und den Onkel auf, hinterherzulaufen, um ihn endlich zu sehen. Doch die Männer meinten, dass sie es nicht mehr schaffen würden, und zeigten auf zwei Päckchen im Schnee. »Das hat der Nikolaus für euch abgegeben«, sagte unser Vater. Trotz der Enttäuschung, ihn verpasst zu haben, nahmen wir erfreut die Pakete und trugen sie ins Haus. Ich wagte noch einige Versuche, dem Nikolaus hinterherzulaufen, doch ich stieß immer wieder auf Papa, der beim dritten Versuch ein Machtwort sprach. Der Nikolaus hatte uns zwei identische Tüten gebracht. Für Ani gab es einen Schal, Mütze und Handschuhe. Dazu einen großen Lutscher und eine Orange. Ich bekam dasselbe, nur in der kleineren Version. Wir probierten die Kleidungsstücke an und steckten den Lutscher gleich in den Mund. Die Orangen legten wir zur Seite. Am selben Abend wollte ich wissen, warum unsere Cousine Manja und ihr älterer Bruder Toni letztes Jahr viel schönere Geschenke bekommen hatten, obwohl die beiden überhaupt nicht artig waren. Im Gegenteil, die beiden ärgerte Ani und mich, wenn sie nur konnten, und das war fast täglich, weil alle im selben Hof lebten, nur in getrennten Häusern. Wenn die Mutter den Nikolaus das nächste Mal sehen oder hören würde, dann sollte sie ihm bitte ausrichten, dass er keine Orangen mehr mitbringen solle, dafür lieber eine große Tafel Schokolade. Und zum Vater sagte ich, dass er mich nie wieder zwingen durfte, Schuhe anzuziehen, da ich, wäre ich in Socken rausgerannt, den Nikolaus bestimmt noch hätte sehen können.

Die Tage im Schnee vergingen wie im Flug. Es war die schönste Jahreszeit, weil der liebe Gott in Bosnien nie mit dem Schnee gegeizt hatte. Alle Nachbarskinder versammelten sich mit ihren Schlitten auf einem nahe liegenden kleinen Hügel und sausten hundertmal am Tag in wenigen Sekunden hinunter, um anschließend wieder einige Minuten hochzustapfen. Das war recht anstrengend, aber was tat man nicht alles für das große Vergnügen, das nur einmal im Jahr kam. Ani setzte mich vor sich und hielt mich fest, dann düsten wir den Hang hinunter. Schneeflocken flogen uns in die Augen, die kalte Luft fror unsere Nasenflügel ein. Aber das war egal. Hauptsache schnell hinunterflitzen und die Geschwindigkeit spüren. Oft passierte es, dass wir nicht schnell genug bremsen konnten, und in einem dornigen Busch landeten. Aber selbst darüber lachten wir und marschierten ein wenig zerstochen zurück zur Startposition. Wir fanden nicht einmal die Zeit, um etwas Warmes zu essen. Wir rissen nur die Haustür auf und verlangten nach einem Sandwich. Dann ging es wieder auf die Piste. Kurz darauf holten wir die dicken Brotscheiben mit etwas Wurst dazwischen ab und verspeisten es mit halb erfrorenen Fingern auf unserem Schlitten. Dann ging es wieder jauchzend bergab. So eine unbeschwerte Kindheit wünscht sich mit Sicherheit jedes Kind. Ich hatte sie. Vorerst.

Das Weihnachtsfest rückte immer näher. Vaters Schwestern, die beide in der Schweiz lebten, kamen wie jedes Jahr nach Hause, um mit der ganzen Familie zu feiern. Es war eine große glückliche Familie, die aus Oma und Opa und deren fünf Kindern bestand, zwei Frauen und drei Männer, zu denen auch Vlado, unser Vater, gehörte. Slavek war der Älteste, Braco einer der jüngsten Kinder. Natürlich gab es auch jede Menge Kinder, die das Weihnachtsfest zu einer Spielwiese machten und sich zumindest einmal im Jahr zusammentaten und sich immer wieder aufs Neue kennenlernten.

Der Heiligabend, der im wahrsten Sinne des Wortes für alle heilig war, wurde immer bei Oma und Opa zu Hause gefeiert. Oma machte ein Bio-Brot ohne tierische Zusätze, weil man am Heiligen Abend in der ganzen Region fastete. Es war üblich, den ganzen Tag sehr wenig oder nichts zu sich zu nehmen, damit man dem lieben Gott eine Ehre erwies, um dann an Weihnachten, zur Geburt Jesu, richtig zuschlagen konnte. Zu diesem Brot gab es einen Bohneneintopf der, wie der Name schon sagt, nur aus Bohnen bestand. Das waren aber nicht irgendwelche Bohnen, sondern die großen, weißen, die den ganzen Tag lang gekocht wurden. Damals gab es noch keine Dosen, die das Kochen erleichtern konnten. Selbst wenn, dann wäre es bestimmt für jede bosnische Hausfrau eine Schande gewesen, so etwas zu benutzen. Die Erwachsenen setzten sich an den großen Tisch; die Kinder auf den Boden oder wenn sie Glück hatten, auf einen kleinen Beistelltisch, aber das hing davon ab, wer größer war und sich den Platz am kleinen Tisch auch verdiente. Ich war eine der Jüngsten und musste fast immer auf dem Boden sitzen. Die leckeren Bohnen wurden zusammen mit dem Brot gegessen. Die Kinder bekamen einmal im Jahr Cola. Cola war sehr teuer und wurde nur zu Weihnachten gekauft. Damit die Kohlensäure rausging und den Kindern nicht schaden konnte, fügte Oma jedem Kind noch zwei bis drei Teelöffel weißen Zucker ins Glas, den einige Kinder später unaufgelöst mit den Fingern rausholten und so verspeisten. Das Getränk schäumte unter Beigabe des Zuckers auf. Wir Kinder hatten dabei jede Menge Spaß. Es herrschte die Meinung, dass Kohlensäure schädlicher als Zucker sei. Uns hat es geschmeckt.

Nach dem Abendessen wurde der Christbaum geschmückt. Die Tanten aus der Schweiz brachten immer schöne Christbaumkugeln mit und die Oma schmückte den frischen Tannenbaum, der am selben Tag von unserem Vater und von Opa mit dem eigenen Pferd aus dem Wald geholt worden war. Dann gab es noch die länglichen Schokopralinen, die in grünem, pinkfarbenem und glänzendem Papier eingewickelt waren, die man ebenfalls an den Tannenbaum hängen konnte. Sie waren das Highlight für uns Kinder, vor allem für mich. Mir lief das Wasser im Mund zusammen und ich konnte es kaum erwarten, dass der Tannenbaum irgendwann Anfang Januar endlich wieder abgeräumt wurde, damit ich wenigstens eine von den wunderschönen Pralinen abbekam.

Während wir Kinder in dem kleinen und warmen Wohnzimmer spielten, holte Oma einen Korb Holz von draußen und schob einige schmale Stücke in den praktischen alten Holzofen mit einer breiten Herdplatte drauf und einem mittelgroßen Backofen. So was kann man heutzutage nur in alten Bauernhäusern sehen, aber damals gab es keinen Haushalt, in dem man so etwas Gutes und Praktisches nicht hatte. Die ältere Generation setzte sich an den Tisch, es wurden Karten gespielt und alte Geschichten erzählt. Jedes Jahr wiederholten sich diese Geschichten, aber immer wieder war es schön, sie zu hören. Die jüngste Tante erzählte Gruselgeschichten, die ihr irgendein Onkel irgendwann erzählt haben soll. Schließlich erzählte jeder noch eine dazu, wie man an bestimmten Tagen komische Geräusche am Friedhof hören konnten oder wie Onkel Braco von jemandem auf dem Nachhauseweg von einer Party mitten in der Nacht verfolgt worden war. In Wahrheit waren es nur betrunkene Leute gewesen, die jemandem einen Streich hatten spielen wollen oder traurige Frauen, die zu Allerheiligen auf dem Friedhof laut über ihre Verstorbenen weinten. Aber es machte Spaß, zuzuhören und das Adrenalin steigen zu spüren. Wir Kinder erstarrten vor

Schreck und versprachen, ab jetzt immer brav zu sein, damit uns so etwas nicht auch passierte. Die Erwachsenen waren schlau und sagten, dass nur den unartigen Menschen so was passieren würde. Wenn sich die Kinder schlecht benehmen sollten, könnten sie für nichts garantieren.

Am Weihnachtstag wurde dann das geräucherte Schweinefleisch aus der Räucherkammer geholt und in dünne, feine Scheiben geschnitten. Oma servierte den selbst gemachten Schafskäse, die Grammeln und den Sudzuk – das Frühstück konnte beginnen. Hinterher gab es jede Menge selbst gemachte Kekse, Walnussstrudel und Baklava, ein traditionelles, süßes Blätterteiggebäck mit Walnüssen darin, das man mit extra süßer Flüssigkeit übergoss. Geschenke gab es nicht. Das Fest durfte mit nichts überschattet werden. Weihnachten hieß ja nicht, Geschenke erhalten, sondern die Geburt Christi feiern. So war es in der Region Brauch. Ani und ich freuten uns trotzdem über Kleinigkeiten, die uns die Tanten aus der Schweiz mitgebracht hatten. Es gab Bleistifte mit glänzenden Herzen drauf und einen besonderen Stift mit einem kleinen Schlüssel als Anhänger. Ani sagte, dass sie diesen Bleistift nie anspitzen würde, denn es wäre viel zu schade, mit ihm zu schreiben. Lieber betrachtete sie ihn täglich auf ihrem neuen Schreibtisch, als ihn zu benutzen oder gar zu verlieren. Ich bekam ein Pony, dem man das Haar kämmen konnte. Es war das Allergrößte überhaupt, denn kein Kind in der Stadt besaß so etwas. Es war der letzte Schrei aus der Schweiz. Derartige Spielzeuge wurden in die Vitrine gelegt. Ich konnte mein Pony nur aus der Ferne bewundern.

Zur Silvesternacht durften die Kinder natürlich aufbleiben. Die Leute aus Bosnien legten zu der Zeit keinen großen Wert auf kindgerechte Schlafenszeiten, auch nicht bei den ganz kleinen Kindern. Kinder, die noch nicht in die Schule gingen, wurden von Oma und Opa gehütet, während die Eltern arbeiten waren. Es gab fast keine Krippen oder Kindergärten, und das war auch gut so, denn der Familienzusammenhalt war dadurch noch stärker. Aber in unserer Nähe gab es einen kleinen Kindergarten, den einzigen in der ganzen Stadt. Viele Familien regten sich damals auf, wie einige Leute ihre eigenen armen Kinder in so eine grauenvolle Einrichtung stecken konnten. Etwas, das heutzutage unvorstellbar ist.

Einige Tage später wurde um Mitternacht kräftig angestoßen und gefeiert, denn das Jahr 1993 sollte richtig gut und erfolgreich werden. Niemand wusste, dass es das letzte Silvester war, das alle gemeinsam in dem Haus feierten. Nichts würde mehr so sein, wie es einmal war.

Ein Stück Geschichte

Durch Zufall fand ich heraus, dass meine Eltern auf dem Weg nach Travnik waren. Allerheiligen war nicht mehr weit und meine Mutter wollte zum ersten Mal ihre Eltern auf dem Friedhof besuchen. Sie waren nur wenige Monate zuvor in einem Pflegeheim in Travnik gestorben. Das Ungewöhnliche war, dass Oma kurz nach Mitternacht verstorben und Opa ihr nur einige Stunden später gefolgt war. So etwas hatte es in der Region zuvor noch nie gegeben und wird wohl auch so schnell nicht wieder geschehen. Selbst der Priester hatte sich auf der Beerdigung darüber verwundert gezeigt und gesagt, dass der liebe Gott diesmal eine ganz besondere Entscheidung getroffen habe, um die beiden Verstorbenen bei den Hinterbliebenen für immer in der Erinnerung verbleiben zu lassen.

Mutters Eltern hatten eine nicht immer leichte, aber vorwiegend glückliche Ehe geführt. Sie hatten, wie es damals üblich war in der Region, jung geheiratet und hatten hart arbeiten müssen. Sie hatten viele Haustiere unter anderem auch eine Kuh, Schweine, Hühner und natürlich Hunde und Katzen. Sie lebten in einem Dorf auf einem Hügel und bauten sich ein kleines aber feines Zwei-Zimmer-Häuschen. Sie bekamen fünf Kinder; zuerst drei Mädchen und dann die beiden lang ersehnten Söhne. Zu ihnen gehörte auch Jozo. Er war nicht nur das jüngste, sondern auch das Lieblingskind der Eltern. Er war sehr intelligent und hochbegabt. Jozo lernte mit Hörkassetten Deutsch und las Bücher, von denen die meisten in dem nicht so ganz kulturellen Travnik noch nie gehört hatten. Mutters jüngster Bruder war sehr liebevoll und aufmerksam. Er brachte uns Kindern oft jede Menge Süßigkeiten und war immer sehr gerecht.

An einem Sonntag standen wir nach der heiligen Messe alle vor der Kirche. Dort gab es einen mobilen Eisstand. Einer meiner

Cousins, den Oma quasi erzogen hatte, weil die Tante alleinerziehend war, wollte unbedingt eine Kugel Eis. Oma konnte ihrem Lieblingsenkel den Wunsch nicht abschlagen und drückte ihm etwas Kleingeld in die Hand, damit er sich ein Eis holen konnte. Jozo sprach Oma daraufhin an, warum sie nicht jedem von uns Geld gegeben hätte, sondern nur dem einen Enkel. Sie sagte, sie hätte für alle sechs Enkel nicht genügend Geld dabei. Da nahm er dem Jungen die Münzen weg und schimpfte mit Oma. Er sagte, wenn sie nicht genug Geld für alle hätte, dann sollte sie keinem von uns etwas geben, denn Kinder würden diese Ungerechtigkeit sehr schnell merken. Obwohl ich ungefähr erst fünf war, erinnere ich mich noch heute an die Situation und an mein Staunen über Omas komisches Verhalten.

Meine Mutter Rosie war das älteste Kind und musste sehr oft auf die jüngeren Geschwister aufpassen. Sie erzählte uns mehrmals, wie sie als 11-Jährige schon Brot und Pita hatte backen müssen. Es ist dabei nicht so, als wäre das schon hundert Jahre her. Es geschah in den frühen Siebzigern, als die westliche Welt schon längst Spül- und Waschmaschinen besaß. Oma und ihre Kinder mussten damals alles noch per Hand waschen und das Wasser vom Brunnen holen. Es war zu der Zeit unvorstellbar einen Wasserhahn im Haus zu haben. Pita und Pura waren damals das meist gegessene Gericht. Ich esse es heute noch sehr gern.

Pita ist ein Gericht, das aus ganz dünnem Teig besteht, den man natürlich selbst ausrollen musste. Er wird auf den Tisch gelegt und meist mit Kartoffeln, Spinat, Weißkohl, Frischkäse, Kürbis oder Eiern gefüllt, eben mit allem, was man so zu Hause hatte, nichts wurde im Supermarkt gekauft. Dann rollte man das Ganze auf, formte ein Schneckenhaus daraus und legte es auf ein Blech. Dann wurde es ungefähr 45 Minuten im Holzbackofen gebacken. Kurz bevor es goldbraun war, hat man es noch mit heißem Salzwasser übergossen, damit es weicher wurde, dann kam es noch einmal für ein paar Minuten in den Ofen. Pita kann man heutzutage in sämtlichen Dönerläden finden und wird oft unter dem Namen ›Burek‹ verkauft. Diese Art von Pita backen, beherrsche ich leider immer noch nicht, wofür ich mich richtig schäme, da meine Mutter das bereits mit elf Jahren gemacht hat.

Vor ungefähr hundert Jahren, genauer gesagt im ersten Weltkrieg, wurden die Türken aus Bosnien vertrieben. Sie hatten über 400 Jahre in der Region geherrscht und einiges an die Einheimischen weitergegeben, wie zum Beispiel Pita zubereiten. Von den Türken lernten die Bosnier auch, diverse süße Kuchen zu backen, wie die Baklava, Tulumbe oder Tufahije. Alles extra süße Sachen, die ich auch heute noch ab und zu gern esse. Für ernährungsbewusste Menschen oder während einer Diät sind diese Kuchen aber eine große Sünde.

Die Türken brachten aber nicht nur Gutes, wie das Essen, mit sich. Meine Ur-Oma, die sich an diese Zeit noch sehr gut erinnern konnte, hatte meiner Oma erzählt, dass es, bevor die Türken gekommen waren, nur zwei Religionen gegeben hatte. Da gab es allein die Christen und die Orthodoxen. Die Türken wollten aber, dass alle zum Islam konvertierten. Wer dem gefolgt war, musste weniger Steuer zahlen und hatte ein wesentlich angenehmeres Leben, als die, die sich heftig dagegen gewehrt hatten. Wer nicht konvertierte, musste fast sein ganzes Land abgeben und war bettelarm. Die Kirche sagte den Leuten, dass sie immer ein Kind mehr haben sollten als eigentlich geplant, damit die Christen irgendwann gegenüber den Muslimen in der Überzahl sein würden, was gar nicht so einfach war. Wer heute Bosnien besucht und die Menschen betrachtet, der wird feststellen, dass es blonde Muslime mit blauen Augen gibt. Das sind Leute, deren Vorfahren wahrscheinlich vor zwei- bis dreihundert Jahren konvertiert sind. Ich erinnere mich an eine skurrile Geschichte, die ebenfalls meine Ur-Oma einmal erzählt hatte. Wenn ein Paar, das nicht dem muslimischen Glauben angehörte, geheiratet hatte, schlief in der Hochzeitsnacht nicht der Ehemann mit seiner Angetrauten, sondern ein gehobenes Mitglied der muslimischen Gemeinde. Keiner konnte etwas dagegen tun, das war einfach eine Anordnung der Höher-Positionierten gewesen. Bis eines Tages ein Vater in einem Hochzeitskleid den ungebetenen Gast im Schlafzimmer erwartet hatte, um ihn niederzustechen. Seitdem gehörten die Frauen in der Hochzeitsnacht wieder ihren Männern. Zur Überraschung aller gab es aufgrund der Tat des mutigen Vaters kein Nachspiel. Vielleicht hatten die Türken Angst, dass sich die Christen ernsthaft wehren würden.

Wenn man als Kind solche Geschichten hört, ist es nicht immer einfach, tolerant zu sein und alle Menschen gleich zu lieben. Es bestehen immer leichte Unterschiede in unseren Köpfen, ob man will oder nicht. Auch wenn ich selbst einige Freunde und Bekannte habe, die Muslime und für mich wundervolle Lebensbegleiter sind, möchte ich nicht, dass unser alter Kontinent wieder von ihnen besiedelt wird. Zumindest nicht in dem Ausmaß, wie es zurzeit auf uns zukommt. Aufgrund der Geschichten, die ich von meinen Vorfahren gehört habe, kann ich nicht anders denken. Ich respektiere alle Kulturen, aber niemand kann mich zwingen, alle Menschen, Kulturen und Religionen zu lieben. Natürlich sind diese Geschichten bereits hundert Jahre alt, und mögen veraltet erscheinen, aber mich prägt nach wie vor die Zeit, in der wir wie Sklaven im eigenen Land behandelt worden waren, und das von der Religionsgruppe, die gerade jetzt wieder vor den Toren Europas steht. In meinem Kopf blinkt instinktiv eine Warnlampe.

Meine Oma Iva und mein Opa Rudolf hatten nicht nur fünf Kinder, jede Menge Vieh, Riesenfelder, die sie bearbeiten und pflügen mussten und einen großen Obstgarten. Nein, das war nicht alles. Sie waren obendrein Angestellte in einer großen Fabrik in der Stadt, in der sie sechsmal in der Woche acht Stunden arbeiten mussten. Und ich meckere, wenn mein einziges Kind um acht Uhr morgens schreit und Hunger hat. Die Zeiten ändern sich zum Glück, aber man darf nicht vergessen, wie die Menschen nur eine oder zwei Generationen vor uns gelebt haben. Dann wird man automatisch dankbarer für die heutige, gute Zeit mit fließendem Wasser im Haus, mit einer Spül- und Waschmaschine und all den anderen Annehmlichkeiten. Iva und Rudolf waren nicht nur extrem fleißige Leute, sie waren auch gute Eltern und Großeltern, die uns das Gefühl gegeben hatten, geliebt zu werden. Opa war ein zierlicher, kleinerer Mann mit einem hellen Schnurrbart gewesen, der für sein Leben gern Zigaretten geraucht und selbst gemachte Sljiva getrunken hatte. Oft musste er sich im Keller verstecken, um einen Schluck zu nehmen, damit die Oma, die Alkohol verachtete, nichts mitbekam. Als Opa noch etwas jünger war, strickte er Wollsocken, was total ungewöhnlich für einen Mann war, dazu in der sehr konservativen Region. Aber das Stricken entspannte ihn und er genoss es. Oma war eine korpulentere Dame mit weißem kurzem Haar, die während des Zweiten Weltkriegs, als sie noch klein war, zu stottern anfing, weil sie Angst vor den Fliegern hatte, die ständig über ihren Kopf flogen. Das Stottern ging nie weg. Sehr oft musste sie mehrere Versuche starten, um ein Wort auszusprechen. Während des zweiten Weltkriegs waren auch viele deutsche Soldaten in Bosnien stationiert. Oma hatte uns Kindern erzählt, wie sie sich als Kind immer gefreut hatte, wenn deutsche Soldaten an ihrem Haus vorbeimarschiert waren, weil sie den Kindern immer Süßigkeiten schenkten und sie anlächelten. Im Gegensatz dazu waren die einheimischen Soldaten und Partisanen, die oftmals in die Häuser der Dorfbewohner eingedrungen waren und das letzte Essen raubten, das die Familien auf dem Tisch hatten. Diese Barbaren, wenn ich sie so nennen darf, waren gefühlslose, arrogante Männer, die Angst und Schrecken verbreiteten. Wenn sie in ein Haus platzten, durfte man sie nicht schief ansehen und sich nicht wehren. Es war nur erlaubt, ihnen zuzusehen, wie sie den eigenen Kindern das letzte Essen wegnahmen.

Mitte der Achtzigerjahre hatten sich Oma und Opa ein neues, modernes Haus gebaut. Alles war entsprechend der damaligen Zeit nach der modernsten Technik ausgerichtet. Ich war gern bei ihnen zu Hause. Mein Vater hatte ihnen beim Bau geholfen. Er war und ist ein leidenschaftlicher und sehr präziser Maurer. Ein Haus zu bauen, ist für ihn nach wie vor das Allergrößte auf der Welt.

Oma Iva hatte auf ihrem Balkon ein Fernglas, mit dem sie gern in das benachbarte Dorf spähte. Dabei kommentierte sie, wer gerade wo hinging oder was jemand gerade tat. Sie hat es aber nie böse gemeint, sondern war eben einfach nur neugierig. Ich fand ihre Kommentare lustig und manchmal auch angemessen. Das Allergrößte für Ani und mich war, wenn Oma in die Speisekammer ging. Dann wussten wir, dass es gleich Milka Schokolade für uns geben würde. Wir hatten mit unserer Einschätzung immer Recht. Oma hatte nie billiges Zeug gekauft, sondern die feinen, teuren Milkas, die wir auf dem Weg nach Hause verdrückten. Es ist erst ein paar Jahre her, als Oma und Opa sich zu Hause nicht mehr wohlgefühlt und sich gegen den Willen der Kinder dafür entschieden hatten, in ein Pflegeheim zu ziehen. Sie hatten niemandem auf der Tasche liegen und niemanden stören wollen. Die Kosten dafür konnten sie selbst tragen. Es hatte nicht lang gedauert, bis sie ein kleines Zimmer im Altenheim beziehen konnten. Heute bin ich sehr froh, dass ich sie wenigstens dreimal besucht habe. Das erste Mal war es für mich am schlimmsten. In ihrem Haus hatten sie drinnen und draußen sehr viel Platz gehabt. Als ich jedoch die Zimmertür des Heims öffnete, sah ich zwei alte, hilflose, nette Menschen, die vor sich hinstarrend auf zwei Betten saßen, die nicht einmal nebeneinander Platz fanden, weil das Zimmer viel zu schmal war. Die Enden der Betten waren aneinandergestellt, gegenüber gab es einen kleinen Kühlschrank und einen Tisch. Hinter der Tür stand ein kleiner Kleiderschrank. Oma schaute mich in ihrer schwarzen Kleidung, die sie zu diesem Zeitpunkt seit genau zwanzig Jahren trug, an und musste erst überlegen, wer sie da besuchte. Es war nicht immer leicht, von zwölf Enkelkindern und drei Urenkeln auf Anhieb den richtigen Namen zu wissen. Opa saß in seinem Pyjama und einem Strickpulli da. Als sie mich erkannten, strahlten sie auf einmal übers ganze Gesicht. Sie hatten nicht jeden Tag Besuch, weil all ihre Lieben in verschiedenen Ländern gelebt hatten. Nur eine Tochter lebte in Travnik und besuchte sie, so oft sie konnte. Wir sprachen über meine Arbeit, meinen damaligen langjährigen Freund, den sie sehr mochten. Obwohl wir schon so gut wie getrennt waren, durfte ich das nicht erwähnen. Als es das letzte Mal zwischen uns gekriselt hatte und ich ihnen davon erzählt hatte, fingen beide bitterlich an zu weinen und flehten mich an, keine Dummheiten zu machen. Deshalb sagte ich nichts und lächelte nur. Sie betonten immer wieder, wie gut es ihnen im Heim ginge, und dass es die beste Entscheidung überhaupt war. Opa sagte, dass er sich wie in einem Hotel fühlen würde, alles würde einem serviert und die Wäsche gewaschen. Aber ich kämpfte mit meinen Tränen. Es war nicht leicht, sie so zu sehen, vor allem weil ich ja wusste, wie gut sie es zu Hause hatten. Aber ich gab ihnen das Gefühl, dass sie alles richtig gemacht hatten und lobte ihre mutige Entscheidung, obwohl ich sie am liebsten wieder nach Hause gebracht hätte, wo sie hingehörten. Um Punkt 17 Uhr kam eine Pflegerin ins Zimmer und brachte Oma aufgrund ihrer Diabetes eine Zwischenmahlzeit. Ich dachte, Gott weiß, was jetzt kommt. Oma machte die Serviette auf. Darauf lagen zwei dicke Scheiben Weißbrot mit etwas Butter dazwischen.

Ich kämpfte wieder mit meinen Gefühlen. Es war recht traurig. Die so lieblos servierte Zwischenmahlzeit war nicht gerade das Beste für einen Diabetiker. Ich hätte ihnen am liebsten eine Portion Cevapcici spendiert, doch sie wollten davon nichts wissen. Ich wohnte tausend Kilometer entfernt und wollte ihnen an diesem Tag so gern etwas Gutes tun. Ich sagte: »Dann essen wir das nächste Mal, wenn ich wiederkomme, Cevapcici.« Als ich mich an diesem Tag fast mit einer Leichtigkeit von ihnen verabschiedete, konnte ich nicht ahnen, dass es das letzte Mal gewesen war, dass ich sie lebend gesehen habe. Sie wurden einen Tag nach ihrem Tod nicht weit von ihrem eigenen Haus auf dem städtischen katholischen Friedhof beerdigt. Als frisch gebackene Mutter konnte ich leider nicht dabei sein. Aber es muss eine sehr zu Herzen gehende Trauerfeier gewesen sein. Ani und Marta erzählten mir, dass viele Menschen zur Trauerfeier gekommen waren. Die beiden Särge waren von mehreren Männern auf den Friedhof getragen worden. Sie wurden in das Grab gelegt, das bereits seit Jahren vorbereitet war. Meine Großeltern hatten die Grabsteine vor langer Zeit mit Bildern und ihren Namen darauf anfertigen lassen, da die Kinder keine Kosten haben sollten. Das war sehr vorbildlich und ungewöhnlich. Oma legten sie links und Opa rechts von ihrem geliebten Sohn Jozo, der seit 20 Jahren in dem Grab lag.

Glückliche Kindheit

An einem heißen Sommertag im August in der zweiten Hälfte der Achtzigerjahre spürte meine Mutter den Erzählungen nach am späten Nachmittag zum ersten Mal, dass es ernst wurde. Das Baby in ihrem Bauch fing kräftiger an zu strampeln und war wild entschlossen, rauszukommen. Leichte Wehen hatten bereits eingesetzt. Da meine Eltern kein Auto besaßen, machte sich meine Mutter zu Fuß auf den Weg ins Krankenhaus, das nur zehn Gehminuten von unserem Haus entfernt war. Die Geburt verlief komplikationslos und gegen 22:30 Uhr erblickte ich das Licht der Welt. Mit 3.885 Gramm war ich in der Region fast zierlich und klein. Das sahen auch meine Eltern so, da der Durchschnitt der Babys in unserer Familie bei 4.100 Gramm lag. Alles unter vier Kilo galt schon als unterernährt. Da Männer in der Frauenstation nichts verloren hatten (sie werden auch heute noch nicht reingelassen), stand mein Vater vor dem Krankenhaus und schaute eine ganze Ewigkeit zum fünften Stock hinauf, wo sich der Kreißsaal befand. Irgendwann sah meine Mutter zu ihm hinunter und schrie: »Ein Mädchen!«

Obwohl es mein Vater nie zugegeben hat, glaube ich, dass er ziemlich enttäuscht war, weil er schon eine Tochter hatte und sich mit Sicherheit heimlich einen Sohn gewünscht hatte. Bosnien ist so eine Gegend, wo man von seinen Kumpeln heute noch auf den Arm genommen wird, wenn man zwei oder Gott bewahre drei und mehr Mädchen hintereinander hat und kein einziger Sohn in Sicht ist. Wenn ich ihn heute noch darauf anspreche, sagt er lachend, dass er die ganze Nacht nach meiner Geburt mit seinen Brüdern Braco und Slavek in der Kneipe gesessen, getrunken und geweint hat. Vor Freude versteht sich. Dass sie die ganze Nacht in der Kneipe gesessen und getrunken haben, das glaube ich, weil sie es auch so oft gemacht hatten;

dass sie geweint haben, das glaube ich auch – aber vor Freude? Daran glaube ich heute noch nicht, aber er will meinen Verdacht einfach nicht bestätigen. Ich verstehe bis heute nicht, warum es für einige Leute, Kulturen oder Länder eine Schande ist, mehrere Mädchen zu haben; Hauptsache gesund. Aber das interessiert die Männer nicht, sie fühlen sich minderwertig, wenn sie eine Tochter statt einen Sohn zeugen. Mein Vater hat uns das nie spüren lassen, obwohl sich einige über ihn lustig gemacht haben. Aber mit etwas Selbstbewusstsein steht man drüber und freut sich, dass man ein gesundes Kind hat. Mir sind einige Fälle aus dem erweiterten Familienkreis bekannt, bei denen die Eltern fünf Töchter hatten, unzufrieden waren und unbedingt noch einen Sohn wollten, bis er endlich als sechstes oder siebtes oder Gott weiß wievieltes Kind kam. Das ist eine anstrengende und primitive Einstellung.

Als mich meine Mutter nach einigen Tagen nach Hause brachte, war Ani am Boden zerstört. Sie bildete sich ein, dass die Eltern sie nicht mehr mögen würden, und wollte mich oft schlagen, was die Eltern zum Glück immer erfolgreich verhinderten. Ani und ich teilten uns ein winziges Zimmer. Ich hatte wohl jede Nacht ziemlich laut geschrien. Irgendwie litt ich ständig an Halsentzündungen und Koliken, aber da mussten wir alle durch. Da Ani ein vorbildliches Baby gewesen war, das angeblich nie einen schiefen Ton von sich gegeben hatte, wurde für meine Beschwerden die Unterernährung verantwortlich gemacht, die schon bei meiner Geburt festgestellt worden war. Ich meine zwar, die haben sich das alles eingeredet, aber solche Dinge sind doch tiefer in einem verwurzelt, als man denkt.

Als ich meinen Sohn inmitten von München auf die Welt brachte und die Hebamme mir stolz sagte, dass er 3.550 Gramm wiegen würde, sagte ich nur »Oh Gott, nur so wenig?«. Ich muss wohl nicht erwähnen, dass mich die Hebamme komisch angeschaut hat. Vielleicht dachte sie ja, dass die arme Frau von der Geburt total erschöpft war und nicht mehr wusste, was sie da redete. Aber ich wusste natürlich genau, was ich da redete. Aber schließlich kannte die Hebamme meine Familie noch nicht. Ich überlegte mir, wie ich meinen Eltern schonend beibringen konnte, dass ihr Enkel noch weniger auf die Waage brachte, als ich es bei meiner Geburt getan hatte. Eine verrückte Welt.

Ich war vier Monate alt, als mich meine Mutter auf die Couch legte. Damit ich nicht herunterfallen konnte, packte sie viele Kissen um mich herum. Ani spielte an diesem kalten Nachmittag draußen. Vater war in der Arbeit. Meine erschöpfte Mutter legte sich auf das Sofa, das gegenüberstand und schlief rasch ein. Meine fünfjährige Schwester, die auf die Toilette musste, kam ins Haus und sah etwas Komisches im Glas der Wohnzimmertür. Nach näherer Betrachtung entschied sie sich, der Sache auf den Grund zu gehen. Sie öffnete vorsichtig die Tür und wurde vom Rauch fast erschlagen. Irgendwas stimmte nicht. Instinktiv lief sie zu der schlafenden Mutter und versuchte, sie zu wecken, doch es war nicht leicht. Ani schüttelte sie und zerrte an ihr, doch sie reagierte nicht. Da fing Ani laut an zu weinen. Plötzlich sprang Mutter vollkommen benebelt auf und war total desorientiert. Dann bemerkte sie, was geschehen war, packte mich, brachte mich aus dem Zimmer und legte mich Ani in die Arme. Eine kleine Lampe die Mutter auf die Armlehne über meinen Kopf gestellt hatte, fiel aus welchem Grund auch immer hinter mich auf das Sofa, und die Glühbirne war so stark, dass sie sich nur wenige Zentimeter von meinem Kopf entfernt in dem Bezug gebrannt hatte. Es war nur eine Frage der Zeit, wann die Couch in Flammen aufgegangen wäre. Bis heute ist es für alle ein Wunder, dass mir nichts passiert ist und dass ich keine Schäden davongetragen habe. Ani hatte mir das Leben gerettet, und das bekomme ich heute noch ab und zu zu hören. Meistens dann, wenn sie etwas von mir braucht, was wirklich nicht so oft vorkommt. Ich erinnere mich an das riesige verbrannte Loch, das bis auf die Sprungfedern des Sofas reichte. Als ich sechs Jahre alt war, hatten meine Eltern immer noch dieselbe Couch, weil sie sich keine andere leisten konnten. Aber das störte sie nicht sonderlich, da stets irgendwelche Kissen das Loch verbargen. Als sie sich nach der Hochzeit ihre Möbel gekauft hatten, wussten sie, dass diese bis zu ihrem Lebensende halten würden, oder zumindest halten sollten.

In unserem Haushalt ging es bescheiden zu, aber wir hatten alles, was wir brauchten. Ani und ich teilten uns ein Zimmer. Blöd war jedoch, dass es nur von unserem Zimmer aus in das Schlafzimmer der Eltern ging. Diese Bauweise gibt es heute nur noch sehr selten. Aber damals wurde die Privatsphäre auch nicht so groß geschrieben wie heute. Wir hatten ein Wohnzimmer, das als einziger Raum im Winter beheizt wurde, eine Küche, die mehr ein Durchlaufzimmer war und ein Bad mit Toilette. Vom Flur ging eine Treppe in das Dachgeschoss, das nicht ausgebaut war, es diente als Rumpelkammer und war gleichzeitig unser Spielraum. Unter der Treppe gab es im Boden eine Holzklappe. Wenn man diese öffnete, kam man über eine Leiter in den Keller. Der Keller war aber auch von draußen erreichbar. Die Variante mit der Leiter war nur so als Notlösung gedacht, was wir aber nie nutzten. Die gleiche räumliche Aufteilung, nur spiegelbildlich, gab es auch im Haus von Oma und Opa, das direkt an das unsere gebaut war. Gegenüber von unserem sogenannten langen Duplexhaus gab es eine kleine Scheune, die zum Teil als kleine Werkstatt diente, aber hauptsächlich für die Tiere gedacht war. Unter anderem lebten dort eine Kuh, ein Pferd, Schweine, Kaninchen usw. Im gleichen Hof, nur einen Katzensprung entfernt, hatte Vaters älterer Bruder Slavek ein eigenes, großes und modernes Haus. Dort lebte er mit seiner Ehefrau Ljuba und den beiden etwas verzogenen Kindern Toni und Manja. Braco, der jüngere Bruder, wohnte noch bei den Eltern, da er nie geheiratet hat, und Vaters Schwestern lebten, wie schon erwähnt, in der Schweiz. Unseren Häusern schloss sich ein größerer Garten an, in dem meine Familie alles angepflanzt hatte, was wir zum Leben benötigten. Meine Mutter erinnert sich immer gerne daran, wie ich einmal als Baby eine Frühlingszwiebel greifen wollte. Sie glitt mir jedoch immer wieder durch die Finger. Nach mehreren Versuchen wurde ich wütend und schrie mit hochroten Kopf, ohne eine Träne zu vergießen, meinen Zorn hinaus, bis ich sie endlich fangen konnte. Angeblich war ich mit meinen acht Monaten schon der größte Rebell in der Gegend. Mutter hatte damals schon große Unterschiede zwischen Ani und mir bemerkt. Ani war ein sehr ruhiges Kind gewesen, das totale Gegenteil von mir.

Unser Haus befand sich in unmittelbarer Nähe zur Grundschule. Das Land, auf dem die Schule gebaut worden war, hatte einmal meinem Ur-Ur-Großvater gehört. Aber da die Stadt beschlossen hatte, dass es dort angemessen wäre, eine Schule zu bauen, nahmen sie ihm das Land mit der Begründung, dass es die Gemeinde bräuchte und das er einer der wenigen wäre, die viel Land besäßen, einfach weg. Obwohl sich der Mann heftig gegen den Beschluss gewehrt hatte, konnte er letztendlich nichts dagegen unternehmen. Aus Erzählungen weiß ich auch, dass mein Ur-Ur-Großvater ein sehr engagierter und fähiger Mann gewesen war. Es wäre unfair, ihn hier nicht zu erwähnen. Angeblich hatte er vor über hundert Jahren so viel Land in der Stadt und in der Umgebung gekauft, dass sämtliche Nachfahren darauf leben könnten, wenn viele nicht ausgewandert wären. Es gibt dort noch immer viele Familien, die den gleichen Familiennamen tragen und auf das Land des großen Machers Anspruch haben. Da damals die Türken bei uns ihr Unwesen getrieben hatten, antwortete er auf die Frage der anderen Leute, warum er denn so viel Land kaufen würde: »Damit den Türken weniger übrig bleibt.« Man muss aber auch erwähnen, dass er ein sehr erfolgreicher Schäfer war und die Türken zu diesem Zeitpunkt bereits immer weniger wurden.

Wir Kinder waren stolz, dass unser Haus der Schule am nächsten war. Ani saß mit ihrer Schultasche am Fenster, und wenn die Glocke zu läuten begann, packte sie ihre Schultasche am Griff, weil ihr der Vater die beiden Gurte entfernt hatte, und rannte zum Schulgebäude. Vater hat die Gurte mit der Begründung abgeschnitten, dass sie auf dem kurzen Weg gar keine Zeit hätte, den Ranzen überhaupt auf den Rücken zu werfen. Ani hat wahnsinnig darunter gelitten, dass sie keine Gurte an ihrem schönen, neuen Schulranzen hatte, weil sie ihn wie alle anderen Kinder auch auf dem Rücken tragen wollte. Einige hatten sie ausgelacht, weil sie ihre Schultasche wie einen Aktenkoffer tragen musste. Warum mein Vater die Gurte abgeschnitten hatte, bleibt bis heute unbeantwortet. Jedes Mal, wenn wir ihn darauf ansprachen, kam die Antwort, dass sie die Riemen ja nicht gebraucht hätte.

Unsere Stadt Travnik befindet sich, wie schon erwähnt, in Zentralbosnien. Man könnte sagen, dass die Stadt, im Tal am Fluss Lasva gelegen, das Herz des Landes ist. Im Norden erstreckt sich das Gebirge Vlasic, das für seine herrlichen Ausblicke sehr bekannt ist. Immerhin sind die Berge mit 1943 Metern nicht gerade klein geraten. Vlasic besitzt außerdem mehrere Hotels mit Skianlagen. Seit einigen Jahren boomt dort der Wintertourismus. Was mir dort am besten gefällt, sind die Schafe, die in den meisten Monaten des Jahres am Vlasic grasen. Die Bauern dort stellen den leckersten Schafskäse der Welt her. Es gibt keinen einzigen Haushalt in der ganzen Region, der nicht mehrere Kilo Schafskäse im Keller deponiert hat. Das ist ein Grundnahrungsmittel, was man neben Zucker, Kaffee, Mehl und Öl zu Hause haben muss. Jedem Gast, ob angemeldet oder nicht, wird als Willkommensgeste ein Gläschen Sljiva mit Schafskäse angeboten. Die Gastfreundschaft ist den Menschen dort sehr wichtig. Mein Vater hatte mir oft erzählt, dass all unsere Vorfahren Schäfer am Vlasic gewesen waren. Auch er musste allein oder mit seinen Geschwistern in den Sommerferien monatelang die Schafe hüten. Seine älteren Geschwister haben den Käse hergestellt. Später musste er dann beide Aufgaben übernehmen. Kurz bevor meine Schwester und ich auf die Welt kamen, schafften sie die Tiere ab. Auch in Bosnien brach langsam die moderne Zeit an. Inzwischen konnte man das meiste kaufen, ohne sich körperlich anstrengen zu müssen. Von der südlichen Seite her erstreckte sich das Vilenica Gebirge. Travnik liegt in einem schmalen Tal. Wohin man auch sieht, sind Berge. Gerade dieser besondere Ausblick verleiht der Stadt ihren Reiz. Wenn ich heute aus dem Fenster schaue, sehe ich überall große Wohnhäuser. Ich sehne mich nach etwas Grünem, womit ich keinen einzelnen Baum meine, der quasi aus dem Beton wächst.

Travnik kann auf eine bewegende Geschichte zurückblicken, die bereits Jahrhunderte hinter uns liegt. Während des Osmanischen Reichs wurde die berühmte Festung gebaut, die seit 500 Jahren über der Stadt thront. Als einzige Stadt in ganz Bosnien und Herzegowina verfügt sie seit Anfang des 18. Jahrhunderts beachtenswerterweise über zwei Uhrtürme. Es gibt noch heute zahlreiche Moscheen aus der osmanischen Zeit, darunter auch die bekannte bunte Moschee. Daneben gibt es natürlich auch mehrere Kirchen, die katholisch geblieben sind. Travnik brachte auch bekannte Persönlichkeiten hervor. Zu ihnen gehört der Dichter und Nobelpreisträger Ivo Andric, der viele, schöne und eindrucksvolle Gedichte und Romane geschrieben hat. Vielleicht erinnert sich jemand noch an den Fußballspieler und Trainer Miroslav Blazevic, der bei der Weltmeisterschaft 1998 Kroatien bis ins Halbfinale geführt hat. Bei meinem Mann ist er in sehr negativer Erinnerung geblieben, weil die kroatische Mannschaft die Deutschen im Viertelfinale besiegt hatte. Mein Großvater kannte Herrn Miroslav Blazevic noch aus der Schulzeit. In der Stadt lebten zuletzt Katholiken, Orthodoxen und Moslems. Zwischen den Religionen gab es keine Probleme. Die Leute haben sich gegenseitig respektiert und waren miteinander befreundet, wenn auch darauf geachtet wurde, dass sich die jungen Leute aus den unterschiedlichen Glaubensrichtungen nicht vermählten. Besonders die alten Menschen haben darauf großen Wert gelegt, aber selbst sie vertraten auch schon mal die Meinung, wo die Liebe hinfällt. Das eine oder andere junge Paar heiratete heimlich, obwohl es mit Sanktionen seitens der Eltern rechnen musste. Die beste Freundin meiner Mutter ist Muslimin. Die beiden waren unzertrennlich und halten noch heute Kontakt zueinander. Nicht der Glaube war wichtig, sondern wie jemand in der Seele war. Deshalb war es immer sehr friedlich und Verbrechen gab es kaum. Die Leute sperrten nachts ihre Häuser nicht zu, und wenn jemand Hilfe brauchte, war die ganze Nachbarschaft für ihn da, so, wie sich das gehört. Meine Eltern, deren Geschwister und die halbe Stadt arbeiteten in einer großen Textilfabrik, die nur wenige Gehminuten von unserem Haus entfernt war. Dort waren mehrere Tausend Menschen beschäftigt, die auch aus anderen Städten kamen. Da die Fabrik Borac (Kämpfer) staatlich war, bekamen alle gute Gehälter, hatten freie Wochenenden und waren angesehen. Wer dort arbeitete, war ein zufriedener Mensch, der sich im Sommer einen Urlaub am Meer leisten und eine Ratenzahlung für die Wintervorräte, wie zum Beispiel für ein Kalb, ein Schwein oder was auch immer, leisten konnte. Im Gegensatz zu heute konnte man sich damals von seinem Gehalt viel leisten und sogar ein Haus bauen. Wir Kinder hatten das schönste Leben überhaupt. In jedem Haus in der Nachbarschaft gab es mindestens zwei Kinder, einen Hund, ein Fahrrad und einen Schlitten. Mehr brauchten wir für eine glückliche Kindheit nicht. Wenn vor unserem Haus ein Kind stand, kamen gleich zehn andere dazu. Wir hüpften Seil oder sprangen Gummiband, spielten Verstecken oder beschossen uns gegenseitig mit selbst gemachten Waffen. Die Rambo-Filme waren in unserer Gegend sehr beliebt. Sylvester Stallone war unser großer Held, wir imitierten ihn in unserem Spiel, ohne zu ahnen, dass an unseren beliebten Spielplätzen nur wenige Monate später echte Kugeln um uns herum fliegen würden. Zu unseren ständigen Spielkameraden gehörten unsere Cousine Manja und ihr Bruder Toni. Obwohl wir uns im Grunde mochten und uns verbunden fühlten, zankten wir uns des Öfteren. Die beiden besaßen einen Videorekorder und jede Menge Filme, wovon Ani und ich nur träumen konnten. Die beiden hänselten uns manchmal, und da Ani groß und stark war, verdrosch sie die beiden oft so heftig, dass diese weinend zu ihrer Mutter liefen und petzten, woraufhin Ani auch einmal Prügel von Tante Ljuba bekam, was Ani bis heute nicht vergessen hat. Wenn wir uns heute noch manchmal darüber unterhalten, sagt sie, dass es ihr leidtut, dass unsere Mutter dies damals nicht verhindert hat. Aber so war sie eben. Mutter wollte gut erzogene Kinder haben, die sich immer gut benahmen und vor allem niemanden verprügelten, wie es Ani gerne getan hatte. Unsere Eltern legten auf moderne Spielzeuge keinen großen Wert. Das war für sie alles nur Geldverschwendung. Das fanden wir natürlich gar nicht lustig, da alle anderen immer etwas Besseres hatten. Aber geht es nicht irgendwie allen Kindern so?

Ljuba und Slavek hatten ihre Kellerwohnung an irgendwelche Leute, die aus den Bergen in die Stadt gezogen waren, vermietet. Die netten Untermieter hatten zwei Mädchen, die in unserem Alter waren. Eines Tages holten sie eine Tüte voll mit Legosteinen aus der Wohnung – Legosteine waren der letzte Schrei, und Ani und ich staunten nicht schlecht. Nachdem wir eine Weile damit gespielt hatten, räumten die beiden die Steine wieder weg. Ich half ihnen und steckte einen einzigen, gelben Legostein unbemerkt in meine Hosentasche. In meinem Zimmer holte ich ihn raus und bewunderte ihn, als wäre er ein Goldbarren. Der Plastikstein war das Größte für mich und ich ging sogar mit ihm ins Bett. Am nächsten Tag entdeckte ihn meine Mutter und sprach uns darauf an. Ani zuckte ahnungslos mit den Schultern. Da Kinder bekanntlich nicht lügen können, wurde ich rot und beichtete meine Sünde vom Vortag. Mutter war empört. Ich sollte den Legostein umgehend zurückgeben und mich entschuldigen. Sie betonte mehrmals, dass sie prüfen würde, ob ich ihre Anweisung ordnungsgemäß befolgt hätte. Beschämt nahm ich den Stein und ging mit schwerem Herzen die wenigen Schritte zur Wohnung. Da die Tür auf war, ging ich hinein. Im Wohnzimmer saß der Familienvater. Ich gestand ihm meinen Diebstahl und reichte ihm den Stein. Der Mann lachte sich halb kaputt, stand auf, klappte die Vitrinen Tür auf und drückte mir einige Kekse in die Hand. Voller Freude verließ ich die Wohnung und war glücklich, die Wahrheit gesagt zu haben.

Es gab eine Zeit, da hatten alle Kinder in der Nachbarschaft neue Fahrräder von ihren Eltern bekommen. Sogar das Mädchen gegenüber bekam so ein heiß begehrtes BMX–Rad. Nur Ani und ich hatten keines. Da ich noch zu klein für ein Rad war, litt vor allem Ani darunter, dass sie einfach nichts bekam. Aber unser Vater blieb stur und legte wie immer die gleiche Platte auf: »Wenn alle anderen Kinder von der Brücke springen, würdest du es auch machen?« Damit war die Diskussion beendet. Irgendwann saß Ani im Religionsunterricht, der jeden Donnerstag in den kirchlichen Räumlichkeiten stattfand, als es plötzlich an der Tür klopfte.

Die Tür ging auf und Vater betrat den Raum. Anis Herz blieb fast stehen, da sie ahnte, dass dies nichts Gutes bedeuten konnte. »Schwester, ich muss meine Tochter jetzt abholen, wir haben etwas vor ...« Die Klosterfrau sagte verwirrt, dass der Unterricht noch nicht vorbei sei und dass er bitte warten solle. Doch er ließ sich nicht abwimmeln, bis Ani schließlich gehen durfte. Sie hatte tierische Angst davor, was folgen würde. Unser Vater hätte nie ohne Grund den Unterricht gestört. Auf ihre Frage bekam sie nur eine oberflächliche Antwort. Plötzlich näherten sie sich einem Fahrradgeschäft, und Anis Augen wurden immer größer, doch sie traute sich nichts zu sagen. Sie gingen rein und Vater sagte: »Such dir eins aus!«. Auf die Frage, warum und ob es ein Scherz sei, antwortete Vater: »Toni und Manja haben heute auch eins bekommen, und da du in der Schule viel besser bist als die beiden, bekommst du jetzt auch ein Rad!«. Und so bekam Ani ein blaues BMX-Rad und protzte noch am selben Tag damit herum. Ani erinnert sich heute noch gern daran. Sie war mächtig stolz auf ihren Papa gewesen.

Wir machten sehr oft kleinere Ausflüge zu Opas Hütte oder besser gesagt, in sein Wochenendhaus in den Bergen. Es war ein sehr kleines Haus, in dem es trotzdem genug Platz für alle gab. Dort wurde am 1. Mai immer ein Lamm auf dem Spieß gedreht und gegessen, dort gab es unter anderem Haselnussbüsche und einen großen Walnussbaum am Anfang des großen Anwesens. Das Land meines Großvaters hatte kein Ende gehabt, meistens zeigte er mit einem Stock, bis wohin es ungefähr ging und was seinem Bruder gehörte. Großvaters Grundbesitz hatte sich über halbe Berge erstreckt, den einst unser großartiger Ur-Ur-Großvater erworben hatte. Während die Erwachsenen alles für den Lammspieß vorbereiteten, spielten wir Kinder auf der großen Wiese. Es gab so viel Platz, dass wir schon nach wenigen Stunden platt waren und nicht mehr rennen konnten. Die Landschaft um Großvaters Wochenendhäuschen war ein wunderbarer Ort, um sich von allem zu erholen. Dort gab es nichts, außer Natur und Frieden.

Unser Opa väterlicherseits war ein etwas schwieriger Mensch. Er war eine sehr autoritäre Persönlichkeit, die von jedem respektiert werden wollte, aber selbst nur ganz wenige Leute respektierte, zu denen jedoch weder seine Ehefrau noch seine Kinder dazu zählten. Über Tote sollte man nur das Beste sagen, und ich werde versuchen, dies zu beherzigen, obwohl es nicht immer leicht sein wird. Ich weiß nicht mehr allzu viel von ihm, aber eine Situation werde ich nie vergessen. Wir hatten im Garten vor unserem Haus mehrere Apfelbäume, einen Kirschbaum, einen Birnbaum und einen Walnussbaum. Aber keiner von uns durfte etwas von den Bäumen pflücken, selbst wenn das Obst am Boden lag und verfaulte. Es war sein Eigentum, und das hat er uns allen deutlich zu verstehen gegeben, vor allem uns Kindern. Er hatte immer Angst, dass wir beim Klettern die Äste beschädigen könnten. Er verbot uns, auch nur in die Nähe der Bäume zu kommen. Alle hielten sich daran, weil keiner Prügel kassieren wollte. Ein Apfelbaum, an denen es nur saure Äpfel gab, befand sich blöderweise direkt an unserem Grundstück, der an den Schulhof grenzte. Opas einzige Aufgabe war es, zu jeder Schulpause den Wächter zu spielen und den Apfelbaum zu schützen, damit ja kein Kind auch nur einen Blick darauf werfen konnte. Keiner wollte die sauren Äpfel, aber es war eben sein Eigentum, und das verteidigte er zum Teil aus Geiz und zum Teil aus Langeweile. Eines Tages saßen Ani und ich im Treppenhaus und sprachen darüber, wie gern wir ein paar Walnüsse essen würden. Unsere Eltern waren nicht zu Hause, und meine Schwester und ich wussten nicht so recht, was wir machen sollten. Da kam mir die Idee, zu dem Baum zu gehen, einige Walnüsse, die dort am Boden lagen, aufzuheben und dann schnell wieder ins Haus zu rennen. Ani stufte es als »sehr gefährlich« ein und untersagte mir, das zu tun. Doch ich ließ mich nicht davon abbringen und wollte unbedingt die verdammten Nüsse haben. Schließlich ließ mich Ani doch raus, damit ich mein Vorhaben in die Tat umsetzen konnte. Zuerst sicherte ich die Umgebung, damit ich sicher sein konnte, dass Opa nicht in der Nähe war. Ani beobachtete hinter der Gardine meine gefährliche Aktion, sichtlich nervös. Ich lief zum Objekt unserer Begierde und schaute mich wieder nach Opa um. Er war nirgends zu sehen, trotzdem schlug mein Herz wie verrückt und ich hatte tierische Angst. Rasch bückte ich mich und nahm jeweils zwei Nüsse in jede Hand. Mehr hätte ich auch nicht tragen können. Im selben Moment hörte ich seine Stimme: »Was machst du da?«. Für einige Sekunden blieb mir das Herz stehen. Ich richtete mich auf, hielt die Hände hinter meinem Rücken versteckt und ließ die Walnüsse fallen. Total verstört hob ich meine Hände in die Luft und zeigte ihm, dass sie leer waren. Er musste mich wohl vom Fenster aus beobachtet haben. Opas strenger Gesichtsausdruck wurde auf einmal weicher und er fing laut zu lachen an. Wahrscheinlich hatte er meine Todesangst bemerkt und nun amüsierte er sich an meiner ›mission impossible‹. Als er sich wieder beruhigt hatte, schenkte er mir sogar eine Handvoll Nüsse, die ich rennend nach Hause brachte. Ani und ich waren froh, dass er uns nicht bestraft hat. Am Ende haben mir die Walnüsse dann doch nicht mehr geschmeckt.

Oma Ana war im Gegensatz zu Opa Marko eine nette, bescheidene Frau, die die Aura eines Engels hatte. Ich liebte sie mehr, als alles andere auf der Welt. Und das nicht nur, weil wir viel Zeit bei ihr verbracht hatten, da unsere Eltern ja arbeiten mussten, sondern weil sie einfach nichts Materielles im Leben besaß, und trotzdem so viel Liebe und Geborgenheit gab wie kein anderer in dieser Zeit. Wir verbrachten jede freie Minute mit ihr. Obwohl sie den ganzen Haushalt selbst schmiss, die Tiere versorgen musste und mit Opa in den Wald ging, um Holz zu holen, hatte sie immer Zeit und liebe Worte für uns gehabt. Eine extrem bescheidene Frau mit dem Wesen eines Engels.

Wenn Oma zu beschäftigt war, gingen wir mit unserer Mutter oft spazieren und sammelten viele Blüten und verschiedene Pflanzen, die wir trockneten. Mutter machte daraus immer einen leckeren Tee. Das Einzige, was ich mir merken konnte, war die Hagebutte, weil sie so rot und länglich war. Wenn man sie aufmachte, kamen kleine Samen zum Vorschein, die ziemlich gejuckt haben, wenn sie mit der Haut in Berührung kamen, was so gut wie tagtäglich geschah, denn die Kinder in der Nachbarschaft kannten keine Gnade, wenn es um Hagebuttensamen ging. Meistens bekamen wir sie plötzlich von hinten ins Shirt gesteckt. Es dauerte eine Ewigkeit, ehe wir die juckende Plage wieder loswurden. Mutter nahm uns immer mit zu ihren Eltern. Der halbstündige Spaziergang auf einen kleinen Berg, wo das Dorf lag, war ein Kinderspiel für uns. Dort oben gab es eine riesige steile Wiese, die wir immer hinunterrollten. Oma und Opa besaßen einen Kirschbaum, den wir immer plünderten, wenn es so weit war. Das Beste war, dass Mutters Vater darüber nicht schimpfte wie der andere Opa. Ja, es war einfach eine tolle Zeit.

In unserem Dorf kannte jeder jeden. Wir Kinder mussten die älteren Leute immer höflich grüßen und fragen, wie es ihnen geht. Das war eine Grundregel und wenn andere Kinder sie nicht befolgten, wurde heftig gelästert und an deren Erziehung gezweifelt. Jedes Wochenende gab es irgendwo eine Hausparty. Damals kannte man noch den besten Freund vom Cousin dritten Grades, und wenn der was feierte, dann wurden sämtliche Familienmitglieder, Freunde und deren Freunde eingeladen. Natürlich wurden auch wir Kinder stets mitgeschleppt und haben hinter dem Sofa, auf dem die Eltern saßen, geschlafen. Auf den Partys gab es viel einheimisches Essen und selbstgebrannte hochprozentige Getränke. Bis zu den Morgenstunden wurde gefeiert, getanzt und geredet. Meine Eltern sagen heute noch, dass dies die beste Zeit ihres Lebens gewesen war und dass es solche Partys, so eine Gastfreundschaft und so gutes Essen nicht mehr gibt. Der Krieg hat die Freude der Menschen ausgelöscht und ihnen alles genommen, was irgendetwas damit zu tun hatte. Es hatte uns nichts ausgemacht, die Eltern auf diese Partys zu begleiten. Es gab immer andere Kinder, mit denen wir draußen gespielt haben. Für uns war es nichts Ungewöhnliches. Es gab aber eine Sache, die mich bis heute verfolgt.

Es war Fasching und zu diesem Anlass hatten sich viele Kinder verkleidet. Sie liefen von Haus zu Haus und bettelten um Süßigkeiten, wie an Halloween in Amerika. Damals war ich noch recht klein und hatte keine Ahnung vom Fasching. Ich benahm mich entsprechend ängstlich. Irgendwann klingelte es an der Tür. Ich lief in den Flur und öffnete, ohne viel nachzudenken, die Tür. Vor mir standen mehrere Kreaturen, die in hässlichen Klamotten steckten und ihre Gesichter hinter angsteinflößenden Masken verbargen. Einer hatte Hörner auf dem Kopf und die Teufelsmaske sah echt aus. Ein anderer hatte einen Umhang aus echtem Schafspelz, echte Hörner, ein bemaltes Gesicht und eine riesige Glocke, mit der er ständig hin und her wedelte. Es war einfach nur gruselig. Da ich damals noch nicht wusste, dass das nur Masken waren, dachte ich, dass die mich mitnehmen würden und lief schreiend ins Wohnzimmer. Daraufhin ging mein Vater an die Tür und lachte laut. Dann nahm er mich auf seinen Arm und wollte mich rausbringen. Die Leute sollten die Maske abnehmen, damit ich ihre wahren Gesichter sehen konnte. Doch ich presste mich an die Wand und schrie, als wolle mich jemand umbringen. Ich grub meine Fingernägel in dem Putz, und Vater hatte keine Chance, mir die Situation zu erklären. Erst als Ani rausging und ebenfalls lachte, beruhigte ich mich, traute mich aber nicht mehr, rauszugehen. Das erklärt, warum ich heute noch Halloween hasse und mich ungern verkleide. Ich zucke immer noch zusammen, wenn ich irgendwelche Monstermasken sehe, egal ob im Fernseher oder live. Ich mache auch nie die Tür auf, wenn es klingelt, egal ob es der Postbote oder nur der Nachbar ist. Das Kindheitserlebnis steckt tief in mir drin. Natürlich fragen mich die Leute oft, warum ich nicht geöffnet habe, sie hätten mich doch gehört. Dann muss ich immer etwas erfinden und gerate in Verlegenheit. Eigentlich ist es unbegreiflich, dass ein im Grunde so harmloses Erlebnis derartige Folgen haben kann. Aber die Kindheit prägt den Menschen für sein ganzes Leben.

Das ganze Haus war unsere Spielwiese. Ani machte sich mit ihren Puppen auf dem Dachboden gemütlich und ich bezog irgendwann den Stall und tat, als würde ich drin leben und Kinder haben. Es stank zwar fürchterlich nach Kuh und Pferd, was erklärt, warum mich niemand besuchen kam. Ani schwieg klugerweise, damit ich nicht auf die Idee käme, bei ihr auf dem Dachboden einzuziehen. Wenn ich Ani mehrmals am Tag auf dem sauberen Dachboden besuchte, taten wir so, als wäre ich eine Nachbarin, die zum Kaffee trinken gekommen war und wünschte mir, ich hätte da wohnen können. Doch Ani hatte mir schon damals zu verstehen gegeben, wer die Nase vorn hat, und wies mich aus dem Haus. Es war aber nicht so schlimm, denn draußen hatte ich mehr Platz, auch wenn ich nach einiger Zeit selbst wie eine Kuh stank. Joki, unser kleiner Hund war, wie damals üblich, draußen angekettet. Ich spielte oft mit ihm. Oma richtete mir neben der Scheune einen kleinen Gemüsegarten her, der nur für mich bestimmt war. Ich besaß eine Zwiebel, eine Kartoffel, eine Maispflanze, eine Paprikastange und eine Karotte. Obwohl ich erst fünf war, kümmerte ich mich ganz allein um das Gemüse und durfte am Ende auch alles selbst essen. Am meisten freute ich mich, wenn in Omas Garten die Kürbisse reif waren. Oma warf die Kleinsten immer zu uns rüber. Dann schnitten wir sie klein und taten so, als würden wir kochen oder Pita backen.

Da wir damals nicht so viele Spielzeuge wie die heutigen Kinder hatten, mussten wir einiges erfinden, um uns zu beschäftigen. Die gelben Plastikverpackungen aus den Kinderüberraschungseiern waren unsere Eier, die füllten wir mit Sägemehl und machten dann virtuell ein Omelette oder Rührerei, je nach Wunsch unserer erfundenen Kinder. Der Marmeladendeckel war unser Blech, worauf wir alles Mögliche backten. An Fantasie hat es uns nie gefehlt. Ein besonderes Spielzeug tragen Ani und ich noch immer in unseren Herzen. Da wir ja bekanntlich nicht so tolle Spielsachen hatten, nahm Vater zwei leere, große

Shampoo Flaschen und schnitt in der Mitte jeweils ein kleineres Loch aus. Dann ritzte er mit dem Messer den Rand etwas ein, nahm mehrere Gummibänder, steckte sie in die Ritzen und zog die Gummibänder etwas fester. Im Nu hatten meine Schwester und ich zwei Gitarren, die wir nicht mehr aus den Händen ließen. Für uns waren diese selbst gebastelten Gitarren das Allergrößte. Tagelang spielten wir mit ihnen, als wären sie echt. Ani und ich erzählen das heute jedem Kind, das ein spezielles Spielzeug haben möchte und mit den anderen zweihundert nicht zufrieden ist. Meist sehen sie uns staunend an, es hilft aber sehr oft, die heutigen Kinder etwas auf den Boden zurückzuholen. Meistens denken sie, dass wir vor hundert Jahren Kinder waren, nicht, dass es die frühen Neunzigerjahre waren. Da wir ja wirklich nicht viel hatten, schätzen wir heutzutage den Wert vieler Dinge, die für andere schon immer selbstverständlich waren.

Auf dem Schulhof waren große Baumstämme deponiert worden. Ani und andere größere Mädels wollten darauf wie auf einem Laufsteg flanieren. Da die Baumstämme feucht waren, rutschte Ani aus und stürzte heftig. Sie hatte sich eine Platzwunde am Hinterkopf zugezogen und musste mit mehreren Stichen genäht werden. Sie war ein richtiger Pechvogel. Mit acht wollte sie bei einer Nachbarin Kirschen pflücken, kippte mit der Leiter um und brach sich das linke Bein. Auch solche Dinge gehören zur Kindheit. Keiner hatte sie allzu ernst genommen.

In meiner Heimatstadt lebte eine alte, einsame Frau, die psychisch angeschlagen war. Wir nannten sie die verrückte Andje. Da jeder Ort eine lebende Legende hat, so hatten wir unsere Andje, die in unserer Nähe wohnte. Sie war eine sehr alte Frau, die in einer noch älteren Hütte wohnte. Ihre einzigen Mitbewohner waren diverse Insekten, die schrillsten Bakterien und Ratten. Über ihrem Kleid trug sie immer einen langen, schwarzen Mantel, den sie um ihre dicke Taille mit einer Schnur zusammenhielt, da die Knöpfe fehlten. Ein buntes Kopftuch war ihr Markenzeichen. Wir Kinder liefen meistens von ihr weg, da sie fürchterlich gestunken hat und den Müll durchwühlte. Doch die ältere Generation liebte sie, da sie immer coole und spontane Sprüche auf Lager hatte. Auf blöde Fragen gab sie Antworten, die den Fragesteller meist beschämten. Ihr flottes Mundwerk war einfach genial, nichts konnte sie aus der Ruhe bringen. Sie kam oft in unseren Garten und saß mit meinen Eltern und Großeltern unter dem Pflaumenbaum. Bekam sie einen Plastikbecher Schljiva, war sie glücklich und zufrieden. Wenn man ihr noch altes Brot gab, packte sie es in ihre dreckige Tasche, bedankte sich und ging nach Hause. Irgendwie mochten sie doch alle. Auch wenn sie nicht alle beisammen hatte, wurde sie respektiert. Einmal kam sie vorbei und setzte sich auf die Bank unter dem Pflaumenbaum. Da von den Erwachsenen keiner Zeit für sie hatte, versammelten wir Kinder uns um sie. Sie saß friedlich da und holte aus ihren zahlreichen Tüten einen dreckigen Teller und einen alten Löffel, dazu ein Stück vertrocknetes Brot und etwas Milch, die sie irgendwo frisch bekommen hatte. Diese goss sie über das trockene Brot. Ich war noch ganz klein und kenne die Episode nur aus Erzählungen. Aber meine Oma schwört darauf, dass ihre Enkelkinder, Toni, Manja und Ani, mit am Tisch saßen und Andje erst einen Löffel selbst aß, den zweiten Toni gab, der dritte ging an Manja und der letzte an Ani. So ging es mehrere Male, bis der Teller leer wurde. Meine Oma fragte entsetzt, was sie denn da mache. Andje zögerte nicht und rief: »Ana, schäm dich, die Kinder haben Hunger!«.

Es beginnt zu kriseln

Mitte 1992 wurde die Lage langsam ernst. In einer kleinen Stadt unweit von Travnik ging plötzlich und ohne jede Vorwarnung eine kroatische Kneipe in Flammen auf. Da es aber schon seit knapp zwei Jahren immer wieder mal zwischen den drei Nationen gekriselt hatte und wegen der verbrannten Kneipe, die viele als Provokation ansahen, langsam Unruhe unter den Menschen aufkam, entschieden sich meine Eltern und auch Slavek und Ljuba uns Kinder gemeinsam mit Oma Ana und dem strengen Opa Marko vorläufig nach Kroatien zu schicken. Dort war keine Rede von Krieg und das Land schien sicher. Die ältere der beiden Tanten, die in der Schweiz lebten, hatte sich vor einigen Jahren ein Ferienhaus in Rogoznica, einem kleinen Ort zwischen Sibenik und Split an der kroatischen Küste gekauft. Unsere Eltern hatten Angst, dass der Krieg, von dem inzwischen alle sprachen, tatsächlich ausbrechen könnte. Deshalb wollten sie uns Kinder zumindest vorläufig in Sicherheit bringen. Die Eltern sagten, da gerade Sommer war, dass wir dort nur die Ferien verbringen sollten. Sie blieben weiterhin in Travnik und hofften auf das Beste, gingen weiterhin zur Arbeit und beobachteten die angespannte Lage intensiver.

Als Toni, Manja, Ani und ich mit Oma und Opa in Kroatien waren, sah ich zum ersten Mal das Meer und war begeistert. Das Haus der Tante befand sich im Zentrum des Ortes und lag direkt am Meer. Ani und ich teilten uns ein Zimmer und waren zufrieden. Oma kümmerte sich liebevoll um uns. Jeden Morgen um 7.00 Uhr gab es Frühstück. Opa ging jeden Tag Brot kaufen. Sobald wir alle an dem kleinen Tisch saßen, stritten wir darum, wer das begehrte Scherzl bekam. Da Opa ja bekanntlich streng war, durften wir nicht offen streiten oder miteinander reden. Also kommunizierten wir mit den Augen und stupsten uns mit den Füßen an. Großvater duldete kein Gespräch am Tisch, was für uns nicht leicht zu befolgen war. Wir starrten auf das begehrte Stück Brot, als Toni plötzlich danach greifen wollte. Aber Opas Blick wies ihn in seine Schranken. Mir war es egal, aber Ani, Manja und Toni kämpften jeden Morgen darum, wobei es ihnen nicht um das Stück Brot, sondern um die Macht ging. Wer das Stück am Ende bekam, triumphierte den ganzen Tag über die anderen.

Auch an jenem Morgen stießen sich meine Schwester mit den anderen beiden unter den Tisch und warfen sich bedeutsame Blicke zu. Opa schwieg und aß in aller Ruhe sein in Milch getränktes Brot. Oma, die nicht viel zu sagen hatte, schmierte sich Margarine aufs Brot, und alles schien in Ordnung. Auf einmal holte Opa sein Löffel aus der Milch-Brot Mischung, leckte ihn ab und gab damit jedem einen heftigen Schlag auf die Stirn, und zwar in Lichtgeschwindigkeit. Er nahm wortlos das Scherzl und drückte es mir in die Hand. Die anderen hielten sich an die rote Stirn und bissen traurig in die dünnen Brotscheiben. Wenn drei sich streiten, dann freut sich der Vierte.

Es ging fast wie beim Militär zu. Alles hatte seine Ordnung, seine festen Zeiten und es gab keine Diskussionen, über nichts. Um 12.00 Uhr aßen wir zu Mittag und um 18.00 Uhr zu Abend. Zwischenmahlzeiten oder Süßigkeiten gab es so gut wie nie. Manchmal kaufte er uns ein Eis oder Kaugummis, aber nur dann, wenn er es für richtig hielt. Natürlich planschten wir den ganzen Tag im Meer und hatten schon bald wieder Hunger, aber wir durften nichts verlangen, sonst hieß es: »Warum hast du beim Mittagessen nicht genug gegessen?«. Wenn wir es vor Hunger gar nicht mehr aushielten, riefen wir ganz leise nach Oma und fragten sie noch leiser, ob sie uns was zum Essen geben könnte. Wir standen da, in Badesachen, und wollten einfach nur ein bisschen Brot. Wenn Opa in der Küche war, konnte sie uns nichts geben. Aber manchmal hatten wir Glück und er hielt gerade ein Nickerchen, dann schmierte uns Oma rasch ein paar Brote. Dann rannten wir mit unserem Schatz um die nächste Ecke, um ihn zu verspeisen. Wenn uns Opa erwischt hätte, hätte auch Oma großen Ärger bekommen. Für sie war es nicht immer leicht weil er ab und zu den Brotbestand kontrollierte. Am schlimmsten war es, wenn er selbst ins Wasser gehen wollte. Da er nicht schwimmen konnte, hielt er sich an einem kleinen Boot fest und schwank dann hin und her. Obendrein wollte er nicht allein im Wasser sein und nahm jedes Mal einen von uns mit. Der Glückspilz musste sich genau wie er am Boot festhalten und sich zum Affen machen. Meistens aber rannten wir weg und spielten woanders, bevor er überhaupt jemanden von uns schnappen konnte.

Auch wenn wir viel Spaß hatten, ließ uns das Heimweh nicht los. Wir wollten nach Hause und verstanden den Ernst der Lage nicht. Als der Sommer vorüber war, durften wir nicht zurückkehren, stattdessen schrieben die Großeltern die drei größeren Kinder in die Schule ein. Da ich noch nicht sieben war, wurde ich abgewiesen. So verging ein Tag nach dem anderen.

Irgendwann kam zu unserer großen Freude Tante Ljuba zu Besuch. Ich mochte meine Tante sehr aber sie war gekommen, um ihre Kinder zu besuchen, und nahm Manja und Toni oft zum Eis- oder Pizzaessen mit. Ab und zu bekamen wir schließlich auch was ab und freuten uns riesig darüber. Wir wollten einfach nur zu unseren Eltern zurück, aber die Situation ließ es immer noch nicht zu. Da Manja nur vier Monate älter war als Ani, gingen die beiden in dieselbe Klasse. Ani ging viel ordentlicher und bewusster als ihre Cousine mit dem Hausaufgaben um und nahm die Schule ernst. Manja dagegen war eine mittelmäßige Schülerin, die nach der Schule lieber mit ihren Freundinnen spielte und erst am Abend die Hausaufgaben erledigte. Meist schrieb sie sie einfach heimlich von Ani ab. Ani wusste das, aber sie beschwerte sich nicht, weil sie wusste, wie Opa reagieren würde. Eines Tages befahl Opa Ani, ihm ihre Hefte zu geben. Er schloss sie in seinem Schrank ein. Als Manja irgendwann im Laufe des Tages fröhlich nach Hause kam, suchte sie heimlich Anis Hefte, bis Opa sie zur Rede stellte. Nachdem sie eine ordentliche Kopfwäsche erhalten hatte, saß sie weinend am Schreibtisch. Außerdem hatte Opa tagelangen Hausarrest über sie verhängt. Sie tat uns richtig leid. Ein paar Monate später holten Slavek und Ljuba ihre Kinder nach Hause. Die ganze Zeit über hatte sich die Lage zu Hause nicht verändert. Meine Schwester und ich mussten alleine zurückbleiben.

Fünf Minuten

Da Manja und Toni schon längst wieder in Travnik waren, entschieden sich unsere Eltern schweren Herzens für den gleichen Schritt. Sie waren hin und her gerissen, aber alle in der Nachbarschaft hatten ihre Kinder bei sich, nur unsere Eltern nicht. Von allen Seiten hieß es, *was soll denn schon passieren, die Lage ist stabil*. Eines Tages erklärten uns Oma und Opa trocken, dass wir wieder nach Hause gehen mussten. Wenige Tage später steckten sie uns tatsächlich in einen Bus. Wir verabschiedeten uns mit einem komischen Gefühl von ihnen. Auf unsere Frage, warum sie nicht mit uns nach Hause fuhren, erhielten wir keine Antwort. Im Bus gab es diverse Säcke mit Mehl, Mais und Gemüse. Wir mussten drüber springen, bevor wir uns ein paar Reihen hinter dem Busfahrer auf unsere Plätze setzten.

Die Fahrt dauerte eine Ewigkeit. Meine größte Sorge war, ob uns unser Hund Joki wiedererkennen würde oder ob er uns schon vergessen hatte. Da es damals noch keine Handys gab, konnten wir unsere Eltern natürlich nicht anrufen und sie informieren, wo wir waren. Am Busbahnhof in Travnik nahmen wir unsere Taschen, stiegen aus und gingen die halbe Stunde zu Fuß nach Hause. Endlich erreichten wir unsere Straße. Mein Herz schlug wie verrückt. Obwohl wir müde waren, rannten wir auf unser Haus zu. Ich war froh, dass mich Joki schwanzwedelnd empfing und mich nicht wild bellend als Eindringling ansah. Er sprang auf mich und leckte mein Gesicht ab. Dann endlich fielen wir unseren Eltern in die Arme. Es war ein unbeschreibliches Gefühl, wieder zu Hause zu sein. Ich schnappte mir sofort meine geliebte Puppe und trug sie durch das ganze Haus. Obwohl wir Opa nicht vermissten, war es ein komisches Gefühl, dass die beiden nicht mehr gegenüber wohnten, nur Onkel Braco ging ab und zu rein und raus. Aber unsere Eltern versicherten uns, dass sie bald wieder zurückkommen würden. Sie konnten ja nicht wissen, dass es mit Opa schneller vorbeigehen würde, als allen lieb war. Wir Kinder spürten zwar, dass etwas vor sich ging, aber wir hörten nie etwas vom Krieg oder ähnlichen Schrecken. Deshalb dachten wir, dass alles normal wäre, dass es ebenso sein müsse.

Da bis zu unserer Rückkehr sechs Monate vergangen waren, hatten wir einiges nachzuholen. Wir besuchten tagtäglich unsere Freundinnen und spielten mit ihnen bis zum Sonnenuntergang. Eines Morgens hatten Vater und sein Cousin Ilija eine Überraschung für Ani und mich. Wir stiegen zusammen mit Vater in Ilijas neuen Wagen. Er und seine älteste Tochter saßen bereits im Auto. Keiner sagte uns, wo es hinging. Nach etwas mehr als einer Stunde erreichten wir den Zoo in Sarajevo. Es war mein erster Zoobesuch und das größte Erlebnis überhaupt. Ich kann mich an große Bären und an die Wölfe erinnern. Für mich war dies bis dahin der Höhepunkt meines Lebens. Zum ersten Mal erlebten wir etwas richtig Cooles außerhalb unserer Straße. Am meisten freute mich, dass wir alle Tiere, die wir sonst nur aus den Kinderbüchern kannten, endlich live sahen und uns ein eigenes Bild von ihnen machen konnten. Zum Schluss biss ein Strauß Ilija in den Schuh, weil er viel zu nah am Gehege stand. Er trug für die nächste Zeit zwei Bissspuren auf seinem Schuh. Ilija war ein sehr aufmerksamer Mann, der selbst vier Kinder hatte und auch Ani und mich sehr mochte. Da er beruflich ständig unterwegs war, kaufte er uns manchmal besondere Spielsachen, von denen die meisten Kinder nie was gehört hatten. Immer wenn er zu uns kam, war das wie Weihnachten. Es passierte oft, weil wir nur wenige Minuten voneinander entfernt wohnten. Ich spielte gern mit seinen Töchtern, die ungefähr so alt waren wie ich, ein, zwei Jahre hin oder her. Sie besaßen einen Videorekorder. Deshalb waren Ani und ich die häufigsten Gäste in ihrem Haus. Ilija brachte oft Filme aus dem Videoladen mit. Wir setzten uns alle auf die große Couch. Seine Frau füllte Schlagsahne in Schälchen; und wir schauten, ohne zu blinzeln, irgendwelche amerikanischen Filme, die wir sowieso nicht verstanden. Hauptsache war, dass wir alle zusammen waren und Spaß hatten. Am nächsten Tag erzählten wir unseren Freundinnen und Bekannten, dass wir bei Ilija Filme geschaut hatten. Die meisten beneideten uns sehr.

Langsam verschärfte sich die politische Lage weiter. Wir Kinder bekamen immer noch nicht viel mit. Aber mit der Zeit wurde das Angebot an Nahrungsmitteln immer geringer. Manchmal gab es nur zu bestimmten Zeiten etwas zu kaufen und oft war die Ware innerhalb weniger Minuten ausverkauft. Unsere Mutter hat sehr oft Schokolade selbst gemacht, irgendwie mischte sie etwas Milchpulver und Kakao in einer Plastikschale, gab heißes Wasser dazu und goss alles in kleine Schälchen. Dann mussten wir ewig warten, bis die Masse fest und kühl war. Es schmeckte nur nach Kakao und klumpte im Mund, aber wir aßen es, weil es nirgendwo mehr Schokolade zu kaufen gab. In den kommenden Wochen fiel der Unterricht aus. Die Schule wurde dicht gemacht. Irgendwann wurde aus der Schule eine Unterkunft für die kroatischen Soldaten. Große Autos parkten täglich auf dem Schulhof und immer neue Soldaten betraten das Schulgebäude. Es war kein Krieg, aber alles deutete daraufhin, dass es bald so weit sein könnte. Alle Männer, die irgendwann als junge Burschen ein Jahr bei der Wehrpflicht gewesen waren, wurden aufgefordert, sich zu melden. Sie wurden aufgeklärt, was sie im Falle eines Angriffs der Gegenseite tun sollten, oder besser gesagt, tun müssten. Die Männer, die sich freiwillig meldeten und im Falle eines Krieges für ihr Volk kämpfen wollten, nannte man die *freiwilligen Soldaten*. Zu ihnen gehörten unser Vater, seine Brüder, weitere Familienangehörige und viele Freunde und Bekannte. Alle waren bereit, ihre Familien zu schützen. Sie hofften jedoch, dass das Schlimmste nicht passieren würde.

Dann kam unser Vater von einer Versammlung in der ehemaligen Schule in Soldatenuniform und mit einem Gewehr zurück. Für Ani und mich war es ein Schock. Er sagte zu unserer Mutter, dass es nur eine Vorsichtsmaßnahme sei und dass es nicht so weit kommen würde, das Gewehr zu benutzen. Heute ist mir klar, dass er wusste, dass das Gewehr in den nächsten Monaten sein bester Freund sein würde, aber er wollte keine Panik verbreiten. Wir Kinder verstanden eh nichts vom Krieg. Das Wichtigste in meinem Leben war damals meine Puppe und dass ich draußen spielen konnte. Ob Vater eine Jeans oder eine Uniform trug, war mir egal.

Alle waren auf das Schlimmste vorbereitet und hofften auf das Beste. Die kroatischen freiwilligen Soldaten, bei denen Vater der Anführer einer Einheit war, patrouillierten um die kroatischen Dörfer und um die Gebiete und Stadtteile, die vorwiegend katholisch waren. Südlich von unserem Haus und der Schule befanden sich mehrere Hochhäuser, in denen sehr viele Muslime lebten. Obwohl es noch zu keinem Konflikt gekommen war, sicherten die freiwilligen kroatischen Soldaten auch diesen Abschnitt. Vom Norden drohte die Gefahr von den Serben, die sich am Vlasic stationiert und einen perfekten Blick auf die ganze Stadt hatten. Im Falle eines Angriffs hätte sich die Stadt wie auf dem Präsentierteller dargeboten. Von dort kam die größte Gefahr. Aber es war immer noch ruhig. Vater fuhr oft mit mehreren Kameraden und anderen kroatischen Einheiten auf die nahe liegenden Berge, die sich knapp unter dem Vlasic erstreckten, um die Lage zu prüfen und sich über die möglichen Stationen der Serben erkundigen. Sie waren meist tagelang fort. Wenn sie zurückkamen und zu Hause schliefen, war die Freude groß. Am nächsten Tag brachen sie mit vollgepackten Rucksäcken wieder auf. An jenem Tag war erneut der Vlasic ihr Ziel, aber diesmal ging es ganz hinauf. Sie gruben einige Schützengräben, um sich darin zu verstecken und die Lage zu beobachten. Vater hatte später erzählt, dass sie ein Funkgerät besaßen und damit mit anderen Soldaten in der Stadt kommunizierten. Einmal fand das Funkgerät zufällig die Frequenzen der Serben. Das Gespräch begann mit einem gegenseitigen »Hallo« und war eine Mischung zwischen Spaß, ernsten Drohungen und Gelächter. Die einen fragten die anderen, wo sie sich befinden würden. Diese antworteten mit »Das wüsstet ihr wohl gern«. Plötzlich ließ ein Serbe laute Musik laufen und drohte, alle umzulegen. Dann brach der Kontakt ab. Ein Schaudern erfasste die Soldaten. Die Lage war ernster als gedacht und der Kontakt über das Funkgerät wurde als sehr gefährlich und skurril eingestuft.

Im Laufe der nächsten Tage fielen in der Stadt die ersten Schüsse, es gab auch einige Tote. Dabei ging es um einen Konflikt zwischen Moslems und Kroaten. Auf beiden Seiten gab es Opfer. Als wäre es nicht genug gewesen, mischten sich die Serben mit Luftangriffen ein. Zum ersten Mal ertönte die laute Sirene und zum ersten Mal benutzten wir die Öffnung unter der Treppe, die in den Keller führte. Ich wunderte mich, dass da plötzlich Betten drin standen. Mutter schloss die Klappe und wir blieben eine ganze Weile dort unten. Meine Eltern hatten alles für den schlimmsten Augenblick vorbereitet. Sie hatten den Keller mit Betten und Grundnahrungsmittel ausgestattet und ihn von außen mit großen Holzbalken zugemauert, damit die Kugeln der Feinde im dicken Holz stecken bleiben würden. Ich erinnere mich an das Geräusch der Hubschrauber und anderer Flugzeuge und an den heftigen Knall, der sie begleitete. Mutter erklärte uns, dass die Flugzeuge Granaten runterwarfen und dass es ziemlich gefährlich sei, wenn wir uns oben im Haus aufhalten würden. Wenn eine Granate aufs Haus fiele, wären wir alle tot. Sobald die Sirene, die uns vor den Luftangriffen warnte, ertönte, mussten wir alles liegen und stehen lassen und umgehend durch die Öffnung in den Keller springen.

Während in Mittel- oder Westeuropa vielleicht eine Mutter ihren Kindern erklärte, wie ein Computer funktioniert oder mit Ihnen gerade shoppen ging, kämpften eintausend Kilometer südlicher hunderte Mütter ums nackte Überleben ihrer Kinder und erklärten ihnen, dass sie um ihr Leben rennen mussten. Als ich meine Mutter fragte, warum jemand Granaten auf uns werfen würde, füllten sich Mutters Augen mit Tränen. »Weil sie verrückt sind«, gab sie mir zur Antwort. Wir mussten immer einige Stunden im Keller bleiben, manchmal auch einen ganzen Tag. Außerdem schliefen wir jede Nacht dort unten. Es gab keine Fenster, nur eine Lampe. Mit ihrer Hilfe konnte Ani etwas lesen und ich beschäftigte mich mit meiner Puppe. Mutter saß meistens auf dem Bett und sagte kein Wort. Das Leben der eigenen Kinder konnte durch eine Granate innerhalb einer Sekunde ausgelöscht werden. Oft wusste sie tagelang nicht, ob Vater noch am Leben war oder ob er überhaupt jemals wieder nach Hause kommen würde. Ich wusste damals nicht, dass sie im fünften Monat schwanger war. Es gab keinen Ultraschall oder sonstige medizinische Hilfe. Wäre es zu Komplikationen gekommen, hätte es für Mutter und Kind wenig Hoffnung gegeben. Irgendwann kam Vater nach Hause und blieb einige Stunden bei uns. Mutter machte schnell aus dem, was wir noch hatten, ein einfaches Essen. Außer Mehl, Kartoffeln, Reis und Salz gab es nichts mehr. Wir waren alle unterernährt. Aber was am Ende zählte war, dass wir keinen Hunger verspürten. Wir fragten lange nicht mehr nach etwas Normalem. Vater erzählte, wo sie sich gerade befanden, was sie zurückerobert und welches Gebiet sie verloren hatten. Die Lage mit den Muslimen hatte sich ziemlich verschärft. Er wusste nicht, wie es weitergehen würde. Gegen die Serben konnten sie sowieso nicht viel ausrichten, weil sie in der Übermacht und besser ausgerüstet waren. Sie besaßen bessere Waffen und Panzer. Trotzdem gab es viele kroatische Freiwillige am Vlasic, die es den Serben nicht allzu leicht machen wollten. Vater fügte hinzu, dass alle bis zum Tod kämpfen und niemals zulassen würden, dass den Frauen und Kindern etwas zustößt. Er aß noch ein Stück Brot und ging dann mit seiner Waffe wieder hinaus. Ich flitzte in die Garage, weil ich mir eingebildet hatte, dass sich dort meine Puppe wohlfühlen könnte. Ich holte mein Plastikgeschirr raus. Als ich damit spielen wollte, tauchte Vater auf und schimpfte mit mir, dass ich mich da nicht aufhalten dürfe, weil ich mich direkt in der Schusslinie befände. Ich verstand nur Bahnhof, folgte aber brav seiner Anweisung. Manchmal durften wir uns sogar direkt vor dem Haus aufhalten, da wir mit dem Haus hinter uns und der Scheune vor uns geschützt waren. Aber bei jedem lauten Geräusch sprangen wir auf und eilten ins Haus. Die Angst saß uns tief in den Knochen, trotzdem hofften alle, dass es in wenigen Tagen, Wochen oder Monaten vorbei sein würde und dass die dämliche Politik eine Lösung für alle finden würde. Der Krieg wurde von einem Tisch aus geführt, an dem der kroatische Politiker und späterer Präsident Tudjman, der spätere bosnische Präsident Izedbegovic und der berüchtigte serbische Präsident Karadzic saßen und über die Zukunft der Menschen gleich einem Schachspiel entschieden. Die Soldaten waren dabei die Schachfiguren. Monatelang hatten sie versucht, das große Land zu teilen und sich über die Grenzen zu einigen. Das Volk fühlte sich wie eine Herde Schafe vor einem Schlachthof, dessen Schlachter ein Nickerchen machte und jederzeit aufzuwachen drohte, um sein riesiges Messer zu schwingen.

Als das Telefon klingelte, ging Mutter fast ängstlich ran. Niemand rief einen anderen mehr nur zum Spaß an, höchstens um schlechte Nachrichten zu überbringen. Erst war es still. »Nein! Das darf nicht wahr sein!«, rief sie und legte schnell auf. Weinend erklärte sie Ani, dass die Serben auf dem Vlasic eine Gruppe kroatischer Soldaten ausfindig gemacht hatten und vierzehn von ihnen ermordet haben. Es waren alles Bekannte und Freunde unserer Eltern, junge 20- bis 30-jährige Männer, die das Gebiet sichern wollten. Mutters Cousin war einer von ihnen. Im Haus herrschte große Trauer und es wurde noch schlimmer, als solche Anrufe tagtäglich folgten. Mutter wartete täglich auf die schlimmste Nachricht, und zwar, dass Vater etwas zugestoßen sein könnte. Aber wir hörten nichts von ihm oder über ihn. Zum Glück. Jeden Tag ertönte die Sirene mehrmals und die Granaten vielen immer häufiger um uns herum. Vater tauchte plötzlich wieder auf und verbrachte oft Stunden in der Garage. Zwischendurch kam er raus, aß etwas und verschwand wieder in die Garage. Oder er ging zu dem Schützengraben, der sich unterhalb der Schule befand und hielt mit den anderen Männern Wache, falls die Muslime angreifen sollten, denn die Schule war eine der Grenzen zwischen den Kroaten und den Moslems gewesen. Unser Haus war das erste, auf das sie stoßen würden, wenn sie die Abwehr unserer Soldaten durchbrechen würden. Und das machte meine Eltern verrückt. Nach wenigen Tagen sagte Vater, dass wir in die Garage umziehen müssten und uns im Haus so selten wie möglich aufhalten sollten. Er hatte unter der Garage ein Erdloch gegraben, das sich wirklich unter der Erde befand. Da die Lage immer kritischer wurde, mussten wir dort die nötigsten Sachen unterbringen und durften fortan das Erdloch nicht verlassen. Da es sehr eng war, hat Vater drei Betten übereinandergestellt. Ani schlief ganz oben, sie lag nur wenige Zentimeter unter dem Erdreich . In dieser Höhle war es feucht und stickig, aber es war sicherer als der Keller. Wenn eine Granate auf das Haus gefallen wäre, dann wären alle Fluchtwege versperrt gewesen und wir wären dort entweder erstickt oder verbrannt, da die Tür, die nach draußen ging, ja mit dicken Holzbalken verbarrikadiert war. Das Erdloch hatte zwar auch keinen Extrafluchtweg, aber zumindest lag es unter der Garage und unter einer dicken Schicht Erde. Es tropfte von der Decke und stank intensiv nach Erde. Obwohl das nun schon fast 25 Jahre her ist, habe ich den Geruch immer noch in der Nase.

Am nächsten Tag gab es bis Mittag keine Sirene, nur der Hodscha von einer nahe liegenden Moschee war zu hören. Mutter nahm uns an den Händen und wir liefen zum Haus hinüber. Sie wollte die kurze friedliche Zeit nutzen, um etwas zu essen zu machen. Rasch rollte sie eine Pita zusammen und schob sie in den Backofen. Wir hatten richtig Hunger und freuten uns auf die Kartoffelköstlichkeit, die fast zum Luxus geworden war. Ani räumte ihr Zimmer auf und bewunderte die Bleistifte, die ihr unsere Tante aus der Schweiz letztes Jahr zu Weihnachten geschenkt hatte. »So was Tolles aber auch«, sagte sie und betonte wieder, dass sie die Stifte niemals anspitzen würde, weil sie so schön glänzten. Ich schleifte sie zu meinem rosa Pony, das in der Vitrine stand. Zusammen betrachteten wir es und wünschten uns, es zumindest einmal in den Händen zu halten. Mutter rief uns an den Esstisch. Sie hatte den Tisch gedeckt und holte gerade die Pita aus dem Backofen, als Vater blutend ins Haus stürzte. »Packt die nötigsten Sachen zusammen, wir haben höchstens fünf Minuten, um das Haus zu verlassen! Die Muslime haben die Barriere durchbrochen und sind bald hier. Wenn sie uns finden, sind wir alle tot. Schnell!« Er schrie uns an und Mutter wusste nicht, was sie auf die Schnelle einpacken sollte. Niemand ist auf so eine Situation vorbereitet. Sie nahm einen Rucksack, der sich in unserem Zimmer befand und packte einfach irgendwelche Shirts, Socken und Unterhosen ein. Dann lief sie ins Schlafzimmer und packte einige Sachen aus ihrem Schrank in eine Plastiktüte. Ich rannte auf den Dachboden, um meine Puppen mitzunehmen. Bepackt mit Spielsachen stand ich kurz darauf im Flur. Als Mutter mich sah, flippte sie aus, sie riss mir die Sachen aus der Hand und zog mich aus dem Haus. Ich weinte laut und wollte meine geliebten Spielsachen nicht allein zu Hause lassen. Trotz der außer Kontrolle geratenen Situation erbarmte sich meine Mutter und ließ mich meine einzige geliebte haarlose Puppe mitnehmen.

Es war der 06.06.1993 gegen Mittag gewesen. Ani und ich hatten Sandalen und sommerliche Kleidung an. Slavek ließ Joki von der Leine, da es keinen Sinn machte, ihn weiterhin angekettet zu halten. So konnte er wegrennen und sich vielleicht mit viel Glück retten. Ansonsten bestand die Gefahr, dass er an der Leine verhungern und verdursten würde, denn nur Gott wusste, wann und ob wir bald wieder nach Hause konnten. Sie ließen auch meine geliebten Hasen frei. Obwohl sie immer wieder mal gern ausgebüxt waren, blieben sie jetzt einfach vor dem Stall stehen und rührten sich nicht vom Fleck, als hätten sie geahnt, was auf sie zukam. Vater trieb uns laut voran. Ljuba, Slavek, deren Kinder und alle Nachbarn aus der Straße flohen. Keiner wusste so recht wohin, nur weg aus der Stadt. Wir machten uns auf den Weg in das Dorf, wo Mutters Eltern wohnten. Vater hielt es dort vorerst für sicher. Alle rannten die schmale Straße entlang und drehten sich ständig um, um zu sehen, ob die Muslime bereits hinter uns her waren.

Vater war am Bein getroffen worden. Die Wunde blutete stark. Joki lief hinter uns her. Als die ersten feindlichen Scharfschützen ihre Kugeln abfeuerten, bekam er Angst und lief zurück zum Haus. Am Ende unserer Straße gab es eine ungeschützte Strecke. Die Hochhäuser standen dicht an der Straße. Von dort hatten die Angreifer freie Sicht auf uns. Es war ihnen egal, dass sie auch auf Frauen und Kinder schossen. Wir mussten uns alle auf den Boden werfen, wenige Augenblicke später wieder aufstehen, ein paar Schritte laufen und sobald sie erneut schossen, mussten wir uns wieder auf den Boden fallen lassen. Die Muslime kannten kein Erbarmen. Zum Glück gab es zwischendurch einige Bäume, die sicher so manch einem das Leben gerettet hatten. Wir hatten uns in unserem Leben noch nie so hilflos gefühlt. Auf uns wurde wie auf Freiwild geschossen, ohne einen Augenblick zu überlegen, dass auch wir Menschen waren, die nur leben wollten. Und niemanden jemals was getan hatten.

Was, wenn sie ein Kind tödlich getroffen hätten? Hätten sie dann hinter ihren Gewehren gejubelt und eine Strichliste für getötete Frauen und Kinder angelegt?

Ich frage mich bis heute, wie jemand, der möglicherweise selbst Kinder zu Hause hat, auf andere Kinder schießen kann? Ist der Adrenalinspiegel im Krieg so hoch, dass man einfach losfeuert, ohne darüber nachzudenken, oder schießt man wirklich aus Lust am Töten? Die Männer, die auf uns gefeuert hatten, kannten uns wahrscheinlich noch von früher, denn in Travnik kannte jeder jeden. Was in den Köpfen vorgegangen sein musste, weiß nur der liebe Gott, und er will mir bis heute nicht verraten, was da los war und tagtäglich in der ganzen Welt passiert. Ist es möglicherweise das Ergebnis einer langjährigen Hirnwäsche von irgendwelchen verrückten Politikern, die ihre eigenen Familien längst im Ausland in Sicherheit gebracht haben, Kaffee schlürfen und sich das ganze Chaos jetzt im Fernsehen ansehen? Und sich jetzt am Elend von anderen Menschen ergötzen?

Unverletzt fanden wir eine sichere Ecke und kletterten an einigen Häusern vorbei einen Feldweg hinauf. Die verrückte Andje stand vor ihrem Haus. Ohne ein Wort zu sagen, blickte sie auf die flüchtende Menschenmasse. Einige riefen ihr zu, dass sie sich rasch anschließen solle. Doch sie schien in diesem Augenblick die Mutigste von allen zu sein. Andje schüttelte den Kopf und blieb stumm an ihrem Platz stehen. Da wir auf dem Weg eine offene Zielscheibe waren, krochen wir durchs Gebüsch. Meine Schwester stellte fest, dass sie einen der Schuhe, die sie in die Seitentaschen ihres Rucksacks gepackt hatte, verloren hatte. Sie wollte zurückgehen und ihn suchen. Ich muss nicht erwähnen, dass mein Vater komplett ausgerastet ist und sie dermaßen angeschrien hat, dass sie kein Wort mehr sagte. Dann schleuderte er den verbliebenen Schuh den Hang hinunter und rief: »Den einen brauchst du jetzt auch nicht mehr.« Ani weinte leise und trauerte ihren neuen Turnschuhen nach, die sie aus der Schweiz zugeschickt bekommen hatte.

Nach ewigem Laufen und andauerndem Verstecken erreichten wir Ovcarevo, wo wir zumindest für einige Stunden in Sicherheit sein sollten. Als sie von dem Grund unserer Flucht erfuhren, bekamen sie es zwar mit der Angst zu tun, machten sich aber auch gleichzeitig gegenseitig Mut und redeten sich ein, dass die Muslime es nicht bis nach oben schaffen würden. Im Heimatdorf meiner Mutter gab es jede Menge kroatischer Soldaten, die ständig Wache hielten, aber nichts Verdächtiges festgestellt hatten. Wir gingen zu Oma Iva und Opa Rudolf und erzählten, was vorgefallen war. Sie waren schockiert, meinten aber, dass es vielleicht nur temporär sei und wir am nächsten Tag mit Sicherheit wieder zurückkehren könnten. Die Dorfbewohner, die sich ebenfalls im Haus versammelt hatten, stimmten zu. Mein Vater wurde richtig laut, als er ihnen zu verstehen gab, dass sie endlich die Augen aufmachen sollten, da die Lage ernst genug sei und wir auf alles vorbereitet sein müssten. Er war der Meinung, dass es nicht lange dauern würde, bis sie auch nach Ovcarevo kommen und uns entweder verjagen oder umbringen würden. Die älteren Frauen fingen an zu weinen. Langsam entstand Unruhe und einige wollten den Ernst der Lage einfach nicht wahrhaben und sagten, dass alles überzogen sei und dass sie ihre Häuser niemals verlassen würden. Mein Vater versuchte ihnen deutlich zu erklären, dass er selbst da unten war und mit eigenen Augen beobachtet hat, wie sich eine große Menge muslimischer Kämpfer versammelte und »allahu akbar« riefen. Er sagte, dass es grauenvoll war, dies zu sehen und zu hören. Sie waren unseren Soldaten zahlenmäßig auch weit überlegen. Hinzu kam, dass viele Kroaten auf dem Berg Vlasic waren, um die dort Serben in Schach zu halten.

Zu diesem Zeitpunkt wussten wir nicht, dass eine kroatische Einheit dort längst in die Hände der Serben gefallen war. Zu ihnen gehörten auch Vaters Cousin und einige weitere Bekannte. Nachdem die Serben vergebens versucht hatten, wertvolle Informationen aus den zwölf Soldaten heraus zu prügeln, mussten sich die Gefangenen mit dem Gesicht nach unten auf dem Boden legen, und die Hände auf dem Kopf nehmen. Dann schossen sie jedem Einzelnen in den Hinterkopf. Da Vaters Cousin der Letzte war und am Abgrund der Felsen gelegen hatte, ließ er sich einfach hinunterrollen. Die serbischen Soldaten schossen hinter ihm her. Trotz einer Schussverletzung und mehrerer Verletzungen durch die Felsen hat er als Einziger von der Gruppe überlebt. Später fanden sie elf Leichen in einem Massengrab. Der Schock saß tief.

Meine Eltern entschieden sich, bei Oma und Opa im Dorf zu übernachten, wenn auch an Schlaf so gut wie nicht zu denken war, da der Feind jeden Moment das Dorf hätte überfallen können. Vater konnte nicht bei uns bleiben, da er seine Schussverletzung behandeln lassen musste. Er hatte sich vor seinem Versteck die Schnürsenkel schnell zubinden wollen und war von der feindlichen Kugel am Oberschenkel getroffen worden. Möglicherweise hatte der Schütze seinen Kopf treffen wollen, den aber verfehlt und nur das Bein getroffen hatte. Ansonsten wäre ich ab dem Zeitpunkt ohne Vater gewesen. Der Hund von Oma und Opa hatte die ganze Nacht ununterbrochen gebellt. Ani erzählte mir später, dass sie in dieser Nacht Todesangst hatte. Ganz früh am Morgen aßen wir ein bisschen und warteten auf neue Informationen. Da Vater nicht bei uns war, fühlten wir uns noch unsicherer und fast hilflos. Im Laufe des Vormittags erreichte uns die Information, dass wir innerhalb weniger Minuten das Dorf verlassen sollten. Oma schrie und war total überfordert, Mutter nahm meine Schwester und mich an die Hand und lief zur Kirche, wo sich alle Dorfbewohner versammelten. Einige kroatische Soldaten waren da und forderten die Bewohner auf, Richtung Vlasic zu laufen. Lieber den Serben in die Hände fallen, als auf die Muslime warten. Da wir keinen Plan B hatten, liefen wir Richtung Vlasic. Hinter der Kirche gab es ein großes Lager, das dem Pfarrer und der Gemeinde gehörte. Er öffnete es und forderte die Menschen auf, alles mitzunehmen, was sie nur tragen konnten. Meine Mutter schimpfte: »Jetzt, wo wir fliehen müssen, machst du dein Lager auf. Wo warst du vorher, als meine Kinder nichts zu essen hatten?« Viele regten sich auf, aber einige griffen auch kräftig zu, wie der Onkel von meinen Vater. Ani und ich lachen heute noch darüber. Er nahm sich eine Schubkarre, packte sie mit Mehl- und Zuckersäcken voll und stellte noch ein Paket mit zwölf Litern Sonnenblumenöl oben drauf. Nach ungefähr 500 Metern ließ er die Schubkarre stehen, weil es bergauf ging. Samt der ganzen Sachen, der er erst ganz gierig zusammenraffte.

Hunderte, wenn nicht sogar tausende von Menschen bildeten eine ewig lange Kolonne die Berge hinauf. Alle hatten sie nur einen Rucksack, eine Tüte oder wie ich eine Puppe bei sich. Und viel Angst im Gepäck. Sehr viel Angst. Viele weinten und fragten sich wie es soweit kommen konnte. Einige wollten zurückgehen, aber alle und wirklich alle wussten tief in ihrem Innern, dass nichts mehr so sein würde wie früher.

Hunger, Hagel, Hilflosigkeit

Eine kurvige und steile Straße lag vor uns und ein stundenlanger Marsch hinter uns. Einige Wenige fuhren mit ihren alten Autos, soweit sie kamen, den Berg hinauf. Da meine Mutter schwanger war, hielt ein Bekannter an und erbarmte sich. Mutter, Ani und ich quetschten uns mit seiner Frau und zwei weiteren Kindern eng zusammen. Wir waren dankbar für jeden Meter, den wir nicht laufen mussten. Ich hatte wahnsinnigen Hunger und fragte ständig, warum wir die Pita nicht mitgenommen hatten, schließlich war sie fertig gewesen. Ani schubste mich so heftig, dass ich sofort mein Mund hielt und nichts mehr sagte. Nach einigen Minuten blieb der Wagen stehen, da der Sprit ausgegangen war. Aber wir waren überglücklich, zumindest ein paar Kilometer gefahren zu sein. Dann ging es zu Fuß weiter steil nach oben. Plötzlich stießen wir auf serbische Soldaten, die mit ihren Gewehren in einiger Entfernung auf dem Vlasic auf uns warteten. Wir erschraken zu Tode. Unser Cousin Toni bekam eine Angstattacke, er verdrehte die Augen und wurde steif vor Angst. Seine Mutter musste ihn mehrmals kräftig schütteln und mit Wasser übergießen, ehe er wieder zu sich kam. Er war bereits vierzehn und verstand einiges besser als Ani oder ich. Die serbischen Soldaten waren so weit entfernt, dass wir kaum erkennen konnten, dass es Soldaten waren. Aber mit jedem Schritt wurde es immer deutlicher. Wir fühlten uns wie Schafe im Schlachthof, die jetzt auf die Schlachtbank getrieben wurden. Alle wussten, dass es nicht gut enden würde, aber wo sollten wir sonst hin? Zurück zu den Muslimen? Ich möchte gar nicht wissen, was meine schwangere Mutter in diesem Augenblick gedacht hatte. Ich an ihrer Stelle hätte das kaum überstanden. Plötzlich fiel mir auf, dass meine Puppe weg war! Abrupt blieb ich stehen und wollte nicht mehr weitergehen. Mutter und Ani zerrten mich am Arm und sagten, dass die Puppe jetzt egal sei und dass ich einfach weiterlaufen müsse. Leichter gesagt als getan. Mir war bewusst, dass ich die Puppe im Wagen vergessen hatte. Ich weinte laut und meine Mutter, die ziemlich erschöpft war, schrie mich an, die blöde Puppe zu vergessen, irgendwann würde ich einen neue bekommen. Ich wollte aber keine Neue, sondern nur die. Als Ani mich daran erinnerte, dass sie ihre Schuhe auch verloren hatte, wurde es mir etwas leichter ums Herz. Trotzdem habe ich den ganzen Weg bis nach oben gejammert. Mutter hielt mich ganz fest am Arm und zog mich hinter sich her.

Die Soldaten auf den Bergen wurden immer größer und unsere Beine immer schwerer. Die serbischen Soldaten hatten lange Bärte und bildeten eine menschliche Mauer. Jeder der an ihnen vorbei gehen wollte, musste die Taschen ausleeren. Der eine junge Soldat, der uns durchsuchte, öffnete Anis Rucksack. Als er die gefühlten zehntausend Unterhöschen sah, machte er die Tasche wieder zu, und wir durften an ihnen vorbeigehen. Einige hunderte Meter weiter standen weitere Soldaten und wir, die kroatischen Flüchtlinge, mussten uns in die Mitte stellen und auf weitere Befehle warten. Es kamen immer mehr und mehr Leute, und am Ende waren es einige tausend Flüchtlinge.

Das Gebiet, in dem wir uns aufhalten durften, war recht groß und es gab viele Tannen und Fichten. Als es dunkel wurde, setzten wir uns unter eine Tanne. Es gab kein Wasser, nichts zu essen und es war kalt. Da ich nur Sandalen anhatte, war mir besonders kalt. Immerhin befanden wir uns in fast 2000 Metern Höhe. Meine Füße spürte ich nicht und mein Körper zitterte unaufhörlich. Aber am meisten plagte mich der Hunger, mein Magen knurrte und ich verstand nicht, warum wir nichts zum Essen hatten, aber ich traute mich auch nichts mehr zu fragen. Die Männer, die gemeinsam mit uns geflohen waren, wurden auf einer Wiese isoliert. Sie mussten sich nebeneinandersetzen, die Köpfe senken und durften sich nicht bewegen. Es war totenstill. Plötzlich fing es an, zu donnern und ein kalter Wind frischte auf. Es begann heftig zu regnen, kurz darauf prasselten Hagelkörner auf uns herab, wie ich sie zuvor noch nie gesehen hatte. Wir rutschten enger unter der Tanne zusammen, doch auch das hat nur wenig geholfen. Die Hagelkörner trafen uns überall. Für mich als sechsjähriges, schmächtiges Kind, war es besonders schlimm. Ljuba, Manja und Toni waren auch bei uns. Wir Kinder hielten uns aneinander fest und wärmten uns gegenseitig. Die Leute unter dem Baum neben uns versuchten, etwas Schutz unter einer großen Plastiktüte zu finden. Sie befestigten die Tüte an den Ästen und stellten sich alle darunter. Plötzlich riss die Tüte und die Eiskugeln ergossen sich über die Schutzsuchenden. Mutter band Ani und mir kleine Plastiktüten um die Füße, damit wir nicht ständig im Wasser stehen mussten. Ich kam mir total blöd vor, war aber trotzdem dankbar, dass ich zwar kalte dafür aber einigermaßen trockene Füße hatte. Wir konnten wenigstens unter der Tanne Schutz suchen, aber die Männer blieben auf der Wiese sitzen und durften keine falsche Bewegung machen.

Mit der Hagelaktion zweifelte ich zum ersten Mal in meinem Leben am lieben Gott. Warum schickte er den armen, vertriebenen und ängstlichen Menschen noch so ein Unwetter? Es war, als wolle er damit selbst noch seinen Zorn ausdrücken und uns allen zeigen, wer auf dieser Welt eigentlich das Sagen hat. Nachdem sich Gott ausgetobt hatte, wussten wir, dass es für die kommende Nacht keinen Ausweg gab. Wir mussten dort unter freiem Himmel übernachten. Unter uns war alles nass und ich sehnte mich verzweifelt nach einem Stück Brot, aber ich traute mich nicht, zu fragen. Irgendwie improvisierten Mutter und Ljuba mit Tannenästen einen Liegeplatz und wir Kinder versuchten, darauf ohne Decke ein bisschen zu schlafen. Ich glaube, dass das unsere längste und schlimmste Nacht im Leben war. Die Frauen blieben ohne zu schlafen sitzen. Ringsum vernahm ich die leisen Gespräche zwischen den Menschen.

Am nächsten Morgen kam ein großer Wagen mit einem Tank voll Wasser. Die Schlange der anstehenden Leute war aber so groß, dass einige die Geduld verloren und sich ums Wasser prügelten. Wenn Menschen Hunger oder Durst haben, verlieren sie den Verstand und kennen nur noch sich und die eigenen Bedürfnisse. Jeder ist sich selbst der Nächste. Das Wasser war schnell aufgebraucht. Als eine Frau mit dem kostbaren Nass ihre Kleidung säuberte, wurde sie übel beschimpft.. Zum Glück kam ein weiterer Tank voll Wasser und wir bekamen auch etwas davon. Aber es reicht nicht, um etwas mitzunehmen. Deshalb forderte uns Mutter auf, so viel wie möglich runterzuschlucken. Da es aber ziemlich kalt war, ging es schwer runter. Zur gleichen Zeit wurde Opa Rudolf von einem serbischen Soldaten aufgefordert, mit ihm mitzugehen. Opa dachte schon an das Schlimmste und folgte ihm in Todesangst. Hinter einem Gebüsch forderte der Soldat meinem Opa auf, seinen Ring auszuziehen und ihm diesen zu geben. Ohne nachzudenken, befolgte mein Opa die Aufforderung und drückte dem Soldaten den großen Goldring in die Hand. Der ließ ihn anschließend gehen. Obwohl meinem Opa der Ring viel bedeutete, war das eigene Leben dann doch viel wertvoller. Wir waren soweit. Es ging um das nackte Überleben.

Nachdem wir unseren Durst gelöscht hatten, waren die Männer von der Wiese verschwunden. Gott allein wusste, wohin. Wir warteten auf ein Wunder. Keiner sagte, was mit uns passieren oder wohin es gehen würde. Einige Pessimisten riefen, dass die Serben uns alle umbringen würden, und verbreiteten Panik. Frauen schrien und beteten zu Gott. Unsere Mutter hielt uns fest und sagte, dass wir bald hier wegkommen würden und bald in Sicherheit seien. Am selben Tag wurden einige große Zelte aufgestellt. Die nächste Nacht war etwas angenehmer, da wir sogar ein paar Decken bekamen. Die Frauen beteten auch in dieser Nacht laut um ein Wunder und irgendwie wurden diese

Gebete wohl erhört. Tatsächlich kamen am nächsten Tag kleinere Lastwägen, auf denen *Internationales Rotes Kreuz* stand. Sie waren von der UNHCR geschickt worden. Die Hilfskräfte forderten die Menschen auf, auf die Laster zu steigen. Die Unsicherheit war dennoch groß, da wir nicht wussten, wohin sie uns bringen würden. Doch die Fahrer schwiegen meist, und wenn sie sprachen, brüllten sie die Leute an, als wären sie Tiere und keine würdigen Menschen. An einem Tag hatten wir noch ein Zuhause und waren angesehene Bürger und am nächsten waren wir nur ein Haufen Elend, das nichts mehr wert war. So schnell hatte sich alles geändert. So mancher unter den Erwachsenen wünschte sich, einer nahestehenden Person gesagt zu haben, wie sehr er sie liebte, oder dass er das eine oder andere hätte anders machen sollen. Ein wenig Zeit zum Nachdenken eben über das eigene Schicksal und Leben.

Auf einmal drängelten sich die, die mitfahren wollten, nach vorn. Menschen in Not sind schlimmer als Tiere. Sie sind in der Lage, alles, was ihnen in die Quere kommt, niederzutrampeln. Auch Mutter wollte mit uns unbedingt auf einen der Lastwagen. Für sie bedeutete das Rote Kreuz Sicherheit. Sie packte uns fest an der Hand und wollte sich nach vorn schieben. Aber es war der blanke Horror. Schwangere, Kinder und ältere Personen hatten bisher immer einen gewissen Vorzug genossen, aber jetzt nicht mehr. Für jeden ging es um Leben oder Tod. Niemand nahm Rücksicht. Mutter schrie ihre ganze Verzweiflung hinaus. Wie durch ein Wunder wurde ein Bekannter, der zwar Serbe, aber mit einer Kroatin verheiratet war, auf sie aufmerksam. Er boxte sich für uns nach vorn und jemand von den Männern hob mich hoch und stellte mich auf den Lastwagen, Ani kam hinterher, dann kletterte Mutter herauf. Schließlich folgte meine Tante mit ihren Kindern. Es drängten immer mehr Menschen nach. Es gab kaum Luft. Irgendwann wurde die Plane heruntergelassen und zugeschnürt. Als der Lastwagen um die erste Kurve fuhr, setzten sich alle hin. Es war verdammt eng. Die Luft war zum Schneiden. Selbst das Vieh wurde würdevoller transportiert als wir. Wir konnten uns weder drehen noch wenden. Wir saßen in einer Ecke. Nur Toni war stehen geblieben. Er hielt sich an der Seite des Lastwagens fest und versuchte Grimassen zu ziehen. Tonis kleine Geste hatte mir geholfen, meinen quälenden Hunger und meine unterkühlten Füße, die immer noch in Plastiktüten eingewickelt waren, zu vergessen. Selbst heute noch denke so manches Mal an diese schlimme Zeit und wunderte mich, dass wir Kinder uns trotz der Strapazen so ruhig verhalten haben. Als wir durch eine serbische Region kamen, schleuderten die Anwohner Steine und andere Gegenstände auf die Plane des Lastwagens. Heftiges Gebrüll drang zu uns auf die Ladefläche. Wenn wir stehen geblieben wären, wären wir mit Sicherheit hier nicht freundlich empfangen worden.. Uns wurde klar, was der Fahrer gemeint hatte, als er sagte, dass wir während der Fahrt ja nicht hinausschauen oder irgendeinen Mucks von uns geben sollten. In jeder der vielen Ortschaften passierte uns dasselbe. Die Menschen benahmen sich, als würde das Rote Kreuz einen Haufen Mörder durch die Gegend fahren. Nach einer Ewigkeit blieb der Lastwagen stehen und wir hörten Stimmen. Keiner durfte hinausschauen. Plötzlich wurde es still. Dann schrie jemand, dass wir vermutlich an der serbischen Grenze seien und alle ermordet würden. Die Frauen schrien vor Panik. Plötzlich fuhr der Lastwagen wieder an und wurde rasch schneller. Wir befanden uns auf einer kurvigen Straße, die steil nach oben führte. Dann blieb der Lastwagen erneut stehen und jemand öffnete die Plane. Die Luft war nicht mehr so kalt. Wir mussten von Ladeflächen klettern. Es war stockfinster. Auf uns warteten Busse. Wir wussten nicht, wohin es gehen sollte.

Schließlich erreichten wir Split, die Seeküste von Kroatien. Ein paar freundliche Nonnen zeigten uns den Weg zu einer großen Sporthalle. Wir bekamen warmen Tee, Essen und Decken. Am nächsten Tag stiegen wir in einen anderen Bus und fuhren nach Orebic, einem kleinen Ort mitten in Dalmatien auf der kroatischen Halbinsel Peljesac. Einige große Hotels und eine Bungalowanlage waren für uns geräumt worden. Die Flüchtlingshelfer erklärten uns, dass wir mit unseren Sachen die Anlage beziehen können. Sofort entstand ein heilloses Durcheinander, denn jeder wollte die besten Zimmer oder noch besser den größten Bungalow haben. Statt dem lieben Gott zu danken, dass sie noch atmen durften, stritten sie sich um die Zimmer, als würden sie bis zum Lebensende dort hausen. Unsere Mutter ging zu den Bungalows, die ein zusätzliches Zimmer hatten. Als sie ein freies Gebäude betreten wollte, überholten sie einige Bekannte aus Travnik und sprangen vor ihr ins Haus. Mutter, die ich nie zuvor hatte streiten sehen, brüllte und schmiss die beiden älteren Herrschaften kurzerhand hinaus. Das geschah ihnen recht. Sie wollten einen Streit vom Zaun brechen, aber Mutter ließ sich nicht beirren und sperrte energisch die Tür ab. Wir packten den Rucksack aus und sprangen unter die Dusche Endlich warmes Wasser! Meine Füße erholten sich von den Strapazen der letzten Tage und ohne etwas zu essen, das uns auch nicht angeboten wurde, legten wir uns in die frisch bezogenen Betten und schliefen ganz schnell ein. Hungrig, aber glücklich.

Am nächsten Morgen standen wir aufgeregt auf und erkundeten die ganze Anlage. Wir befanden uns direkt am Strand und die Sonne schien von einem wolkenlosen Himmel. Wenn wir vor einigen Tagen nicht geflohen wären, hätte das fast nach Urlaub ausgesehen. Aber von Urlaubsgefühlen waren wir weit entfernt. Die Menschen waren krank vor Sorge um vermisste Familienmitglieder, Freunde und die Frauen vor allem ihre Männer, die immer noch in und um Travnik kämpften. In der gesamten Anlage gab es nur ein Telefon. Jedes Mal, wenn es klingelte, bedeutete das nichts Gutes. Als wir Kinder am Strand spielten, hörten wir plötzlich ein Geschrei und rannten sofort zurück. Eine Frau hatte die Information erhalten, dass ihr Sohn ums Leben gekommen war. Sie lag am Boden und krampfte vor Schmerz. Man hatte ihr alles genommen. Der Scheiss Krieg hatte ihr alles genommen. Nichts auf der Welt kann so einen Verlust wiedergutmachen!

Auch wir wussten seit einigen Tagen nichts über unseren Vater. Jedes Mal, wenn das Telefon klingelte, erstarrten alle. Am Abend traf es drei Frauen gleichzeitig. Ihre Männer waren bei einem Angriff bei Travnik gestorben. Die Frauen waren jetzt Witwen, die Kinder Waisen.. Tragödien spielten sich ab. Wieder gab es Schreie und Ohnmachtsfälle. Es war grauenvoll. Oma Iva und Opa Rudolf waren in einer anderen Anlage untergebracht worden. Täglich ging jemand von uns dorthin und brachte neue Informationen mit. So konnten wir einigermaßen sicher sein, wer noch lebte. Die Männer, von denen niemand etwas gehört hatte, galten noch als lebendig. Es war immer noch besser, nichts zu hören, als die Gewissheit zu haben, dass ein Sohn, Ehemann oder Vater nie wieder zurückkommen würde. Von irgendjemandem kam die Information, dass unser Vater möglicherweise in Banja Luka sei, aber was er dort tat und ob es überhaupt stimmte, wussten wir nicht.

Angst und Schrecken

Alle verwundeten Soldaten, zu denen auch Vater gehörte, lagen in einem Kombi, der vor einer Schule in einem kroatischen Dorf stand und warteten auf einen Kameraden, der sie nach Vlasic in ein Krankenhaus bringen sollte. Einer von ihnen hatte eine Schusswunde am Kopf, der andere kämpfte um sein Leben mit einer großen Unterleibsverletzung, der dritte war vor Schmerzen bewusstlos. Der Kamerad war nicht zur vereinbarten Zeit gekommen. Da die Muslime den verletzten Soldaten dicht auf den Fersen waren, setzte sich mein Vater, der ebenfalls verwundet war, ans Steuer und lenkte den Wagen über die vielen kaputten Straßen nach Vlasic. Mit jedem Schlagloch stöhnten und schrien die Verletzten. Oben parkte Vater den alten Kombi vor der Höhle des Löwen. Die Serben untersuchten die Verwundeten. Einer von ihnen befahl einem Soldaten, die Verletzten nach Banja Luka, einer fast reinen serbischen Stadt im Norden des Landes, in ein Krankenhaus zu fahren. Das Krankenzimmer war überfüllt mit verwundeten Soldaten, die wie Sardinen nebeneinanderlagen. Sie erhielten alle eine Grundversorgung. Das hieß, dass die Wunden gereinigt und mit einfachen Verbänden umwickelt wurden. Das Krankenhaus war aufgrund des Krieges in einem sehr schlechten Zustand. Vor jedem Krankenzimmer stand ein serbischer Soldat mit einem Gewehr und achtete darauf, dass niemand reingehen oder das Zimmer verließ.

Plötzlich betrat ein Serbe, dessen Bart bis zur Gürtelschnalle reichte, den Raum. Er trug ein riesiges Messer um die Hüften geschnallt. Als der Mann es aus der Scheide zog, erstarrten die kroatischen Soldaten. »Wer ist der Nächste?«, rief der Mann, ging von einem Patienten zum anderen und grinste jedem ins Gesicht. Dann blieb er bei einem der Verletzten stehen und hielt ihm das Messer an die Kehle. Sein Opfer ignorierte ihn und blickte zur Seite, bis der Serbe von ihm abließ. Der bärtige Mann drehte noch einige Runden im Zimmer und beschimpfte die kroatischen Soldaten aufs Übelste. Er drohte, später wiederzukommen und einen von ihnen zu töten. Dann grinste er noch mal alle an und verschwand ins nächste Zimmer. Der Schock saß tief, aber keiner rührte sich. Falls einer von ihnen einen Schluck Wasser oder ein Schmerzmittel wollte, wurde er beschimpft und beleidigt. Das Pflegepersonal war dafür da, erste Hilfe zu leisten und jemanden am Leben zu erhalten. Extrawünsche lehnten sie zumeist ab. Die Toiletten waren draußen am Ende des Flurs. Wenn jemand dorthin musste, war das die reinste Tortur. Manche hätten lieber in die Hose gemacht oder haben es vielleicht sogar. Derjenige, der aufstehen konnte und zur Toilette musste, wurde von den Wärtern zusammen-geschlagen. Der Erste schlug ihm ins Gesicht, der Zweite verpasste dann einen Tritt in den Hintern, der Dritte schlug wieder ins Gesicht und der Vierte in den Bauch. Wer sich dann noch auf den Beinen halten konnte, ging zur Toilette. Auf dem Rückweg war es nicht anders. Die Männer kamen grün, blau und blutend wieder zurück. Das geschah jeden Tag. Einige wären lieber im Krieg gestorben, als solche Torturen und Erniedrigungen zu durchleben. Jeden Tag kamen serbische Soldaten und riefen einige Namen auf. Der meist gerufene Name war Vlado, da er eine größere Gruppe kroatischer Soldaten geleitet hatte. Sie wollten unter anderem wissen, wo sich die Schützengräben befanden und wie viele Soldaten sich noch in dem Gebiet aufhielten. Mein Vater beantwortete die Fragen meist mit »Weiß ich nicht« und kassierte dafür wieder Schläge und Drohungen. Aber sie brachten ihn wenigstens wieder ins Krankenzimmer zurück. Einige der verwundeten Kameraden sah er nie wieder. Die Serben betrieben reinsten Psychoterror, was bei manchen zu lebenslangen, posttraumatischen Belastungsstörungen führte. Zum Essen gab es eine Scheibe Brot und vielleicht einen Becher Wasser, aber nur, wenn die Schwester gnädig gestimmt war.

Nach den täglichen Befragungen und der allgegenwärtigen Angst wurde Vater eines Tages aufgefordert, mitzukommen. Ohne zu fragen und in einem schlimmeren Zustand als vorher folgte er dem Befehl des Serben, in einen Kombi zu steigen, in dem bereits andere verängstigte kroatische Soldaten saßen. Nach ein paar Stunden erreichten sie ihr Ziel, das Lager Manjaca, berüchtigt für gefangene Soldaten, extra eingerichtet für Kroaten und Muslime. Manjaca war das Lager des Grauens. Vater hat nie richtig über diese Zeit gesprochen, aber jeder weiß, was in einem Kriegsgefangenenlager vor sich geht: Prügel, Psychoterror, wieder Prügel, Hunger, Psychoterror und wieder Prügel. Die Männer, die dort gefangen gehalten wurden, erlitten die schlimmsten Foltermethoden, wurden derartig gequält, dass sie sich wünschten, schon vorher gestorben zu sein. Wegen des Nahrungs- und Wasserentzugs kam es bei den Gefangenen nicht selten zu Halluzinationen. Alle waren bis auf die Knochen abgemagert. Jeden Tag verschwanden Männer spurlos, und von manchen fehlt bis heute jede Spur. Einige wurden vergewaltigt, mussten ihren eigenen Kot essen oder zuschauen, wie andere umgebracht werden. Jeder wusste, dass es die letzte Station war, dass es nach Manjaca kein Leben mehr gab. Bilder von unterernährten Gefangenen, die vor einem Zaun standen, gingen um die ganze Welt. Die täglichen Befragungen und der Durst nach neuen Informationen aus serbischer Sicht über die verfeindeten Soldaten trieben jeden Gefangenen in den Wahnsinn. Die kroatischen Soldaten wussten schon lange keine Antworten mehr, ihre Köpfe waren leer, die Körper waren dehydriert. Wurde ein Gefangener getötet, war man fast neidisch, dass es einen nicht selber getroffen hatte. Jeden Tag kam ein Aufseher und las einige Namen vor. Die Aufgerufenen sah man nie wieder. Allein ein »Husten« reichte, dass die Aufseher ausflippten: »«Beim nächsten Mal rollen im wahrsten Sinne des Wortes die Köpfe.«

Einzig positiv war, dass es zwischen den Kroaten und Serben einen Gefangenentausch gab. Dadurch wurde verhindert, dass noch mehr Kroaten starben und auf der anderen Seite wahrscheinlich auch.

Nach etlichen Wochen wurde Vater mit ein paar Kameraden ausgetauscht. Er wurde von seinem Schwager abgeholt und über zahlreiche Umwege und über Feldwege, weit weg von der Zivilisation, nach Kroatien gebracht. Die Lage war noch immer sehr kritisch und es bestand nach wie vor die Gefahr der Verhaftung. Er wohnte ein paar Tage im Haus seiner Schwester in Rogoznica, wo ihn seine Eltern empfangen hatten. So erfuhren wir wenig später, dass er noch am Leben war und dass es ihn gut geht. Da er zwanzig Kilo weniger auf den Rippen und großen Appetit hatte, war es das Wichtigste, dass er wieder zu Kräften kam. Wir waren sehr glücklich, dass wir ihn wieder bei uns hatten.

Marthas Geburt

Da die Unterkunft in Orebic nur vorübergehend war und Kroatien im Nordosten des Landes Krieg führte, wussten wir nicht, wohin wir gehen sollten. Das Land konnte uns nicht ewig durchfüttern. Vater erfuhr von einem alten Bekannten, der im Osten von Kroatien, bekannt unter dem Namen Slavonija, lebte, dass es auf seiner Schafsfarm etwas Arbeit gäbe. Er konnte zwar nicht viel zahlen, aber Vater war auch nur mit warmen Mahlzeiten zufrieden. Also fuhr er mit dem Bus in das kleine Dorf, das so gut wie keine Zivilisation kannte. In den Häusern gab es weder Strom noch Wasser, die wenigen Einwohner lebten wie im Mittelalter. Da Vater ein erfahrener Schäfer war und seine ganze Kindheit mit Schafen verbracht hatte, war er seinem alten Freund eine große Hilfe. Er bekam zwar seine warmen Mahlzeiten, aber die Familie war nun wieder getrennt. Da in der gleichen Region der Krieg einige Monate zuvor sein Unwesen getrieben hatte, gab es viele leere Häuser, weil die dort lebenden Serben während des Krieges von den Kroaten vertrieben worden waren. Vater erfuhr, dass es in einem kleinen Dorf mitten im Nirgendwo noch freie Häuser gab. Nachdem er ein Haus für uns gefunden hatte, verließen wir nach fast zwei Monaten die Unterkunft in Orebic und zogen in das kleine und einsame Dorf, das mitten im Wald lag. Als wir unser neues Zuhause sahen, wollten meine Schwester nicht über die Türschwelle treten. Es war zwar ein großes Haus, aber es hatte keine Fassade – die großen roten Ziegelsteine waren zu sehen – und im Erdgeschoss gab es keine Fenster, nur im ersten Stock, wo wir auch leben sollten. Anscheinend war im Krieg alles geplündert worden, so auch die Fenster und Türen. Es gab zwar Strom, aber kein Wasser und auch keine Wasserleitungen, nur einen Brunnen vor dem Haus. Daraus sollten wir das Wasser zum Trinken, Baden, Kochen und Waschen schöpfen. Mutter, Ani und ich waren total geschockt.

Wir wussten nicht, ob man das Wasser überhaupt trinken konnte. Hinter dem verwahrlosten Garten gab es mehrere kleine Nebenhäuser, die früher anscheinend für Tiere genutzt worden waren. Dort entdeckten wir ein Plumpsklo. Natürlich waren wir froh, aus der Schusslinie zu sein, aber so etwas hatten wir nicht erwartet. Meine Mutter war mittlerweile im siebten Monat. »Sollen wir wirklich auf dieses dreckige Klo gehen, wo sich unten noch Reste von Gott weiß was befinden? Wie soll ich das ganze Wasser aus dem Brunnen holen? Mir geht es zurzeit nicht so gut. Und die Kinder? Sie sind noch viel zu klein!«, hat sie zur Vater gesagt. Ani war zu diesem Zeitpunkt zwölf Jahre alt. Unsere Eltern wollten nicht, dass wir zum Brunnen gingen, weil sie Angst hatten, dass wir hineinfallen könnten. Und wie sollten wir in der Nacht das Plumpsklo finden? Draußen gab es keine Beleuchtung, außerdem hatten wir auch Angst, nachts raus zu gehen. Man wusste nie, wer vielleicht ums Haus herum lauern würde.

Für uns war es ein Schock, aber wir hatten keine andere Wahl, wenn wir nicht auf der Straße landen wollten. Vater versuchte, uns zu beruhigen, verschärfte aber auch seinen Ton, als er meinte, dass wir endlich mit dem Gejammer aufhören sollten, schließlich müssten wir froh sein, überhaupt ein Dach über dem Kopf zu haben.. Vater besorgte uns ein Sofa, zwei Betten und einen Herd. Dazu fand er irgendwo noch einen alten Kamin, damit wir im Winter die große Wohnküche beheizen konnten. Es war der einzige Raum, in dem wir uns alle zusammen aufhalten konnten. Es gab keine Privatsphäre, da die anderen Räume aufgrund ihres schlechten Zustands vollkommen unbewohnbar waren. Aus den Wänden krochen Insekten und Feuchtigkeit, die Fenster und Balkontüren waren undicht, aus jeder Ecke kamen entweder die kalte Luft, der Wind oder der Regen herein.

In der winzigen Post im Dorf gab es das einzige Telefon. Mutter rief von dort Ljuba in Orebic an, um sich über die Neuigkeiten zu informieren. Sie erfuhr, dass ihr Bruder Jozo ums Leben gekommen war. Für Mutter und uns war diese Nachricht sehr tragisch. Obwohl man eigentlich immer damit gerechnet hatte, dass ein Mensch, der einem nahe stand, in diesem Krieg sterben könnte, konnte man nicht wirklich darauf vorbereitet sein. Da saß Mutter in einer kleinen Post mitten im Nirgendwo, weit weg von zu Hause, schwanger, ohne Zukunft und Gewissheit und sollte einfach damit klar kommen? Ihr kleiner Bruder starb mit 26 Jahren. Für Oma und Opa war es besonders schlimm, da sie nicht einmal zur Beerdigung gehen konnten, weil die ganze mittelbosnische Region gesperrt war. Sie haben seinen Tod nie überwunden, die nächsten Jahre lebten sie nur von Erinnerungen. Es gab keinen einzigen Tag, an dem sie nicht über ihn gesprochen und geweint hatten. Oma trug bis an ihr Lebensende schwarze Kleidung. Immer hatte sie zu Gott gebetet, dass er sie schneller zu sich holen möge, damit sie ihren geliebten Sohn endlich wieder in die Arme schließen konnte.

Da wir keinen Cent zum Leben hatten und es sich für Vater nicht mehr gelohnt hat, für den Mann auf der Schaffarm nur fürs Essen zu arbeiten, beschloss er, nach Deutschland zu fahren. Dort lebte Mutters mittlerer Bruder und er versprach Vater zu helfen, damit er etwas Geld verdienen konnte. Um uns zu ernähren, zögerte Vater nicht lange und machte sich auf den Weg nach Deutschland. Das letzte Geld ging für die Busfahrkarte drauf. Wir hatten nichts mehr. Mutter, die vollkommen unterernährt war, schickte Ani zur Kirche. Dort fragte meine Schwester den Pfarrer, ob er nicht etwas zu essen für uns hätte. Die Klosterfrau holte aus einem Raum etwas Makkaroni, Mehl und Zucker. Ani bedankte sich und wir aßen gekochte Makkaroni ohne etwas dazu. So ging es die ganze nächste Zeit. Manchmal gab es auch Maismehl, Reis oder Kartoffeln. Eines Tages fuhr Mutter mit uns in eine kleine Stadt, die wir mit dem Bus nach zwanzig Minuten erreichten. Dort schrieb sie uns in die Schule ein.

Mein erster Schultag begann ohne Schultüte, Bücher oder einer Schultasche. Nicht einmal eine Begleitung hatte ich, weil Mutter kein Geld für eine Fahrkarte hatte. Wir Kinder durften wenigstens umsonst fahren. Es war die erbärmlichste Zeit in unserem ganzen Leben. Alle Kinder standen mit ihren Eltern, Großeltern oder Onkel und Tanten auf dem Schulhof. Ich wusste nicht einmal, wo meine Klasse war. Mein erster Schultag war ein sehr düsterer Tag ohne Freude und voller Angst. An den folgenden Tagen protestierte ich und weigerte mich, in die Schule zu gehen. Mutter hatte alle Hände voll zu tun, mir klar zu machen, dass es wichtig war, dass ich lesen und schreiben lernte. Doch ich wollte, dass Ani mir alles zu Hause beibringt. Mutter war streng und unnachgiebig, ich musste mich beugen. Weinend ging ich jeden Tag zum Bus und freute mich, wenn er Verspätung hatte oder manchmal überhaupt nicht kam, was sehr selten der Fall war. In kurzer Zeit freundete ich mich mit einem Mädchen aus unserem Dorf an. Sie war auch ein Flüchtlingskind aus Bosnien. Die anderen Mitschüler waren nicht immer nett zu uns, da sie von ihren Eltern wahrscheinlich schlechte Sachen über Flüchtlinge gehört hatten. Obwohl wir die gleiche Sprache und den gleichen Glauben hatten, nannten sie uns »die blöden Bosnier«. Wir taten so, als würden wir es nicht hören. Am schlimmsten war es in den Pausen, wenn sich alle Kinder etwas zum Essen kauften, sei es ein Sandwich oder ein Schokoriegel. Ich konnte nur zuschauen, weil ich kein Geld hatte. Mutter zwang mich immer, morgens etwas zu essen. Die nächste Mahlzeit gab es, wenn ich wieder nach Hause kam. Später sprach sie davon, wie ich oft gesagt hätte, dass ich hungrig sei, und sie mir daraufhin gekochtes Maismehl mit etwas Milch gab. Daraufhin wurde ich wütend und rief, dass ich keinen Hunger auf Maismehl und Milch hätte, sondern auf Wurst und Fleisch. Mutter zerriss es fast das Herz, aber was sollte sie sagen? Ich verstand eben nicht, warum alle anderen viel mehr hatten als wir. Ani wurde aufgefordert, alle drei Tage zur Kirche zu gehen, um Essen zu erbetteln. Der große Schäferhund am Eingang machte es ihr nicht gerade leicht. Sie hatte panische Angst vor Hunden, aber Mutter hatte ihr klar gemacht, dass sie nicht ohne Essen nach Hause kommen darf. Wer schickt schon ein hungriges Kind weg?

Eines Tages kamen uns unsere liebe Oma Ana und der strenge Opa besuchen. Darüber war ich sehr froh, weil mit ihnen ein Stück Heimat in das fremde Haus einzog. Nach kurzer Zeit verschwand Mutter plötzlich in der Nacht. Oma sagte uns, dass sie in wenigen Tagen mit einem Baby nach Hause kommen würde. Für mich kam das sehr plötzlich, da ich nicht wirklich registriert hatte, dass Mutter schwanger war. Durch den Krieg, die Flucht und den Überlebenskampf war ich tatsächlich so gut wie nicht aufgeklärt worden. Nach drei Tagen kam sie mit Marta zurück. Oma half ihr mit dem Kind. Diese Hilfe hatte unsere Mutter bitter nötig, da sie nach der Entbindung noch sehr geschwächt war. Sie musste sich erholen und auch an das Baby gewöhnen. Wir hatten nicht einmal Wasser im Haus. Zum Glück holte Opa es aus dem Brunnen. Wir heizten den Kamin an, stellten einen großen Topf Wasser auf die Platte. So badeten wir die kleine Marta und uns selbst. Das mit dem Brunnen war ein riesiger Aufwand. Erst musste man einen schweren Metalleimer an einen Haken hängen, dann das Seil runterlassen bis der Eimer ins Wasser plumpst, etwas warten und den gefüllten Eimer, der einige Kilo wog, wieder hochziehen. Es mussten unendlich viele Eimer hochgezogen werden, bis alle im Haus gebadet waren. Hinzu kam noch das Wasser zum Trinken, Kochen und Wäsche waschen. Den halben Tag standen entweder Mutter oder Ani am Brunnen und waren mit Wasserholen beschäftigt. In den Folgejahren ließen wir daher in jedem weiteren Haus der Wasserleitung unsere besondere Wertschätzung zukommen. Dieser Komfort war für uns nie mehr selbstverständlich. Opa hackte noch etwas Holz, bevor sie nach zehn Tagen wieder abreisten. Überall im Haus gab es Rattenspuren, es war einfach nur eklig. Aber das Baby war gesund, wog trotz aller Strapazen 4100 Gramm, und die Welt war zumindest für einen Augenblick wieder in Ordnung.

Gegenüber von uns wohnte ein altes Ehepaar. Sie waren Serben, aber das störte uns nicht. Ani und ich halfen ihnen bei den Tieren oder auf dem Feld. Sie gaben uns Eier und Milch, manchmal auch ein Stück Fleisch, und wir waren zufrieden. Außerdem mochten wir sie einfach so, weil sie nett zu uns waren. Eines Tages halfen wir ihnen bei der Gurkenernte, es waren die kleinen Gurken, die man einlegen konnte. Wir haben uns tagelang auf den Feldern herumgetrieben, die Gürkchen vom Boden geschnitten und sie in den zahlreiche Plastikboxen verstaut. Ich fragte die nette Oma, ob sie dafür 5.000 DM bekommen würde. Natürlich wusste ich nicht, was ich da erzählte und kannte auch den Wert des Geldes nicht, doch die alte Dame drehte sich um und sagte: »Die Mühe lohnt sich im Grunde nicht. Wenn ich alles verkauft und die Steuern bezahlt habe, bleibt mir fast nichts übrig, mein Kind.« Ich war von dieser Erkenntnis ziemlich überrascht, weil ich mir den Buckel krumm gearbeitet hatte und natürlich für unsere Arbeit einen guten Lohn erwartet hatte. Zum ersten Mal verstand ich, dass die Arbeit auf dem Bauernhof ziemlich anstrengend und schwer war und dass einem im Leben nichts geschenkt wird. Einmal fragte ich sie, was mit dem Haus nebenan passiert sei, weil es total verbrannt war. Ich ging jeden Morgen auf dem Weg zur Bushaltestelle daran vorbei. Der ältere Herr sagte, dass während der kriegerischen Auseinandersetzungen in dieser Gegend eine Granate das Haus getroffen hatte und zwei Kinder mit der Mutter verbrannt waren.

Mir läuft es bei der Erinnerung heute noch eiskalt den Rücken hinunter. Als Kind fand ich es einfach grauenvoll. Kroaten hatten auf das Haus geschossen, weil darin Serben gewohnt hatten. Es scheint sich zu bewahrheiten, dass in der Liebe und im Krieg alles erlaubt ist. Dieser Meinung bin ich jedoch absolut nicht. Immer, wenn ich an dem Haus vorbeiging, hatte ich das beklemmende Gefühl, als würden die Geister der Toten herauskommen und mich erschrecken.

Eine andere ältere serbische Dame wohnte etwas weiter von uns entfernt und ich besuchte sie ab und zu, weil sie sehr einsam war und sich sehr über meinen Besuch freute. Ich musste aber immer mit ihrem Hahn kämpfen, denn er war schlimmer als ein bissiger Hund. Jedes Mal, wenn ich die Tür zu ihrem Hof öffnete, gab er ein wütendes Gackern von sich, flog über meinen Kopf und pikste mich überall, wo er nur konnte. Aber mein Besuch lohnte sich, weil sie mir immer ein paar Süßigkeiten schenkte, aber nicht irgendwelche, sondern eine ganze Packung Hanuta oder richtige Kinderschokolade. Sie hatte eine Tochter in Deutschland, die ihr immer Süßigkeiten schickte, und ich bekam einen kleinen Teil davon ab. Überglücklich rannte ich dann an dem verrückten Hahn vorbei nach Hause und teilte das großzügige Geschenk mit Ani und Mutter. Jeder Tag, an dem es deutsche Süßigkeiten gab, war ein besonderer Tag.

Der Winter kam und somit auch unsere größte Sorge. Es war eiskalt und Mutter, die ein kleines Baby hatte, musste sich um alles kümmern: Holz hacken, Wasser holen, Wäsche per Hand waschen und einfach zusehen, dass wir Kinder anständig aussahen und einigermaßen gesund waren. Trotzdem war ich ständig krank. Jedes Mal, wenn uns Vater aus Deutschland 200-300 DM im Monat schickte, legte Mutter die Hälfte zur Seite, weil ich alle paar Tage zum Arzt in einer anderen Stadt musste. Die Fahrt dorthin kostete uns damals ein Vermögen.

Eines Tages hieß es, dass ein deutscher Mann mit einem Lastwagen voller Spenden aus Deutschland kommen würde. Die Leute konnten es kaum erwarten. Tatsächlich versammelten sich zwei Tage später, als ich mittags aus dem Bus stieg, die Leute im Zentrum. Ein Mann öffnete die hintere Tür eines großen Lastwagens und die Menschen fingen an, sich ungeduldig gegenseitig wegzuschubsen. Ich rannte nach Hause und sagte es meiner Mutter. Doch sie konnte wegen der kleinen Marta das Haus nicht verlassen. Also liefen meine Schwester und ich ins Dorf, um zu sehen, was der Mann alles mitgebracht hatte. Er hieß Thomas und war sehr freundlich. Er lächelte die ganze Zeit, was uns schon bald etwas auf die Nerven ging, da in diesen trüben Zeiten niemandem wirklich zum Lachen zumute war. Wir verstanden zwar nicht, was er sagte, aber der Lastwagen war voll mit Sachen, die die Deutschen gespendet hatten. Es gab alles, von Elektrogeräten über Fahrräder bis Kuscheltiere und Kinderwagen. Ani und ich versuchten, etwas näher zu rücken, doch die anderen drängten nach vorne und streckten die Hände aus. Fast schlugen sie sich um die Gegenstände. Der arme Thomas war total überfordert und wirkte ziemlich hilflos. Er verteilte ein paar Kühlschränke und Küchengeräte, die die Beschenkten eilig nach Hause brachten, damit sie schnell zurückkommen konnten, um noch mehr der kostbaren Dinge in ihrem Keller stapeln zu können. Ani und ich standen weit hinten. Als es vorübergehend etwas leerer wurde, kam er auf uns zu und versuchte mit uns zu sprechen. Doch wir verstanden nichts. Ich bekam mit, dass er uns nach unseren Eltern fragte, doch Ani erzählte ihm daraufhin, dass wir noch ein Baby zu Hause hatten. Da packte Thomas sofort die restlichen Sachen wieder in den Lastwagen, schmiss den Motor an, fuhr zu uns nach Hause und parkte in der großen Einfahrt. Mutter kam auf den Balkon und wusste nicht, was vor sich ging. Thomas riss die Tür des Anhängers auf, wühlte eine ganze Ewigkeit darin herum und holte dann einen Kinderwagen heraus. Und nicht nur das, er beschenkte uns großzügig mit Kuscheltieren, Decken, Kleidung, Babysachen und zwei Fahrrädern für Ani und mich. Es war unglaublich. Wenn du in großer Armut einen

Apfel geschenkt bekommst, bist du schon glücklich, aber extra mit einem Lastwagen vorzufahren und ihn zur Hälfte vor der Haustür auszuladen, das war wie Weihnachten. Wir bedankten uns ausgiebig und er war überglücklich, einer Mutter und drei Kindern geholfen zu haben. Die anderen Dorfbewohner waren ein wenig neidisch, dass er einfach zu uns gefahren war und uns reich beschenkt hatte. Aber er hatte wohl ein sehr großes Herz für Kinder und fühlte sich dazu berufen, einer alleinerziehenden Mutter die nötigsten Dinge zum Leben zu geben. Unsere Freude war riesig. Endlich hatte ich wieder Spielsachen und ich konnte in meine eigene Welt, in der wieder alles in Ordnung war, flüchten. Thomas war unser Retter gewesen, nicht nur weil er mit Hilfsgütern in unser Dorf gekommen war, sondern weil er sich für uns persönlich eingesetzt hat, weil er gesehen hat, dass es dort eine schutzlose Familie mit einem Baby gab, die nicht für Kühlschränke und Fahrräder kämpfen konnte. Also lieber Thomas, wenn es dich noch gibt, vielen Dank dafür!

Vater und Slavek wohnten seit einiger Zeit in Bochum bei seinem Schwager in einer Zweizimmerwohnung. Vater und sein Bruder wussten nicht, was sie tun konnten. Mutters Bruder hatte ihnen gesagt, dass sie sich nicht offen zeigen dürften, weil sie sofort ausgewiesen werden konnten. Da keiner von ihnen ein Wort Deutsch konnte, wussten sie auch nicht, ob sie sich anmelden durften oder nicht. Sie wollten nur etwas Geld verdienen, um es ihren Familien zu schicken. Über einen Bekannten und wiederum dessen Bekannten arbeiteten sie schwarz in einer Firma. Sie mussten mit Gabelstaplern Paletten sortieren. Natürlich war das alles riskant und sehr gefährlich, auch für den Arbeitgeber, aber er hatte dadurch billige Arbeitskräfte. Und für Vater und Slavek gab es wenig Alternativen. Sie mussten alles riskieren oder zurück in die Armut.. Sie schrieben sich immer einen Zettel mit den wichtigsten deutschen Wörtern wie zum Beispiel Brot, Milch, Guten Tag, wie geht's usw. und klebten diesen in den Gabelstapler. So lernten sie die Wörter während der Arbeit. Als sie sich am Abend gegenseitig abfragten, mussten sie feststellen, dass sie sich nichts gemerkt hatten. Einfach nichts. Sie wiederholten diese Art des Lernens immer wieder, aber es war hoffnungslos. Einem Menschen, der im Leben nie eine Fremdsprache gehört oder gelernt hat, dazu aufgrund des Krieges noch tausend andere Probleme hat, sollte man nicht allzu sehr verübeln, wenn er nicht bereit ist, sofort alles zu lernen.

Vater und Slavek arbeiteten nur wenige Tage im Monat. Nach den Ausgaben für Miete und Essen konnten sie ihren Familien nur wenig Geld zukommen lassen. Von Bekannten hatten sie gehört, dass sich Flüchtlingsfamilien in Deutschland anmelden konnten und während des Krieges in Jugoslawien ein Recht auf Duldung hatten.

Das versprochene Land

Inzwischen waren vierzehn Monate vergangen. Marta konnte schon laufen und wenn man ihr das Wort *Papa* vorsagte, schaute sie automatisch auf Vaters Bild, das an der Wand hing. Ich ging in die zweite Klasse und wusste schon damals, dass ich kein großer Freund der Schule würde. Die Aufgaben in der Schule empfand ich nur als nervig, genauso wie die Hausaufgaben und diese grauenvolle Busfahrerei in die Schule. Die Busse hatten keine Heizung, die Sitze waren abgenutzt und teilweise fehlte der Bezug. Die Geldknappheit machte uns zu Außenseitern. Ich fühlte mich im Unterricht nicht wohl.

Eines Tages kam eine Nachbarin zu uns und teilte uns mit, dass wir einen Anruf erhalten hätten. Mutter eilte mit Marta ins Dorfzentrum. Dann rief Vater wieder an. Er sagte, dass wir langsam unsere Koffer packen können. Sobald das Geld, das er uns geschickt hatte, angekommen war, sollten wir davon Fahrkarten kaufen und nach Bochum fahren. Das getrennte Leben täte unserer Familie nicht gut, wir würden uns nur unnötig auseinanderleben. Außerdem wollte er Marta endlich kennenlernen. Da wir nichts zu verlieren hatten, teilte uns Mutter mit, dass wir die nächsten Tage nach Deutschland zu Vater fahren würden, um dort ein neues Leben zu beginnen. Ich verstand zunächst gar nichts und wusste nicht einmal, wo Deutschland lag. Ani erklärte mir, dass es ein Land mit ganz viel Schokolade und anderen leckeren Sachen sei. Dort würde niemand hungern und es gäbe höchstwahrscheinlich echte Toiletten, so wie wir es von zu Hause kannten. Ich war begeistert, packte meine Sachen und wollte sofort aufbrechen. Als das Geld nach wenigen Tagen eintraf, fuhr Mutter in die Stadt und meldete uns mit der knappen Begründung, dass wir wegziehen würden, von der Schule ab. Die Lehrerin war überrascht, dass wir nicht bis zum

Schulende warten wollten, aber sie verstand unsere Situation sowieso nicht. Langsam wurde es ernst. In den nächsten Tagen packten wir unsere alten Koffer und Taschen zusammen und sagten allen Nachbarn, dass sie sich alles, was sie wollten, aus unserem Haus holen dürften, da wir nicht zurückkehren würden. Ich verabschiedete mich von meiner alten Freundin und ihrem aggressiven Hahn. Das ältere Ehepaar, das uns immer mit Essen beschenkt hatte, war traurig, dass wir gingen. Sie weinten sogar. Auch Mutter und Ani fiel der Abschied von den beiden schwer. Doch ich war nur froh, endlich so viel Schokolade wie nur möglich essen zu können. An unserem letzten Tag kamen noch einige Bekannte und nahmen alles Nützliche mit. Uns blieben nur ein paar Matratzen auf dem Boden, aber es war egal. Auf Nimmerwiedersehen dämlicher Brunnen und blödes Plumpsklo! Auf Nimmerwiedersehen bescheuerter Bus ohne Heizung und ihr Mitschüler, die ihr mich nur gehänselt habt, weil ich wegen der Klamotten, die Thomas mitgebracht hatte, wie ein Junge ausgesehen hatte. Obwohl uns das Haus Schutz geboten hatte und während der schweren Zeit ein Zuhause war, jubelten wir, dass wir endlich raus konnten und eine neue, aufregende Zukunft vor uns lag.

Als wir gingen, drehten wir uns noch einmal um und ich dachte: Jetzt gehen wir in das Land der Schokolade und wir werden reich sein. Dass die Realität dann doch etwas anders aussehen würde, konnte ich zu diesem Zeitpunkt noch nicht wissen. Wir verabschiedeten uns noch einmal von unseren lieben Freunden und Nachbarn, mit denen wir schöne Zeiten erlebt hatten, mit deren Tieren wir hatten spielen dürfen. Wir nahmen noch von vielen Leuten Abschied, die wir dort kennengelernt hatten. Einigen von ihnen tat es leid, dass wir gingen. Mutter versprach, Briefe zu schreiben. Ein Bekannter fuhr uns in die Stadt. Nach einer ganzen Weile kam endlich der Bus, der natürlich Verspätung hatte. Wir gaben unsere Koffer ab und stiegen ein. Natürlich hatte Mutter im Vorfeld alle Pässe und Dokumente, ohne die wir nicht durch Europa hätten reisen dürfen, besorgt. Als der Bus voll besetzt war, fuhren wir irgendwann los. Ani und ich lachten uns an und waren froh, dass es endlich vorwärts ging. Wir hatten alles hinter uns gelassen, aber es gab nicht viel, worum wir hätten trauern sollen. Die anstrengende Fahrt dauerte genau 24 Stunden. Die Sitze waren eng, Marta schrie sehr oft und die anderen Reisenden waren etwas genervt. Wir entschuldigten uns ständig für alles und waren tapfer. Die einen husteten, die anderen schnarchten, ein paar ältere Frauen quasselten die ganze Nacht, mitgebrachtes Essen wurde ausgepackt und verspeist. Von überall her kamen irgendwelche Geräusche, aber uns war alles egal. Wir wollten nur eins, ein besseres Leben ohne Hunger, Angst und Krieg.

Als wir auf der Autobahn an einem Waldstück vorbeifuhren, bildete ich mir ein, dass die Bäume sich drehten und für mich tanzten. Ich dachte, dass selbst sie sich freuten. Die Äste drehten sich immer ganz langsam, wenn der Bus vorbeiflitzte. Ich beobachtete das Schauspiel stundenlang und war wie verzaubert. Als ich neulich auf der Autobahn an einer Gruppe Bäume vorbeifuhr, war es wie damals. Sie tanzten und freuten sich. Obwohl es schon über zwanzig Jahre her ist, musste ich leise lachen. Es war das reinste Déjà-vu-Erlebnis.

Der Bus machte viele Pausen. Dann konnten wir unsere Beine ausstrecken und auf die Toilette gehen. Marta wurde gewickelt und Mutter brauchte einfach nur frische Luft. Nach einer gefühlten Ewigkeit rief der Busfahrer »Bochum«. Mutter schaute noch einmal auf den Zettel, worauf der Name der Stadt vermerkt war, und sagte, dass wir aussteigen müssten. Müde und erschöpft verließen wir den Bus. Am liebsten wäre ich noch weitergefahren, weil meine Beine schwer waren und mein Kopf immer noch schlief. Nachdem wir unsere Koffer in Empfang genommen hatten, sahen wir uns erst einmal um. Vater hatte seit Stunden auf uns gewartet, weil es geheißen hatte, dass der Bus zwischen 10 und 13 Uhr kommen würde. Wir begrüßten uns herzlich, fühlten uns nach vierzehn Monaten aber doch ein wenig fremd. Trotzdem freuten wir uns wahnsinnig, alle wieder vereint zu sein. Wir fuhren mit einem Taxi quer durch die Stadt. Ich war begeistert. Nirgendwo standen verbrannte oder angeschossene Häuser. Es gab sogar eine Straßenbahn. Das hatte ich noch nie zuvor gesehen. Die Autos waren schön, die vielen Leute auf den Straßen waren gut gekleidet. Für ein Kind, das aus Bosnien kommt, war Bochum wie New York für andere Menschen. Große Kaufhäuser waren mit Lichtern geschmückt und Doppelbusse fuhren an uns vorbei. Ich lachte und sagte, dass der Bus wie eine Ziehharmonika aussehen würden. Alles war so sauber und ordentlich. Alle warteten an den Ampeln, keiner lief unkontrolliert hin und her. Meine Begeisterung kannte keine Grenzen. Relativ schnell erreichten wir die Wohnung, wo Vater mit Slavek lebte. Die kleine Zweizimmerwohnung befand sich in einem privaten Haus. Die Besitzer, ein älteres Ehepaar, wussten, dass wir Flüchtlinge waren und gaben uns etwas Zeit, um uns bei der Behörde anzumelden. Ani und ich staunten nicht schlecht, es gab eine Toilette, das Wasser kam aus einem Hahn und die Möbel waren sehr schön und hochmodern. Vater holte aus der Schublade ein paar Tafeln Schokolade von ALDI. Ani und ich konnten nicht aufhören zu essen. Schokolade hatten wir das letzte Jahr meist nur im Schaufenster gesehen. Vater sagte, dass es in Bochum große Supermärkte mit eigenen Abteilungen nur für Süßigkeiten gäbe. Er versprach, die nächsten Tage mit uns dorthin zu gehen. Ani und ich konnten es kaum erwarten. Wir verspürten Glücksgefühle wie schon lange nicht mehr und strahlten. Obwohl alles noch sehr ungewiss war, freuten wir uns einfach für den einen Augenblick.

Da wir noch nicht angemeldet waren, durften wir uns nicht sehr lange draußen aufhalten, zumindest baten uns die Hausbesitzer darum, weil sie Angst hatten, selbst bestraft zu werden, da sie ja quasi illegal Menschen bei sich wohnen ließen. Es war ein schönes, großes Haus mit viel Rasen drum herum. Die Büsche waren rund geschnitten und wir fühlten uns wie im Paradies. Um den Wunsch der Vermieter zu befolgen und uns selbst abzusichern, gingen wir zwei Tage später mit einem Dolmetscher zu den Behörden und beantragten Duldung und alle möglichen Papiere, die für unseren Aufenthalt wichtig waren. Dank der Politik von Helmut Kohl gab es keine Probleme. Da wir Kriegsflüchtlinge waren, bekamen wir im Stadtteil Hiltrop eine Unterkunft. Als wir aus dem Bus stiegen, trauten wir unseren Augen nicht. Die Stimmung sank auf einen erneuten Tiefpunkt. Wir waren sehr ernüchtert. Die Unterkunft war nichts anderes, als ein Haufen zusammengewürfelter Container, die ziemlich alt und schäbig ausgesehen hatten. Es war eine Flüchtlingsunterkunft und die sah eben nicht aus, wie das schöne Haus in dem Vater und Slavek gelebt hatten. Ein Helfer brachte uns zu unseren Zimmern. Auf dem Weg dorthin sah ich Zigeunerinnen in ihren bunten Röcken draußen sitzen. Sie starrten uns nach dem Motto *Neuankömmlinge* an. Ihre Kinder waren trotz der Kälte nur leicht bekleidet und spielten mit den Anderen Fußball. Überall lagen Mülltüten, die der Wind in die Höhe fliegen ließ.

Damals sah ich zum ersten Mal einen schwarzen Mann und ich fragte meine Eltern, warum er so dunkel war. Sie sagten leise, dass sie es mir später erklären würden. Überall lag Müll und ich konnte mir einfach nicht vorstellen, dass wir da wohnen sollten. Der Mitarbeiter schloss eine Tür auf und zeigte uns unsere Wohneinheit. Es war alles sehr klein, aber wir hatten zumindest eine winzige Küche und ein Schlafzimmer. Das sei der Luxus für Familien, zumindest betonte das der Mann mehrmals und grinste uns an. Die Wände waren aus etwas härterem Karton und man konnte alles hören, was die Nachbarn erzählten. Aber unsere Eltern waren zufrieden. Hauptsache ein Dach über dem

Kopf. Neben uns wohnten Menschen aus Sri Lanka. Zum ersten Mal hörte ich eine andere Sprache und konnte nicht glauben, dass es so etwas auf der Welt gab. Gegenüber von uns wohnten Albaner, die ständig komisch zu uns herübersahen. Es war ein totaler Kulturschock. Mutter hängte Decken ins Fenster, damit sie in der Nacht nicht zu uns hereinsehen konnten, denn sie winkten Ani zu und lächelten sie ständig an, was Vater an seine Grenzen brachte. Nach wenigen Tagen besorgte Mutter richtige Vorhänge und machte die Fenster dicht. Wir hatten uns wie auf dem Präsentierteller gefühlt, dass man sich von Fenster zu Fenster etwas reichen hätte können. Auf der anderen Seite des Geländes wohnten einige Landsleute von uns und meine Eltern schlossen sofort Freundschaft mit ihnen, weil es nicht schaden konnte, sich mit jemandem, der das Gleiche erlebt hatte, auszutauschen.

Wir packten die Tüten und die alten Koffer aus. Da die Schränke ziemlich klein waren, lagerten wir die restlichen Sachen einfach auf dem Boden. Ich traute mich die ersten paar Tage nicht ins Freie, da die Leute draußen total anders waren als wir. Viele schrien herum, sprachen laut oder stritten sich mit anderen Flüchtlingen. Zum ersten Mal lernten wir andere Kulturen kennen, wenn man es überhaupt Kultur nennen konnte. Es gab auch ekelhafte Menschen, die sich nie integrieren würden, die nur Gewalt kannten und sich ständig prügelten. Ich erlebte, dass sich zwei Zigeunerinnen im wahrsten Sinn des Wortes in die Haare kriegten. Eine schleifte die andere über den Hof, als wäre sie ein Hund. Die andere schaffte es, einen ihrer Schuhe mit hohen Absätzen auszuziehen und damit auf die andere einzuschlagen. Einige Männer versammelten sich drum herum, amüsierten sich und klatschten Beifall. Ich verstand schon damals, dass das nicht in Ordnung war.

Wir bekamen kein Geld und hatten nur Anspruch auf Essen. Morgens gab es ein paar Scheiben Toast mit Marmelade und

Butter, mittags ein warmes Essen und einen Lutscher für die Kinder, abends meist etwas Brot, Käse, Wurst und einen Fruchtjoghurt, den ich bisher nicht gekannt hatte. So etwas hatten wir in Bosnien nicht. Wie kam man nur auf die Idee, in einen Joghurt Früchte zu geben? Ich weigerte mich, so etwas zu essen. Mutter und Ani hätten den ganzen Tag davon essen können. Vater, der kein Obst mochte, erging es ähnlich wie mir, und er machte sich ein wenig lustig über die beiden. Das Essen schmeckte nicht besonders. Vater wunderte sich jeden Tag darüber, wie sie ihm nur zwei Scheiben Toast geben konnten, wo er doch so ein großer Mann war. Wenn es nach ihm gegangen wäre, hätte er die ganze Packung am liebsten allein gegessen. Toast war für ihn nichts anderes als dickeres Papier. Am liebsten aß er dunkles oder gemischtes Brot. Mineralwasser gab es ausreichend. Alles war ein bisschen umständlich und ungewohnt, aber immer wieder waren wir froh, ein Dach über dem Kopf zu haben und in Sicherheit zu sein. Das gab uns Kraft all das durchzustehen. Viele Deutsche gingen an unserer Flüchtlingsunterkunft vorbei. Einige blieben stehen und fotografierten den schäbigen Anblick, einige wunderten sich über den schlechten Zustand und fragten sich, wie wir dort nur leben könnten und keinen Sinn für Sauberkeit hätten. Andere bemitleideten uns und winkten uns über den Maschendrahtzaun zu. Aber die meisten machten einfach einen großen Bogen um uns und hatten Angst.

Einige Tage später wurden wir in die Schulen eingeschrieben. Ich landete ohne jegliche Deutschkenntnisse in der zweiten Klasse einer nahe gelegenen Grundschule. Das Schuljahr hatte schon längst begonnen und die Lehrerin stellte mich vor die Tafel und erzählte irgendwas. Ich schaute sie nur wortlos an. Dann brachte sie mich an einen freien Platz. Die anderen Kinder drehten sich zu mir um und betrachteten mich, als wäre ich ein Alien. Ich hatte nicht einmal Hefte oder Bücher, auch wenn mir das nicht viel geholfen hätte, da ich einfach wie eine Taubstumme da saß. Am liebsten wäre ich zu meinen Eltern gelaufen, um von dort die für mich exotischen Menschen zu beobachten. Aber eine Sache weckte mein Interesse. Das war die Tafel, die sich hoch- und runterbewegen ließ. Ich war von dem Anblick fasziniert. Wir hatten zwar in Kroatien in der Schule ebenfalls eine große Tafel gehabt, aber keine, die auch noch Kästchen für die Zahlen hatte. Ich konnte es kaum erwarten, Mutter davon zu erzählen. In der Pause kümmerte sich niemand um mich. Ich lief die ganze Zeit den anderen Kindern hinterher und wusste nicht so richtig, was ich machen oder wohin ich gehen sollte.

Ani ging zusammen mit Manja, auch ihre Familie war inzwischen in Bochum, in die Hauptschule. Die beiden hatten zumindest sich und konnten ihren Frust, Kummer oder auch Freude miteinander teilen. Ich wusste nicht einmal, wann der Unterricht begann und welche Stunden wir wann hatten. Es stand zwar Deutsch, Religion oder Sport auf dem Stundenplan, aber das nützte mir nicht viel. Ich wundere mich bis heute, dass es damals keinen Crashkurs für Kinder wie mich gab. Eine Achtjährige ins kalte Wasser zu werfen, war doch grauenvoll. Ich weiß, wovon ich spreche und wie unangenehm es für mich war. Kinder lernen zwar schneller als Erwachsene, aber von wem hätte ich etwas lernen können? Auf dem Schulhof wollte niemand mit mir reden, geschweige denn irgendwas spielen – wie auch, da ich nichts verstanden habe. Die anderen Kinder zeigten nicht nur kein Interesse an mir, im Gegenteil, sie standen im Kreis, redeten und zeigten mit den Fingern auf mich. Aber ich weiß, dass es auch für sie nicht leicht gewesen war, plötzlich eine neue, eine fremde Mitschülerin in der Klasse zu haben, die zudem kein Wort Deutsch verstand. Doch Kinder sind grausam. Wenn ein Kind etwas Schlechtes über ein anderes sagt, stellen sich alle auf die Seite des Angreifers. Mobbing gab es und wird es immer geben. Vor allem in den Schulen.

Ani und ich versuchten, gemeinsam Deutsch zu lernen und zu reden. Da sie ein sehr begabtes Kind war, lernte sie auch schnell und präzise. Sie unterrichtete mich oft zu Hause und bald fingen wir an, miteinander Deutsch zu sprechen. Hinzu kamen die deutschen Fernsehprogramme in einem alten Fernseher, den unser Vater irgendwo aufgegabelt hatte. Meistens lief er durch die Straßen und brachte alles mit, was jemand weggeworfen hatte, um zu prüfen, ob es noch funktionierte. Anfangs beherrschten Ani und ich nur die deutschen Grundwörter, doch bald konnten wir auch einfache Sätze bilden. Trotzdem traute ich mich in der Schule mit niemandem zu reden. Als einmal an einem Freitag der Unterricht ausfiel, ging ich trotzdem die halbe Stunde zu Fuß zur Schule, weil ich nicht verstanden hatte, dass der Unterricht an dem Tag nicht stattfinden würde. Weinend kam ich nach Hause und sagte, dass die Schule verschlossen ist und ich nicht reinkomme. Aber am schlimmsten fand ich, dass niemand mir extra erklärt hatte, dass an diesem Tag die Schule geschlossen hatte. Ani, die noch fest geschlafen hatte, als ich das Haus verlassen hatte, teilte mir später fast beschämt mit, dass die Schule wegen einen Feiertags geschlossen sei und sie gedacht hatte, dass ich das schon weiß. Ich hasste die Schule und wollte nie wieder hingehen.

Jeden Sonntag ging es fleißig in die Kirche. Meine Eltern hatten von einem kroatischen Gottesdienst erfahren, und wir versäumten keinen einzigen. Es war ein Ort, an dem wir Bekannte und Freunde trafen. Meistens sahen wir auch Slavek und Ljuba dort. Sie waren in einem anderen Flüchtlingsheim untergebracht worden, das sich in einem anderen Stadtteil befand. Nach dem Gottesdienst plauderten unsere Eltern stets noch eine ganze Stunde vor der Kirche und wir Kinder spielten mit anderen Kindern. Das war immer sehr schön. Dort erfuhren meine Eltern, dass einige Flüchtlinge in einem Heim wohnten, in dem sie statt Essen Geld bekamen. Sie hatten das Privileg, nicht tagtäglich dasselbe Essen zu bekommen. Es war nicht wahnsinnig viel Geld, aber es reichte zumindest fürs Essen. Wir hatten mal wieder Lust, bosnische Spezialitäten wie Pita und Sarma zu essen. Aber dafür brauchten wir Geld. Sofort meldeten sich unsere Eltern in dem anderen Lager an und bekamen relativ schnell eine Zusage. Für mich hieß es wieder einmal, eine neue Schule und neue Umgebung kennenzulernen. Für unsere Eltern war es ja egal, da sie sowieso nicht arbeiten durften. Ani fuhr mit dem Bus in dieselbe Schule wie vorher auch. Und so packten wir nach ungefähr zehn Monaten erneut unsere Koffer und zogen in ein anderes Flüchtlingsheim.

Das Positive war, dass wir etwas Bargeld bekamen, das Negative war jedoch, dass wir nur ein größeres Zimmer hatten, wo wir alle fünf zusammen schlafen, essen und lernen sollten. Wir waren eine fünfköpfige Familie, aber da mussten wir durch, zumindest meinten das unsere Eltern. Es war wie vor hundert Jahren, als die Leute mit fünf Kindern in nur einem Raum gehaust hatten, um Heizmaterial zu sparen. Mutter war sehr oft wütend und sagte: »Schau, wie tief wir gefallen sind! Zu Hause hatten wir ein großes Haus und sieh uns jetzt an! Wir müssen uns quälen, weil uns die Politiker rausgeschmissen haben!« Sie hatte schon Recht, trotzdem versuchte Vater, ihr immer wieder zu verdeutlichen, dass wir gesund seien und zumindest etwas zu essen hätten. Auf dem Gelände gab es außer unserem Wohnhaus vier weitere große Häuser, in denen Menschen jeglicher Herkunft lebten. In dem Gebäude gegenüber waren vorwiegend Afrikaner untergebracht. Draußen sah es fast genauso aus wie im vorherigen Heim. Die Frauen saßen auf den Decken umzingelt von Kleinkindern und Müll. Aber es gab zumindest keine Container mehr und die Wände waren dick genug, um die Nachbarn nicht ganz so intensiv zu hören, denn einige waren ziemlich laut.

Auch in der neuen Schule wollten die Kinder nicht mit mir reden. Aber da ich ja mittlerweile in die dritte Klasse ging, konnte ich zumindest die Lehrer etwas besser verstehen. Ich bemühte mich sehr, die deutsche Sprache zu lernen. Die ganze Zeit hatte ich keine einzige Freundin außerhalb des Flüchtlingsheims gehabt, weil niemand in der Schule etwas mit einem Flüchtlingskind zu tun haben wollte. Im Nachhinein kann ich es sogar ein wenig nachvollziehen, dass keiner der Mitschüler Lust hatte, mit jemandem zu spielen, der nur jedes zweite Wort versteht. Hinzu kam, dass ich ziemlich schlecht angezogen war. Kinder in der dritten Klasse können schon gute von schlechter Kleidung unterscheiden. Ich trug eben keine Pocahontas-Shirts und bunte Hosen wie die anderen Mädchen in meiner Klasse. Dazu hatte ich einen ziemlich blöden Haarschnitt, hinten etwas länger und an den Seiten kurz. Ich sah aus wie ein »Assi« und so fühlte ich mich auch. Aber für mich war es zur Normalität geworden, während der Pause allein auf dem Schulhof zu stehen oder in der Klasse blöd angeglotzt zu werden. Inzwischen war es mir schon fast egal.

Dann kam die Zeit zur Vorbereitung auf die Kommunion. Dafür hatte ich jeden Samstag extra Religionsunterricht in der Nähe unserer kroatischen Kirche. Wir wurden auf Kroatisch unterrichtet. Zum Unterricht kamen logischerweise nur kroatische Kinder. Da konnte ich mit den anderen reden, es waren auch einige Flüchtlingskinder dabei. Aber viele von ihnen lebten schon einige Jahre in Deutschland und ihre Eltern gingen ganz normal in die Arbeit und hatten schöne Wohnungen. Da wir nicht viel Geld hatten, bekam meine Mutter ein Kommunionskleid von einer Dame geschenkt, bei der sie ab und zu die Wohnung gereinigt hat. Die Frau war zu meiner Mutter sehr nett und half ihr, drei weitere Putzstellen zu bekommen, worüber sich Mutter äußerst gefreut hat. Es war ein schlichtes und einfaches Kleid, das schlichter und einfacher nicht hätte sein können. Kein Blümchen, kein glänzender Satin, kein Unterrock mit einem großen Ring, keine Rüschen. Es war weiß und fiel einfach nur runter. Ich war enttäuscht und wollte es auf keinen Fall anziehen. Doch Mutter schlug mir die Idee sofort aus dem Kopf, ein Neues zu kaufen. Als mir ein befreundetes Mädchen ihr Kommunionskleid zeigte, war ich völlig baff. Es war das reinste Mini-Hochzeitskleid mit einem riesigen Reifrock und tausenden von Blümchen drauf, Spitze, Satin und, und, und. Als ich an mein schlichtes Kleid dachte, hätte ich am liebsten losgeheult. Wieder zu Hause, sagte ich meiner Mutter noch einmal, wie traurig ich mein Kleid fand und dass ich es nicht anziehen würde. Sie meinte nur, was ich sonst anziehen wollte, wir hatten nun mal kein Geld für ein neues Kleid. Am Tag der Kommunion wäre ich vor Scham am liebsten im Boden versunken. Alle anderen Mädchen sahen aus wie kleine Prinzessinnen. Sie waren wunderschön. Außerdem durfte ich nie lange Haare tragen. Vater hatte es mir aus unerklärlichen Gründen verboten. Ich sah aus wie ein Junge in einem Nachthemd, ohne großen Haarschmuck und Täschchen oder irgendwelchen anderen Extras. Nur die Schuhe waren neu, weiß mit rosa Blümchen darauf. Ich wollte nur, dass die dämliche Zeremonie schnell vorüberging, damit ich das hässliche Kleid ausziehen konnte. Wir mussten von der kroatischen Mission bis zu der Kirche wie Enten hintereinandergehen. Einige Leute blieben stehen und fotografierten uns. Ich wäre am liebsten abgehauen und hätte alles abgeblasen. Mir war bewusst, dass ich die Hässlichste war, entsprechend war mein Gesichtsausdruck. Während der Zeremonie machte Mutter mit unserem neuen Fotoapparat ständig Fotos und winkte mir während des Gottesdienstes zu. Ich sollte sie anschauen und lächeln. Am liebsten hätte ich ihr etwas anderes gezeigt. Doch da ich ein braves Kind war, sah ich einfach nur böse weg. Die beiden Mädels, die links und rechts von mir saßen, hatten sogar durchscheinende Handschuhe und kleine weiße Handtaschen. Ich verfluchte die ganze Welt und wollte nur raus aus dem Kleid. Am Ende gab es das obligatorische Gemeinschaftsfoto. Ich stand in der ersten Reihe und wurde von meinen Nachbarinnen im wahrsten Sinn des Wortes vollkommen überschattet. Von mir sah man nur den Kopf und etwas vom Oberkörper, unten herum war nichts zu sehen, da die Kleider der anderen viel zu breit und pompös waren. Irgendwann war mir das zu blöd. Ich zog das Kleid seitlich etwas breiter und spreizte meine Beine, wodurch man später auf dem Foto zwar etwas mehr von meinem Kleid sah, aber auch nur einen Fuß, weil der andere irgendwo unter einem fremden Kleid versteckt war. Ich habe mir die Bilder von meiner Kommunion nur ein einziges Mal angesehen. Selbst heute noch bin ich wegen des schäbigen Kleides wütend auf meine Mutter.

Unser zweites Heim war nicht schlimmer, aber auch nicht besser als das erste. Es gab zwar keine Container aus Pappe, aber das eine Zimmer war einfach grauenvoll. Dazu hatten wir Gemeinschaftstoiletten und höchstens drei Duschen, die man nicht absperren konnte. Jeder konnte den Duschraum betreten. Zum Schutz gab es nur Vorhänge. Männer und Frauen waren nicht getrennt, alle waren zusammen. Für Mädchen und Frauen war das sehr unangenehm. Meistens kamen Ani oder Mutter mit und stellten sich als Wache vor den Vorhang, wenn ich duschte. Einmal kam ein Kind rein, während Vater duschte, und machte einfach den Vorhang auf. Er merkte es nicht einmal, weil er noch Shampoo im Gesicht hatte. Erst als die Mutter des Kindes hereinkam und laut schrie, wurde er aufmerksam und schämte sich bis auf die Knochen. Auf demselben Flur wohnten noch mindestens sieben bis acht weitere Familien unterschiedlicher Nationen und Kulturen. Mal wohnten gegenüber von uns Zigeuner, dann wieder Kosovoalbaner oder Afrikaner. In dem Flüchtlingsheim gab es viele Kinder. Wir spielten sehr oft gemeinsam draußen, weil wir es in den vier Wänden nicht mehr aushalten konnten. Ein Mädchen erklärte mir, dass häufig ein netter Mann namens Norbert vorbeikommen und mit einigen Kindern auf den Rummelplatz, zum Flohmarkt oder einfach nur zum Spielplatz gehen würde. Er war ein freiwilliger Helfer, der Kinder sehr gern mochte und die Kinder mochten ihn. Ich konnte es kaum erwarten, dass er wieder auftauchen und mich vielleicht auch mitnehmen würde. Ein anderes Mädchen sagte, dass sie schon oft mit ihm mitgefahren sei und dass Norbert immer kleine Geschenke kaufte oder ein paar Münzen verschenkte. Ich wartete jeden Tag und hielt sehnsüchtig Ausschau nach diesem netten Mann, der uns Flüchtlinge mochte und Verständnis für uns hatte.

Und tatsächlich, an einem Donnerstag kam er dann auch mit seinem weißen Golf und parkte direkt vor unserem Heim. Als er aus dem Auto stieg, war er im Nu von den Kindern umzingelt. Ich drängelte mich vor, damit er mich besser sehen konnte, um mich vielleicht mitzunehmen. Kurz darauf zeigte er tatsächlich auf mich und auf zwei weitere Mädchen. Schnell fragte ich Mutter, ob ich mitfahren dürfe. Eine Nachbarin saß gerade bei uns und lobte Norbert über alle Maßen. Also willigte Mutter ein. Euphorisch stiegen wir in den Wagen, und die anderen Kinder schauten uns traurig und verärgert an. Ich fühlte mich wichtig und geehrt, ich war stolz, dass ich eine von den Auserwählten war. Meine Eltern waren damit einverstanden, dass ich mit Norbert mitgehe, da sie von den Anderen nur Gutes über ihn gehört hatten. Er fuhr uns zu seinem Schrebergarten. Da es ein sonniger Tag war, sprangen wir den ganzen Tag in seinem Garten herum und ließen es uns gut gehen. Er grillte draußen und wir aßen knackige Würstchen und tranken Cola. Spät am Nachmittag kamen wir unversehrt zurück, und ich erzählte meinen Eltern, wie schön es mit Norbert war und dass ich wieder mitfahren möchte. Da Vater und Mutter nicht arbeiten durften, hätten sie viel Zeit für uns gehabt, aber sie schauten ständig kroatische Nachrichten, um zu erfahren, ob es was Neues gab und wie weit der Krieg gekommen war. Wir Kinder waren Nebensache und wenn wir meckerten, hieß es: »Geht draußen spielen und lasst uns in Ruhe.« Wir wussten, dass unsere Eltern viele Sorgen hatten, und wir verstanden auch, dass sie einfach keine Kraft und Nerven hatten, mit uns herumzutollen und so zu tun, als wäre die Welt wieder in Ordnung. Dennoch vermissten wir einige Dinge und da kam Norbert wie gerufen. Er zeigte uns die tollen Orte in der Stadt und machte uns mit Kleinigkeiten immer eine große Freude. Nach einigen Tagen stand er wieder vor unserem Haus. Erneut versammelten sich die Kinder und wie durch ein Wunder durfte ich mit zwei anderen Mädchen wieder mitfahren. Auf dem Flohmarkt drückte er jeder von uns zwei DM in die Hand. Dafür konnten wir uns etwas kaufen. Ich erstand irgendeine weiße Figur mit zwei Tauben. Sie hielten in der Mitte ein rotes Herz, das mir wahnsinnig gut gefiel. Hinterher fuhren wir auf einen coolen Spielplatz und tobten uns richtig aus. Wir schaukelten, bauten Sandburgen und sausten auf einem halben Autoreifen, der an einer Seilbahn hing, einen Hügel hinunter. Es war ein toller Tag und ich kam zufrieden und ausgepowert nach Hause. Vater lag auf einer Matratze auf dem Boden, Mutter machte daneben das Abendessen und Ani machte die Hausaufgaben in ihrem Bett, weil es keinen Platz für einen weiteren Tisch gab. Marta spielte in der Ecke. Am liebsten wäre ich wieder hinausgelaufen und hätte mich irgendwo versteckt. Keiner hatte auch nur die geringste Privatsphäre.

Im darauffolgenden Monat durfte ich wieder einmal mit Norbert mitfahren. Ich setzte mich auf den Beifahrersitz, die beiden anderen Mädchen auf die Rückbank. Er fing an, etwas zu erzählen und zeigte auf meinen Genitalbereich, berührte mich, erzählte dann noch irgendwas, wobei er immer wieder da unten grapschte. Obwohl ich erst neun war, wusste ich, dass das nicht ganz korrekt war. Aber was hätte ich tun sollen? Ein komisches Gefühl überkam mich. Doch ich sagte nichts und tat, als wäre alles in Ordnung. Wir fuhren zu einem Sportplatz, wo eine Veranstaltung stattfand. Er kaufte uns Würstchen, wir waren wieder überglücklich. Ich verdrängte die Sache im Auto und redete mir ein, dass es nur ein Versehen war. Als die Veranstaltung zu Ende war, fuhren wir zu ihm nach Hause, wo er bei offener Tür duschte und wir seinen nackten Körper von oben bis unten sehen konnten. Ich hatte eine blöde Vorahnung und wollte nach Hause, doch die kleine Albanerin wollte unbedingt bleiben und Spaß haben. Norbert kam dann irgendwann nur mit einem Handtuch bekleidet heraus und kuschelte mit uns auf dem Sofa. Er legte sich zwischen uns und hielt uns in seinen Armen. Ich weiß nicht, ob er noch jemanden von uns angefasst hat. Ich habe einen Blackout, was diesen Nachmittag betrifft. Ich erinnere mich nur noch daran, dass auf der Heimfahrt alles ganz normal verlief. Meinen Eltern erzählte ich nichts davon. Sie hätten mich bestimmt nie wieder mit ihm fahren lassen und das wollte ich unbedingt vermeiden. Er hatte zwar komische Sachen gemacht, aber er brachte auch viel Freude in mein Leben.

Als Norbert das nächste Mal kam, verbot mir meine Mutter plötzlich, mit ihm zu fahren. Zuerst war ich verzweifelt, dann wütend, denn ich wollte nur aus diesem Ghetto raus in die normale Welt. Mutter sagte, dass die kleine Albanerin erzählt hätte, dass Norbert Kinder anfassen würde. Mir lief es eiskalt den Rücken hinunter und ich spürte, dass ich kreidebleich wurde. Es stimmte, dass er Kinder anfasste, aber er tat so viel Gutes für uns Flüchtlingskinder und brachte uns an all die tollen Plätze, wo uns unsere Eltern nie hinbringen würden. Ich wollte nicht, dass es endet, egal um welchen Preis. Als er weg war und ich in Tränen ausbrach, fragt mich Mutter, ob ich etwas Verdächtiges bemerkt hätte. Zögernd schüttelte ich den Kopf. Obwohl die Erwachsenen es nicht verstanden oder nicht verstehen wollten, war Norbert das kleine und einzige Fenster zur Normalität, das wir Kinder aus dem Heim so sehr gebraucht hatten. Wir trieben uns jeden Tag auf dem Gelände herum und sahen immer nur die gleichen Gesichter. Zu Hause wurde nur über den Krieg gesprochen und wir Kinder wurden ganz einfach vernachlässigt. Ich kann nicht sagen, dass unsere Eltern schlecht waren. Ab und zu gingen wir gemeinsam spazieren oder besuchten Bekannte im anderen Flüchtlingsheim. Aber das genügte uns nicht, weil wir uns nur im Kreis drehten und nicht mit der Zeit gingen.

Als wir wieder einmal draußen spielten, kam der weiße Golf auf den Hof gefahren. Natürlich rannten wir sofort auf ihn zu. Da tauchten wie aus dem Nichts zwei Kosovoalbaner auf und verprügelten Norbert. Sie schleuderten ihn auf den Boden und traten ihm ins Gesicht. Wir rannten weg und beobachteten aus sicherer Entfernung und mit gemischten Gefühlen das Geschehen. Nach einer halben Ewigkeit erschien endlich die Polizei. Jedes Flüchtlingsheim hatte eigene Gesetze. Wenn diese gebrochen wurden, schritten die sogenannten Ordnungshüter ein. Im Nachhinein muss ich sagen, dass Norbert feige und hinterhältig war. Er tarnte sich als freiwilliger Helfer und tat, als hätte er ein großes Herz für Kinder. Er lockte sie mit Süßigkeiten, tollen Ausflügen und Geschenken, um sie später zu missbrauchen.

Auch die Menschen und Kinder in den Flüchtlingsheimen haben ein Herz und eine Seele. Ihnen geht es momentan sehr schlecht, aber das muss nicht heißen, dass sie aus einer Höhle kommen, dass sie vom Leben nichts wissen und absolut nichts wert sind. Man sollte die Leute nicht unterschätzen. Sie mögen vielleicht manchmal rabiat und laut sein, das ist aber oft nur ein Schutzmechanismus, der sie vor den aktuellen Gegebenheiten, aber am meisten vor sich selbst schützen soll.

Norbert wurde angezeigt und ich und die Kinder, die oft mit ihm unterwegs waren, wurden auf die Polizeidienststelle eingeladen, wo wir eine Aussage machen mussten. Ani und Vater begleiteten mich. Die Polizisten wollten wissen, ob er mich angefasst oder ob ich seine Genitalien gesehen hatte. Ihre Fragen waren mir unangenehm, aber ich beantwortete alles korrekt und wahrheitsgemäß. Mutter machte sich die größten Vorwürfe, dass sie mich mit einem fremden Mann mitgehen ließ. Aber zum Glück war ja nicht noch Schlimmeres passiert. Ich wurde auch zu einer Psychologin eingeladen, die kroatisch sprach und musste mehrere Stunden in der Woche zu ihr gehen. Sie gab mir verschiedene Bilder und teilte eine Tafel in zwei Hälften. Auf die eine Seite sollte ich gute und auf die andere schlechte Bilder kleben. Es waren vorwiegend Bilder mit zwei Menschen, die sich küssten, Händchen hielten oder umarmten. Die Psychostunden meisterte ich ganz gut. Später erfuhren wir gar nichts mehr über Norbert, wahrscheinlich hatte er seine gerechte Strafe erhalten.

An einem Sommerabend brach im Haus gegenüber, dort wo die Afrikaner wohnten, ein Feuer aus. Starker Rauch quoll aus einem der Fenster im dritten Stock. Einige Bewohner kamen herausgerannt, aber eine hochschwangere Frau war anscheinend von dem dicken Rauch isoliert worden und konnte nicht mehr fliehen. Sie stand am Fenster und rief laut um Hilfe. Vermutlich war das Feuer in ihrer Wohnung ausgebrochen. Die Feuerwehr war zwar alarmiert, aber die Minuten vergingen wie Monate. Die Schaulustigen schrien durcheinander und gaben Tipps, was sie tun solle. Als sie die Hitze offenbar nicht mehr aushielt und die Lage immer bedrohlicher wurde, stieg sie auf die Fensterbank. Einige Männer rannten los und holten Matratzen, die sie unter das Fenster legten. Plötzlich rutschte sie ab und klammerte sich an die Fensterbank. Doch sie konnte sich nicht lange halten und knallte auf die alten, dreckigen Matratzen unter ihr. Zum Glück kam sie mit dem Schrecken davon. Später sahen wir sie mit ihrem Baby spazieren gehen.

Jeden Samstag telefonierte Vater mit seinen Angehörigen in Kroatien und erkundigte sich, wie die Lage war und ob sie alle gesund seien. Von seiner Mutter erfuhr er, dass Opa krank war und im Krankenhaus lag. Uns war zwar bekannt, dass Opa zuckerkrank war, aber dass es so schlimm war, wussten wir nicht. In den nächsten Wochen erfuhren wir, dass er einen diabetischen Fuß hatte, eine Gangrän und vieles mehr. Da Opa von Natur aus ein ängstlicher Mann war, machte er sich psychisch selbst kaputt und sagte bereits zu Beginn der Krankheit, dass er daran sterben würde. Keiner glaubte ihm, doch sein großer Zeh wurde amputiert, einige Tage darauf sein Unterschenkel und kurz danach starb er mit 64 Jahren im Krankenhaus von Sibenik, 36 Kilometer von Rogoznica entfernt. Wir waren alle sehr betroffen, doch es war unmöglich, zur Beerdigung zu fahren. Das Traurige war, dass er sein geliebtes Haus in Travnik nie wieder gesehen hatte.

Zu diesem Zeitpunkt konnte keiner ahnen, dass auch ich sehr schwer erkranken würde. Eines Tages bekam ich Fieber und wurde krank. Meine Mutter kümmerte sich liebevoll um mich und dachte, dass es nur eine Grippe wäre, die schnell wieder vorbei gehen würde. Aber nach vier Tagen Fieber und starkem Erbrechen, egal, ob ich einen Schluck Wasser getrunken oder nur meinen geliebten Schokopudding gegessen hatte, entschied Vater, mich zum Kinderarzt zu bringen. Ich war so geschwächt, dass ich kaum noch laufen konnte und mein Schädel tat fürchterlich weh. Aber irgendwie schaffte ich es mit Vaters Hilfe doch zur Bushaltestelle und konnte es kaum erwarten, mich im Bus endlich auf die weichen Sitze zu legen. Unser Kinderarzt Dr. Cruz war ein älterer, kompetenter Herr, der sehr nett und herzlich war. Er erkannte sofort, dass es sich um Meningitis handelte. Meningitis ist eine Entzündung der Hirn- und Rückenmarkshäute, die das zentrale Nervensystem umhüllen. Die Krankheit kann durch Bakterien oder Viren hervorgerufen werden. Da sich die Entzündung unmittelbar im Rückenmark befindet, gelten die Patienten als schwer krank. Der Arzt vermutete aufgrund des Schmutzes, der im Lager um uns herum herrschte, eine bakterielle Entzündung, was eine sofortige Notfallbehandlung mit Antibiotika erforderte. Ich wurde sofort mit einem Krankenwagen ins Krankenhaus gebracht. Mir wurde ein OP-Hemd angelegt und einige Schwestern und Ärzte versammelten sich um mich. Mir wurde eine Nadel gelegt und etwas in die Vene gespritzt. Eine Ärztin sagte, sobald sie bis zehn gezählt hätte, würde ich schlafen. Ich glaubte ihr nicht, aber kaum hatte sie »drei« gesagt, war ich weg.

Später wachte ich in einem Bett auf und befand mich in einem Patientenzimmer. Ich konnte mich nicht bewegen, weder meine Beine noch meinen Oberkörper. Bald kam eine Schwester herein und zeigte mir die Klingel. Wenn ich auf die Toilette müsse, solle ich da klingeln. Vater und Ani saßen an meinem Bett und erklärten mir, dass die Ärzte eine Lumbalpunktion durchgeführt hatten und ich knapp einer Vergiftung entgangen sei, an der ich hätte sterben können. Ich sollte mich schonen und wieder zu Kräften kommen. Mir war in dem Augenblick überhaupt nicht bewusst, dass es wirklich so schlimm um mich gestanden hatte. Zuerst hatten wir gedacht, es wäre eine fieberhafte Erkältung und dann diese Schockdiagnose. Vater kam mich jeden Tag mehrmals besuchen, Mutter etwas weniger, da sie ja Marta zu Hause hatte und es nicht empfehlenswert war, so ein kleines Kind ins Krankenhaus zu schleppen. Ich bekam jeden Tag üppige Portionen zu essen und wusste mit den Kärtchen, die immer bei den Mahlzeiten lagen, nichts anzufangen. Irgendwann erklärte mir jemand, dass ich das Wunschmenü für den nächsten Tag ankreuzen konnte. Ich war sprachlos, genau wie Vater, der sagte, dass die deutschen Krankenhäuser wie Hotels wären.

Da ich keinen Appetit hatte, aß er heimlich jeden Tag mein Mittagessen auf, damit es nicht weggeworfen wurde. So war das immer bei uns, Essen durfte nie weggeworfen werden. Uns wurde eingetrichtert, dass es immer Menschen auf der Welt gibt, denen das Stück Brot, das wir nicht mehr wollen, das Leben retten kann. Vater fragte mich jeden Tag, was ich gern zum Essen hätte und bat mich, zumindest eine Kleinigkeit zu mir zu nehmen, da ich ziemlich schwach war. Einmal hatte ich richtig Lust auf eine weiße Bockwurst. Vater sprang sofort auf und besorgte in Sekundenschnelle eine Bockwurst. Ich biss einmal ab. Im nächsten Moment kam der elende Brechreiz wieder und ich konnte nichts mehr essen. Ich fühlte mich so elend, es war grauenvoll. Die Schwestern waren jedes Mal begeistert, dass ich das ganze Mittagessen verspeist hatte, und lobten mich bei der Visite. Wenn sie gewusst hätten, dass Vater dahintersteckte, hätten sie ihm wahrscheinlich verboten, während der Mahlzeiten zu kommen.

Während meines zweiwöchigen Aufenthaltes im Krankenhaus wurde eines Tages ein Kleinkind zu mir ins Zimmer geschoben. Einmal hatte es sich übergeben und ich drückte auf den Notruf. Eine Schwester eilte herbei und wollte wissen, warum ich geklingelt hatte. Da ich nicht wusste, wie ich »übergeben« auf Deutsch ausdrücken sollte, nahm ich eine Nierenschale, simulierte es einfach und zeigte auf das Kind. Die Schwester war dankbar, da das Kind in seinem Erbrochenen lag.

Nach einigen Tagen belohnte mich der liebe Gott und ich konnte schon etwas laufen. Daraufhin wurde ich auch schnell entlassen, musste mich aber zu Hause weitere vier Wochen schonen und viel liegen. Ich bekam viel Besuch. Im Liegen fühlte ich mich gut, aber sobald ich den Kopf anhob oder mich aufsetzte, tat es höllisch weh. Licht störte mich extrem, aber wir waren froh, dass ich überhaupt laufen konnte. Meine Eltern kamen zu dem Beschluss, dass wir dort nicht länger leben konnten. Dort gab es keine normalen Lebensbedingungen, alles war voller

Dreck und Bakterien. Meine Mutter achtete sehr auf Sauberkeit, aber sobald ich draußen spielte, war ich all dem Schmutz ausgeliefert. Die Eltern beantragten aufgrund meiner Erkrankung eine neue Wohnung. Innerhalb weniger Wochen zogen wir von Bochum Mitte nach Bochum Süd in die Nähe des Uni Centers. Mir fiel es schwer, einige Bekannte oder Freunde im Heim zu verlassen. Aber wir Kinder wurden nicht nach unseren Wünschen gefragt, sondern Vater entschied, was für uns gut war. Im anderen Flüchtlingsheim bekamen wir drei Zimmer. Aber es war keine normale Wohnung, sondern es handelte sich um drei separate Zimmer, die man über einen langen, schmalen Flur erreichen konnte. Auf dem Flur gab es weitere fünf Zimmer, in denen ein Afghane, ein sehr auffälliger Bosnier und mehrere Iraner lebten. Aus einem Zimmer machten wir unseren Wohnbereich, aus den anderen beiden jeweils ein Eltern- und ein Kinderzimmer. Das Blöde war, dass wir von Zimmer zu Zimmer über den Gemeinschaftsflur laufen und jeden Raum immer auf- und zusperren mussten. Für die ganze Etage gab es nur zwei Toiletten und einen Duschraum, den man zum Glück absperren konnte. Es gab auch eine Gemeinschaftsküche, die wir natürlich mit den anderen teilen mussten. Das war eklig, aber wir hatten keine andere Wahl. Irgendwann besorgte sich Mutter ein kleines Feld mit zwei Kochplatten, worauf sie dann tagtäglich im sogenannten Wohnzimmer kochte. Dadurch blieb uns die dreckige Gemeinschaftsküche erspart. Das Haus war sofort als Asylantenheim erkennbar. An den zahlreichen Balkonen hingen dutzende von Satellitenantennen, weil jeder Ausländer seinen Sender aus dem Heimatland schauen wollte.

Ich musste wieder eine neue Schule besuchen, die Vierte in zwei Jahren. Nicht so lustig, auf der anderen Seite kannte ich es nicht anders und musste es hinnehmen. Ich wurde in der Waldschule angemeldet und musste immer durch ein Waldstück gehen, das ziemlich dunkel war. Aber es machte mir nichts aus, weil es vor allem im Herbst sehr schön war, wenn die bunten

Blätter am Boden lagen und ich sie mit den Füßen hin- und her bewegen konnte. Die Schule gefiel mir sehr und ich fühlte mich besser, weil ich schon etwas mehr Deutsch sprechen konnte und weil zwei Kinder aus demselben Heim mit mir in die gleiche Klasse gingen. Das Mädchen und der Junge stammen auch aus Bosnien und waren Muslime. Ich verstand mich gut mit ihnen. Da sie schon länger in diese Schule gingen, erklärten sie mir alles Wichtige. Im Religionsunterricht bemühte ich mich fleißig, alles zu verstehen und mitzumachen. Die Mädchen, die an dem Unterricht teilnahmen, trugen Kopftücher, die Jungs waren alle etwas vorlaut und der Lehrer ein komischer Kerl, der von Sachen sprach, von denen ich nie im Leben etwas gehört hatte. Aber ich machte mir nichts draus. Weil meine beiden Mitschüler aus dem Heim auch zum Unterricht gingen, fühlte ich mich sicher. Meistens nickte ich nur, wenn mich der Lehrer anschaute. Ich hatte immer noch Probleme, alles genau zu verstehen. Nach ungefähr einem halben Jahr stellte ich fest, dass der Religionsunterricht für Muslime war und ich da gar nicht hingehörte. Aber keiner hat mich darauf hingewiesen. Ich dachte, dass ich nichts falsch machen würde, wenn ich den zwei vertrauten Mitschülern folgte. Meiner Klassenlehrerin sagte ich dann, dass ich katholisch bin. Sie schickte mich fast beschämt in ein anderes Gebäude, wo viel weniger Kinder im Religionsunterricht waren.

Inzwischen hatte ich eine neue Freundin gefunden, sie hieß Kaya, war ein nettes und hübsches Mädchen und kam aus Sri Lanka. Immer wenn ich zu ihr ging, warfen mich die Gerüche beinahe um, da der vierte Stock die Inder Etage war. Wenn sie kochten, roch es so stark, dass es kaum auszuhalten war. Die vierte Etage übertraf sogar den dritten Stock, wo die Afrikaner wohnten. Die exotischen Gewürze rochen so intensiv, dass wir Kinder uns immer das Shirt über die Nase zogen.

Die Zeit verging wie im Flug. Ani und ich gingen in die Schule, unsere Eltern durften eigentlich nicht arbeiten, aber da sie Angst hatten, abgeschoben zu werden und ohne Geld zurückzukehren, arbeiteten sie zwischendurch ohne Anmeldung. Mutter kannte einige Frauen, bei denen sie zum Putzen ging, und Vater kannte einige Leute, die Baufirmen hatten. Ab und zu konnte er bei ihnen arbeiten und freute sich riesig, einfach wieder als Maurer tätig sein zu können. Marta war entweder mit Mutter unterwegs oder am Nachmittag bei meiner Schwester und mir. So konnten sich meine Eltern ihre Zeit einteilen.

Einmal erzählte Mutter von einer Frau, bei der sie putzte, und ihrer fast erwachsenen Tochter. Diese hieß Viola und war stinkfaul. Sie saß auf der Couch, verschlang Schokoriegel und warf das Papier achtlos hinter die Couch oder meiner Mutter vor die Füße, die es dann aufheben musste. Da Mutter ja kein Deutsch sprach, konnte sie nichts sagen und fühlte sich sehr erniedrigt. Sie konnte so ein freches Verhalten nicht verstehen, zumal Ani und ich ordentlich waren und uns gegenüber unseren Eltern respektvoll verhielten. Wir waren streng und gut erzogen worden. Damals überlegte ich, ob uns unsere Mutter nun ein bisschen mehr schätzen und weniger an uns rummeckern würde. In unserem Umfeld in Bosnien waren gut erzogene und gehorsame Kinder ein Muss. Dieser ungezogenen Viola wäre in Travnik schon tausendmal der Hintern versohlt worden.

Bei einem älteren Ehepaar machte Mutter zweimal in der Woche alles vom Dachboden bis zum Keller sauber. Dafür hatte sie nur fünf Stunden Zeit und kam jedes Mal total kaputt nach Hause. Dennoch war sie froh, die Stelle zu haben und etwas zusätzliches Geld zu verdienen. Da das Paar ein eigenes Haus mit großem Garten hatte, fragte die Dame meine Mutter, ob sie jemanden kennen würde, der den Garten etwas pflegen könnte. Als sie das zu Hause erzählte, erklärte sich Vater sofort bereit.

Wir waren alle skeptisch, weil er so etwas noch nie gemacht hatte. Aber er versicherte uns, dass diese Arbeit für ihn kein Problem wäre. Am nächsten Tag erhielt er tatsächlich den Job. Er sollte die Äste an einem schönen kleinen Baum neben der Eingangstür zurückschneiden, aber so, dass es am Ende rund wäre. Das bekam er nach zwei Stunden hin. Aber die Besitzerin musste ihm die Arbeit tausendmal erklären. Dann wollte sie, dass er das Unkraut aus ihren Blumentöpfen entfernte und zeigte ihm die kleinen Zwiebelblumen, die schon ein wenig aus der Erde heraussahen und die er nicht beschädigen sollte. Vater fing an und die Frau ging ins Haus zurück. Als sie nach einer Weile zurückkam, stieß sie einen entsetzten Schrei aus. Vater hatte alles herausgezupft, Unkraut und Blumen, da er sie nicht verstanden und gedacht hatte, er müsse alles entfernen. Am Ende lachte die Frau und ließ ihn nur noch die grobe Gartenarbeit wie den Rasen mähen, etwas umgraben oder schwere Blumentöpfe von einer Stelle zur anderen tragen, erledigen. Für die Feinarbeit war Vater einfach nicht geschaffen, deshalb arbeitete er am liebsten auf der Baustelle.

Eines Tages kam ein Bekannter vorbei um uns mitzuteilen, dass Vater in der Polizeistation saß und nach meiner Schwester Ani verlangte. Obwohl wir schon über drei Jahre in Deutschland waren, konnte er sich noch immer nicht verständigen. Das kam daher, weil er und Mutter nur mit Landsleuten abhingen und sich keine Mühe gaben, die deutsche Sprache besser zu beherrschen. Er brauchte Ani stets zum Dolmetschen. Egal, ob es sich um einen Brief vom Sozialamt oder einen Antrag für irgendetwas handelte, ob es um Geldangelegenheiten, die Wohnung oder ums schlichte Einkaufen ging, meine Schwester musste übersetzen. Sie war schon richtig genervt. Ani wirkte besorgt. Wir wussten nicht, warum Vater bei der Polizei war. Vater saß in seinen roten Arbeitsklamotten, die voll Zementspuren waren, in einem Befragungsraum. An den Händen trug er Handschellen.

Ein Polizist erklärte Ani, dass Vater bei der Schwarzarbeit erwischt und deshalb verhaftet worden war. Vater befahl meiner Schwester, der Polizei zu sagen, dass die deutsche Regierung ihm verboten habe zu arbeiten, weil er ein Flüchtling war. Und dass er aber arbeiten müsse, weil sein Haus in Bosnien zerstört worden war und wir in unserem Land nirgendwo mehr hingehen konnten. Ani versuchte, dies den Polizisten so verständlich wie möglich zu machen. Doch sie blockten sofort ab und sagten, dass Gesetz nun mal Gesetz war. Es gab keine Diskussion mehr. Vater verlangte, dass Ani seine Worte noch einmal wiederholen sollte. Doch die Polizisten zeigten kein Verständnis und wiederholten mehrmals, dass sie nach dem Gesetz handeln müssten. Vater schimpfte auf Kroatisch los und befahl Ani erneut, es zu übersetzen. Er hatte die Schnauze voll von den unnötigen Gesetzen und konnte einfach nicht verstehen, warum er nicht arbeiten durfte. Seiner Meinung nach war er mit 43 Jahren im besten Alter. Er beschwerte sich, dass er jahrelang wie in einem Hausknast leben musste, wo ihm die Decke auf den Kopf falle. Er hatte um Arbeit gebettelt, aber keine Arbeitserlaubnis erhalten, weil er ein Flüchtling war. Stattdessen fanden es die Behörden besser, wenn er zu Hause saß und nichts für das Wohl seiner Familie tun konnte. Als die Polizisten das auch noch bestätigten, rastete er völlig aus. Die arme Ani weigerte sich, all die Schimpfwörter zu übersetzen. Da schrie er noch lauter und einer der Polizisten drohte ihm, ihn einzusperren, wenn er sich nicht beruhigte. Ani sagte, ohne dass Vater es ihr aufgetragen hatte, dass es ihm Leid täte und er nicht mehr schwarzarbeiten würde. Vater musste es irgendwie verstanden haben, denn er fing an sich aufzuregen und etwas wie »nix leid tut, alles Scheiße!« zu rufen. Ani wäre am liebsten im Erdboden versunken. Als er sich nach einer Weile beruhigt hatte, ließen sie ihn unter der Bedingung laufen, dass er nie wieder schwarzarbeiten durfte. Ansonsten würden wir sofort abgeschoben werden. Als Ani mir später von der Blamage in der Polizeistation erzählte, regten wir uns beide ziemlich über Vaters Verhalten auf.

Im Nachhinein kann ich ihn besser verstehen. Wir wurden als Flüchtlinge aufgenommen und bekamen die nötigste Hilfe, aber einen jungen Mann von 43 Jahren und eine engagierte Frau von 36 Jahren in einem Flüchtlingsheim einzusperren und nicht arbeiten zu lassen, ist eine Zumutung. Sie wollten unbedingt arbeiten und hätten alles für ein bisschen mehr Geld getan. Unser Haus in Bosnien war tatsächlich von einer Granate zerstört worden. Mein Vater wollte von niemandem abhängig sein und sein Geld selbst verdienen. Aber das war nicht möglich. Das zehrte an den Nerven. Meine Eltern waren niedergeschlagen und stritten sich oft. Es kriselte. Sie saßen den ganzen Tag in den vier Wänden und gingen wegen Kleinigkeiten aufeinander los. Das Geld war knapp und die Zukunft ungewiss. Das sind die besten Zutaten für einen Ehekrach. Meine Schwester und ich waren in der Schule und bekamen nicht so viel mit. Aber auch am Wochenende waren sie oft wie Hund und Katz, was an uns nicht ganz spurlos vorbeiging. Trotz allem waren wir alle sehr dankbar, dass wir in Deutschland gut aufgenommen wurden, dass alle sehr nett zu uns waren und dass wir eine sichere Bleibe hatten.

Um sich die Zeit zu vertreiben, gingen unsere Eltern manchmal mit uns in einen nahe gelegenen Park. Es war mehr ein weitläufiges Weizenfeld mit einem großen Pferdehof, auf dem es auch Ponys gab. Dorthin radelten wir mit alten Fahrrädern und Ani fuhr mit ihren neuen Inlineskates aus Plastik, die so laut waren, dass man sie noch kilometerweit entfernt hören konnte. Obwohl an dem Zaun, der die Koppel umfasste, ein Schild mit der Aufschrift »Bitte nicht anfassen« hing, streichelte ich ein Pony und kassierte dabei einen heftigen Stromschlag, den ich mein ganzes Leben nicht vergessen werde. Wir hatten nicht gewusst, dass es Stromzäune gab. Seitdem habe ich den Pferdehof gemieden. Nach dem Stromschlag hatte ich keine Lust mehr auf Pferde.

Eines der liebsten Hobbys meines Vaters war es, den Sperrmüll zu durchsuchen; das jedoch nicht allein, sondern meistens mit mir. Irgendwann kaufte er sich einen großen VW-Kombi und wir machten uns auf die Suche nach dem Schrott, den keiner mehr haben wollte. Vater wurde stets von Existenzängsten geplagt. Jedes alte Sofa oder eine herabgekommene Küchenzeile waren gut genug. Seiner Meinung nach würden wir, sobald wir wieder nach Hause zurückkehrten, dankbar sein, diese Dinge zu besitzen, um sie in unserem Haus verwenden zu können. Ich hätte seine Sammelwut verstanden, wenn es neue Sachen gewesen wären, aber er raffte oft wirklich nur kaputten Schrott zusammen, und das wurde zur Sucht. Einmal kamen wir in ein Gebiet, in dem die Anwohner ihren Sperrmüll zur Abholung an die Straße gestellt hatten. Er hielt sofort an und wühlte sich durch die Sachen und fand auch prompt einige »tolle« Sachen, die er in den Kombi schaffte. Sobald der Wagen voll war, musste ich neben dem Sperrmüll warten, bis er wieder zurückkam, und musste den alten Kram »bewachen«, dass ja niemand etwas mitnehmen konnte. Das war nicht nur peinlich, sondern richtig beschämend. Ich wollte mit meinen inzwischen elf Jahren nicht neben der Straße stehen und Sperrmüll sammeln. Meine Mitschüler gingen oft Eis essen oder versammelten sich im Park. Selbst wenn mich überraschenderweise jemand dazu eingeladen hätte, ich hätte nicht einmal mitgehen können, weil ich auf der Suche nach Schrott war. Wie sollte ich während meiner vorpubertären Phase Selbstbewusstsein entwickeln, wenn ich tagelang mit meinem Vater Sperrmüll suchen musste?

Jemand aus seinem balkanischen Umfeld fand heraus, dass es eine Zeitung gab, in der Leute inserierten, wenn sie etwas zu verschenken hatten. Das war das Richtige für Vater. Das Schlimme daran war, dass Ani und ich jeden Samstag mitgehen mussten. Dann hieß es früh aufstehen. Die Eine blockierte eine Telefonzelle und die Andere wartete mit Vater vor dem Laden. Sobald die Tür aufging, strömten die Leute wie die Tiere hinein, kauften sich die Zeitung und durchsuchten die Rubriken nach »Zu verschenken«-Anzeigen. Ani rief in der Regel die Leute an und sagte, dass wir gleich kommen würden. Ein älterer Herr verschenkte das Jugendzimmer seiner fünfzigjährigen Tochter. Es war entsprechend runtergekommen und unmodern. Egal, Vater nahm alles mit. Ein anderer Herr verschenkte seine alte, abgelatschte, orangefarbene Ledergarnitur, die derart schäbig war, dass ich sie niemals mitgenommen hätte. Aber Vater packte sie mit größtem Vergnügen ein. Auf meine Frage, was er denn damit machen wollte, sagte er, dass er sie in Bosnien neu beziehen lassen wollte und dass sie wie neu aussehen würde. Ani rollte mit den Augen. Wir wollten nur, dass er endlich aufhörte, dieses alte Gerümpel zu horten. Von einem jungen Ehepaar bekamen wir eine komplette Küche und eine Essgarnitur, die meine Eltern bis vor wenigen Jahren noch in ihrem Haus stehen hatten.

Obwohl sie sich inzwischen neue Sachen kaufen können, schlummert tief in meinem Vater noch der Gedanke, dass es »zum Wegwerfen zu schade ist«. Mir wäre es lieber gewesen, eine leere Wohnung zu haben als den Keller voll mit Müll. Aber im Kopf meines Vaters herrschte nur ein Gedanke: Hauptsache umsonst. Ani erinnerte mich vor einigen Tagen an eine ihr sehr peinliche Geschichte. Vater hatte sie damals in Bochum eingeladen, mit ihm spazieren zu gehen. Sie war sofort skeptisch gewesen, weil Vater fast nie etwas ohne Grund mit uns unternahm. Nach einigen Kilometern durch die Bochumer Straßen fanden die beiden einen Berg voller Gerümpel, alte Möbel, die rausgeschmissen wurden. Vater strahlte, als er eine Sitzgarnitur entdeckte, die seiner Meinung nach sehr edel und modern war. Er befahl Ani, sich in den Sessel zu setzen und das

Sofa zu verteidigen, bis er wieder zurückkommen würde. Da wir damals noch kein Auto hatten, eilte Vater nach Hause und kam mit seinem alten Fahrrad zurück. Ani, die schon vierzehn war, schämte sich in Grund und Boden, musste aber aufs Wort gehorchen und ihm helfen, das Sofa auf das schmale Fahrrad zu hieven. Während er es nach Hause brachte, setzte sie sich wieder in den Sessel und wartete eine halbe Ewigkeit auf Vaters Rückkehr. Später nahmen sie noch den Sessel mit. Der Ausflug wurde zu Anis Albtraum.

Es gab allerdings noch etwas, das diesen Vorfall toppen konnte. Erneut traf es Ani, die wieder einmal mit Vater unterwegs war. Vater ergatterte irgendwo einen Esstisch, der seiner Meinung nach richtig massiv und schön war. Anstatt zu Fuß zu gehen entschied sich Vater diesmal für die öffentlichen Verkehrsmittel. An der U-Bahn Station *Uni-Center* wollte er mit dem »braunen Riesen« samt Ani in die U-Bahn steigen. Doch jede der einfahrenden U-Bahnen war während der Rushhour ziemlich voll und jeder Versuch, mit dem großen Tisch da reinzukommen scheiterte gewaltig. Alle Leute drängelten sich vor und versperrten Vater den Weg. Vater wurde wütend. Als die nächste Bahn kam, drehte er die spitzen Füße des Tischs in Richtung der Tür, woraufhin der Tisch wie von selbst in die U-Bahn kam, weil die spitzen Füße drohten, einige Menschen zu erfassen. Sie liefen alle davon und zeigten meinem Vater den Vogel. Aber er hatte endlich Platz, ebenso in der nächsten U-Bahn und in dem Bus, der uns in unser Viertel brachte.

Als ich eines Tages von der Schule nach Hause kam, sagte Vater, dass er mir etwas zeigen müsse. Neugierig folgte ich ihm in einen kleinen Raum direkt unter dem Dach. Dort stand ein fast nagelneues Fahrrad, das wie für mich gemacht war. Es war schwarz mit lila Punkten und einem geraden Lenkrad, was damals richtig modern war. Ich schrie fast vor Glück, doch Vater sagte, dass ich die Klappe halten sollte, weil er nicht wusste, wem es gehörte. Er vermutete, dass der alte Iraner, der im Flur nebenan wohnte, der Besitzer wäre, aber das Fahrrad eventuell geklaut sei. Vater wollte es mitnehmen, in unserer Kammer verstecken und es irgendwann bei unserer Heimreise einfach auf den Lastwagen laden. Keiner würde mitkriegen, dass wir das Rad vom Dachboden genommen hatten. Der Iraner war dafür bekannt, dass er ständig irgendwelche neue Sachen ins Heim schleppte und sie anschließend verkaufte. Ich war so aufgeregt, dass ich nur eine Runde draußen damit fahren wollte, denn ich hatte nur ein altes Sperrmüllfahrrad, an dem nicht einmal die Bremsen richtig funktionierten. Ich bettelte und Vater willigte schweren Herzens ein, sagte aber, dass wir es erstmal färben müssten, damit es der alte Iraner nicht merkt. Tatsächlich kaufte Vater noch am selben Tag rote Farbe und ich schaute zu, wie er das Fahrrad für mich auf dem Balkon lackierte. Mein Herz füllte sich mit Stolz und ich sah mich schon die Straße hinunterflitzen. Gerade als wir zur Hälfte fertig waren, kam der Iraner auf unseren Gemeinschaftsbalkon und meinte, dass das sein Fahrrad wäre, das er zurückhaben wollte. Ohne Zögern reichte ihm Vater das halblackierte Rad. Der alte Herr meckerte nicht einmal wegen der neuen Farbe, da es scheinbar tatsächlich gestohlen war. Wegen einer blöden Fahrt hatte ich mein Traumrad verloren. Aber das Beruhigende war, dass es mir ja eigentlich nicht wirklich gehört hatte. Vater schimpfte und sagte, dass ich selbst dran schuld sei. Aber am Ende lachten wir beide herzlich und sagten, dass geklaute Sachen nur halb so viel Spaß machten wie eigene.

Im Nu war meine Grundschulzeit vorüber und ich kam in die Gesamtschule, die nur eine halbe Stunde Gehzeit von unserem Heim entfernt war. In meine Klasse gingen außerdem vier Mitschüler, die ich bereits aus der vierten Klasse kannte. Ich fühlte mich gleich sicherer, auch wenn es zu Beginn ein großes Chaos gab, da die Erich-Kästner-Schule riesig war. Ich besuchte die fünfte und zugleich letzte Klasse in Deutschland. Am ersten Schultag herrschte ein solches Getümmel, dass ich nicht wusste, wo ich überhaupt hingehen sollte. Dann sah ich, dass jemand ein Schild mit einem Tiger darauf hochhielt. Da ich in die Tigerklasse kommen sollte, lief ich zu den Kindern, die dort bereits standen. Die Schule war der absolute Hammer. Es gab eine große Cafeteria, einen Speisesaal und vieles mehr. Ich fühlte mich richtig wohl. Wenn wir länger in Deutschland geblieben wären, hätte ich dort sicher viel Spaß gehabt. Eines Morgens auf dem Schulweg spürte ich im Brustkorb ein Stechen, das immer schlimmer wurde. Irgendwie schaffte ich es bis zur Schule und suchte sofort die Schulambulanz auf. Weil ich keine Panik verbreiten wollte, sagte ich, dass ich Bauchschmerzen hätte. Wenn ich gesagt hätte, dass mein Herz sticht, hätten die mich vielleicht ins Krankenhaus geschickt, und das wollte ich auf keinen Fall. Nach einer Stunde fragte mich die Schwester, ob es mir besser ginge. Ich schüttelte den Kopf. Daraufhin wollte sie meine Eltern anrufen und sah in meiner Akte nach der Telefonnummer, die es natürlich nicht gab. Ich hörte wie sie leise zu der Ärztin sagte, dass diese Flüchtlinge nicht einmal ein Telefon hätten. Da sagte ich, dass es doch schon besser wäre und ging langsam allein nach Hause. Als hätte ich etwas dafür gekonnt, dass wir kein Telefon hatten. Die abfällige Bemerkung der Schwester hatte mich tief verletzt und ich fühlte mich minderwertig. Mir war bewusst, dass wir anders waren, dass wir nur vorübergehend dort wohnten und wieder zurückkehren würden. Wir gaben unser Bestes, uns anzupassen, was uns meiner Meinung nach auch ganz gut gelang. Aber solche Aussagen treffen ein Kind tief, sie untergraben sein Selbstbewusstsein, prägen seine Psyche und seine Zukunft. Als ich endlich zu Hause angekommen war, konnte ich das Haus nicht betreten. An der Tür hing ein Schild mit der Aufschrift »Kakerlakenbekämpfung«. Schließlich setzte ich mich auf einen dreckigen Sessel, der neben einem Container stand und wartete, bis ich das Haus wieder betreten konnte. So ein Scheißtag. Kakerlaken gab es überall, wenn auch nicht direkt in unseren Zimmern. Aber in der Gemeinschaftsküche krabbelten sie überall. Eklig! Ich entwickelte eine richtige Phobie gegen die Viecher.

Das einzig Gute in dem Heim war, dass es jeden Donnerstag im Keller eine Spielgruppe gab. Zwei Frauen, Christel und Elisabeth, kamen ehrenamtlich und beschäftigten sich mit uns Kindern. An Weihnachten verkleidete sich ein älterer Herr namens Klaus als Nikolaus. Wir nannten ihn Klaus-Nikolaus. Es gab Bücher, Spielsachen und es wurde auch gemalt, was ich ganz besonders gut fand. Ich nahm Martha mit und wir blieben oft den ganzen Nachmittag im Keller. Für eine Elfjährige war ich, was das Spielen anging, vielleicht etwas zu groß, weil ich immer noch mit Puppen spielte. Auf der anderen Seite war mir mitten im Krieg meine Kindheit gestohlen worden und ich hatte großen Nachholbedarf. Neben unserem Spielzimmer gab es auch so was wie eine Altkleidersammlung oder besser gesagt Verteilung von gebrauchter Kleidung. Mutter kam ab und zu herunter, sah nach uns und schaute auch in den Raum mit den vielen Sachen. Einmal fand sie neue Bettwäsche, die noch verpackt war. In einem Schränkchen gab es gebrauchtes Geschirr und andere Sachen, die richtig gut aussahen. Bei so einer Gelegenheit betrachtete Mutter einen Kochlöffel etwas genauer. Da nahm die Dame, die dort arbeitete einen Topf und zeigte Mutter, was ein Kochlöffel ist. Mutter verließ wortlos den Raum und erzählte uns später, wie beleidigend sie behandelt worden war. Es ist sehr hart, alles zu verlieren und wieder von vorn anfangen zu müssen. Aber im Nachhinein gesehen hat es uns nur stärker gemacht. Wer Flüchtlingen etwas Gutes tun will, sollte beherzigen, dass er es mit gleichwertigen Menschen zu tun hat, die dankbar für jede Hilfe sind, aber durchaus wissen, was ein Kochlöffel ist.

In den nächsten Monaten würde unsere Aufenthaltsgenehmigung auslaufen. Vater ging mit Ani zum Flüchtlingsamt und hoffte, dass unsere Aufenthaltserlaubnis verlängert werden würde, damit wir zumindest noch für einige Jahre in Bochum bleiben konnten. Der Angestellte teilte uns mit, dass wir keine Ansprüche mehr hätten, weil der Krieg in Bosnien vorbei sei und wir nach Hause gehen konnten. Vater war am Boden zerstört und bat den Mann, uns noch etwas mehr Zeit zu geben. Er erklärte ihm, dass unser Haus zerstört wurde, und wir dort unten keine Perspektive hätten. Aber das interessierte niemanden. Wahrscheinlich kamen tagtäglich hunderte solcher Ausreden. Da wir ja noch zur Schule gingen, gestand uns der Sachbearbeiter eine Verlängerung bis Juli zu, also bis Ende des Schuljahrs. Dann müssten wir das Land verlassen haben. Damit hatten meine Eltern nicht gerechnet. Vater beschloss, sich die Lage in Bosnien persönlich anzuschauen. Mutter kaufte noch einige Dinge, die wir zu Hause brauchen würden, wie zum Beispiel warme Jacken für uns, etwas für den Haushalt, eben eine Art Erstausstattung, damit wir unten nicht sofort einkaufen gehen mussten, da dort die Preise höher waren als in Deutschland.

Meine Schwester und ich waren traurig, Deutschland verlassen zu müssen, da wir uns in Bochum längst eingelebt hatten und es gut fanden, hier zu leben. Aber es half alles nichts, die Abschiebung war amtlich. Wir waren eben nur eine Nummer im System und dabei spielte es auch keine Rolle, dass es sich um eine ganze Familie mit 3 kleinen Töchtern handelte.. Meine Eltern waren vor allem darüber frustriert, dass es nicht die gleichen Gesetze für alle gab. Einige Bekannte, bosnische Muslime und auch einige Kroaten tischten den Behörden irgendwelche Lügengeschichten auf, weinten, schmissen sich auf den Boden oder brachten gefälschte Dokumente mit, die bestätigten, dass sie schwer krank oder in ihrem Heimatland der Gefahr ausgesetzt waren, getötet zu werden. Sie erhielten tatsächlich eine unbefristete Aufenthaltsgenehmigung mit automatischer Arbeitserlaubnis. Weil unsere Eltern ehrlich und korrekt waren, wurden wir abgeschoben. Wir hatten den Eindruck, dass nur Lügner und Betrüger bleiben durften.

Vater kam nach zwei Wochen zurück und erzählte uns, dass große Teile des Hauses vollständig zerstört waren. In den letzten vier Jahren hatten Muslime, die aus einer anderen Stadt von den Serben vertrieben worden waren, dort gewohnt. Sie hatten unser Haus mit billigem Holz und Nylon soweit hergerichtet, dass es nicht hineinregnen konnte. Sollten wir dort hinziehen, müssten wir alles renovieren. Aber dafür fehlten uns die finanziellen Mittel. Aus diesem Grund hatte Vater in Deutschland legal arbeiten wollen, aber die Gesetze hatten dies nicht zugelassen. Vater sagte, dass es in Bosnien für uns keine Zukunft mehr gäbe, dass die Stadt den Moslems zugeordnet worden war. Die Mehrheit der Bewohner waren nun Muslime und die Katholiken hatten nichts mehr zu sagen. Die Fabrik, in der früher alle gearbeitet hatten, war teilweise zerstört. Eine andere Arbeit zu finden, werde sehr schwer, weil wir zur Minderheit gehören würden.

Die vorherigen Bewohner unseres Hauses hatten von den Möbeln, auf die unsere Eltern ewig gespart hatten, bis zu den Fenstern und Türen alles mitgenommen. Das Haus bestand nur noch aus nackten Wänden. Vater war sehr betroffen und traurig. Aber er hatte noch einen Plan B. Er hatte sich während seiner Reise auch die kroatische Stadt Knin angesehen. Die Stadt liegt in Dalmatien, das heißt, direkt an der bosnischen Grenze. Dort hatten bis vor dem Krieg überwiegend serbische Bürger gelebt, die von den kroatischen Soldaten vertrieben worden waren. Um die Stadt wiederherzustellen und mit Katholiken neu zu besiedeln, lockte die kroatische Regierung bosnische Christen mit attraktiven Arbeitsplätzen, Häusern, Geldzuschüssen usw. dorthin. Vater war der Meinung, dass es eine gute Gelegenheit sei, dort hinzuziehen. Er hatte sich auch schon ein Haus angeschaut, das früher Serben gehört hatte. Nach der Vertreibung hatten sie kein Anrecht mehr darauf. Später, wenn die Kriegswirren in den Hintergrund gerückt waren, würden die Serben vermutlich zurückkehren und das Haus zurückerhalten. Aber bis dahin hätten wir längst ein eigenes Heim, wie Vater sagte. Er kannte angeblich viele, die inzwischen dort lebten und denen es richtig gut ging. Auf meine Frage, ob zu Hause Joki und die Hasen noch leben würden, sagte Vater, dass die Nachbarn gesagt hätten, dass Joki erst letztes Jahr verstorben sei und von den Hasen jede Spur fehlte. Alles war so traurig und ich konnte mir nicht vorstellen, dass unser Haus zerstört war. In mir lebte immer noch die Vorstellung, dass wir nach Hause fahren würden und alles wie früher wäre. Slavek, Ljuba und die Kinder mussten Deutschland zur selben Zeit wie wir verlassen. Sie wollten aber nach Travnik zurückkehren, da ihr Haus unberührt geblieben war. Sie hatten die Hausschlüssel einer befreundeten muslimischen Familie gegeben, die auf das Haus aufgepasst haben. Vater wollte sie unbedingt dazu überreden, mit uns nach Knin zu ziehen. Aber sie waren verständlicherweise fest entschlossen, wieder in die richtige Heimat zurückzukehren. Toni durfte noch etwas länger bleiben, da er eine Ausbildung als Dachdecker begonnen hatte. Das deutsche Recht besagte, dass man Azubis nicht abschieben durfte.

Je näher die Abreise rückte, desto nervöser waren die Eltern. Mutter arbeitete sehr viel, um zumindest etwas Geld in Kroatien zur Verfügung zu haben. Da Vater nichts zu unserer finanziellen Sicherheit beitragen konnte, war er genervt und schlecht gelaunt. Er bekam Depressionen und war fast nicht mehr ansprechbar. Wir gingen ihm aus dem Weg und waren froh, nicht zu Hause sein zu müssen. Als Mutter ihn eines Tages darauf ansprach, rastete er völlig aus und fing an, laut zu schreien und uns zu beleidigen. Mutter verließ das Haus, da jede Diskussion mit ihm zwecklos war. Vater sprang auf, nahm das hart erarbeitete Geld und versteckte es in der Innentasche eines alten Sakkos, das er irgendwo auf dem Sperrmüll gefunden hatte. Dann ging er im Wald spazieren. Als Mutter kurz darauf zurückkam, fing sie in Anbetracht unseres baldigen Umzuges an, aufzuräumen. Sie nahm eine große blaue Mülltüte und warf alle alten Sachen, die wir nie getragen hatten, hinein. Kurz betrachtete sie das alte Sakko und versenkte es mit Vergnügen in der Tüte. Eine Stunde später brachte sie vier große Tüten zum Müllcontainer, der direkt vor dem Haus stand. Nach vollbrachtem Werk kochte sie sich einen Kaffee und setzte sich an den Tisch. Zum Kaffee gab es immer ein Stück Schokolade. Endlich konnte sie sich ein wenig entspannen. Als Vater zurückkam, wollte er sofort wissen, wo das Sakko war. Mutter verstand die Frage nicht, weil er das Sakko ja nie getragen hatte. Erst als er laut wurde und deutlich machte, was er damit meinte, sagte sie, dass sie es in die Tonne geschmissen hat, weil er es eh nie angezogen hat und es seit zwei Jahren im Schrank Platz wegnimmt. Vater rief, dass das ganze Geld in der Innentasche steckte. Mutter wurde kreidebleich. Sie rannten zum Müllcontainer und stellten fest, dass er vollkommen leer war. Die Müllabfuhr hatte vor wenigen Minuten den ganzen Müll mitgenommen. Vater fluchte wieder und rief von einer Telefonzelle einen Freund an, der deutsch sprach und erklärte ihm die Situation. Der Freund kontaktierte sofort die Müllgesellschaft und teilte ihnen das Problem mit. Sie teilten uns mit, dass sie nichts gefunden hätten.

Das Geld sahen meine Eltern nie wieder. Die ganze Schwarzarbeit war umsonst gewesen und jede Aussicht auf ein besseres Leben vernichtet. Das mussten unsere Eltern erst einmal verkraften und darüber hinwegkommen. Diese Tage gehörten zu meinen schlimmsten in Deutschland. Meine Eltern hatten nur ein Bild vor Augen, wie das Geld zusammen mit dem Müll in Flammen aufgeht. Sie litten nächtelang an Albträumen. Mutter erzählte uns später, dass Vater, nachdem er den Schock überwunden hatte, komischerweise viel gelassener und entspannter war. Vielleicht hatte er eingesehen, dass es keinen Sinn mehr machte, sich den Kopf über das Geld zu zerbrechen. Es war weg und wir waren, Gott sei Dank, alle gesund. Das Geld war ein Teufelszeug, das die Familie fast auseinandergebracht hätte.

Als ich mit Ani im Uni Center Eis essen war, teilte sie mir mit, dass sie überhaupt keine Lust hätte, wieder nach Kroatien zu ziehen. Sie sagte, dass es dort keine U-Bahnen und keine Straßenbahnen geben würde, dass die Häuser wahrscheinlich nach dem Krieg zerstört wären, und das Schlimmste von allem war, dass es keine so tollen Geschäfte geben würde wie in Bochum. Ehrlich gesagt, hatte ich mich mit dem Gedanken, zurückzugehen, schon angefreundet, aber Ani machte mir einen Strich durch die Rechnung, als sie sagte, dass Knin bestimmt eine kleine, langweilige Stadt sein würde, in der kein Mensch leben möchte. Meine Gefühle waren gemischt und am liebsten wäre ich in Bochum geblieben, da ich mittlerweile schon drei Freundinnen hatte. Bevor wir nach Hause gingen, holten wir uns beim Sozialamt zum letzten Mal einen Ferienpass für das Schwimmbad. Ich hatte erst ein Jahr zuvor das Schwimmen gelernt. Als ich Vater sagte, dass ich schwimmen konnte, wollte er es nicht glauben und kam einmal mit, um sich zu überzeugen. Er blickte von draußen wie ein Stalker durch das Glas. Viele Menschen schauten sich nach ihm um. Wäre er nicht bald gegangen, hätte jemand wahrscheinlich den Sicherheitsdienst gerufen.

Obwohl es manchmal richtig chaotisch zugegangen war, wir keine Lust auf Sperrmüll und das ewige Übersetzen gehabt hatten, war es eine hilfreiche und gute Zeit für uns. Wir Kinder hatten einiges über andere Kulturen und Menschen erfahren, hatten gelernt, uns zu benehmen und waren mit der U-Bahn gefahren. Außerdem waren wir häufig im Zoo und in der freien

Natur gewesen. Wir hatten gelernt, pünktlich zu sein und andere Menschen zu respektieren. Und wir hatten angefangen, uns wie Deutsche zu fühlen, deutsch zu denken. Wir schauten die anderen Menschen nicht mehr nur als Schwarze, Gelbe und Zigeuner an. Wir fingen an, sie Afrikaner, Asiaten und Roma zu nennen. Deutschland hatte uns in vielen Dingen die Augen geöffnet. Wir waren viel höflicher und freundlicher geworden. Das alles jetzt hinter uns zu lassen, war wie ein Schlag ins Gesicht.

Irgendwann mitten in der Nacht weckte mich Vater auf. Ich sollte mich rasch anziehen. Die anderen waren schon auf den Beinen. Es war kurz nach Mitternacht und ich hatte keine Ahnung, was vor sich ging. Mutter erklärte mir, dass es im Haus brennt und ich mich beeilen soll. Ich zog schnell irgendwas an und Vater öffnete die große Brandschutztür an unserem Eingang. Der Rauch schoss wie ein Blitz durch den Flur. Wir waren in unserem Stockwerk gefangen und stellten uns auf den Balkon. Alle anderen Bewohner waren schon längst draußen und schrien uns zu, nach draußen zu rennen. Doch wir waren abgeschnitten und konnten nicht raus. Wir hatten Angst und wussten nicht, wo es brennt und wie gefährlich es tatsächlich war. Nach zehn Minuten ertönten die Sirenen der Feuerwehr. Mir fiel ein Stein vom Herzen. Kurz darauf hatte sich ein Feuerwehrmann zu uns durchgeschlagen. Er schnappte sich Marta und trug sie runter. Wir folgten ihm. Im ersten Stock stand ein großer Ventilator, der den Rauch wegfegte. Für mich war das damals eine magische Begegnung mit den Feuerwehrleuten. In meinen Augen waren diese Männer nicht nur Menschen in tollen Anzügen, sondern Lebensretter und Engel in Einem. Angeblich hatte so ein Idiot eine Zigarettenkippe in den Papierkorb geworfen, was dann zu dem Brand geführt hatte. Ich begann ernsthaft, an der Intelligenz der Leute im Heim zu zweifeln. Zum ersten Mal war ich froh, dass wir wegziehen würden. Wir mussten zwei Stunden draußen warten, bevor alles wieder in Ordnung war und wir endlich ins Haus durften. Dieser Schock erleichterte es uns ein wenig, dass wir das Land verlassen würden. Wir hatten einen Punkt erreicht, an dem wir nur noch raus wollten aus dem Flüchtlingsheim. Am liebsten wären wir natürlich in eine nette Wohnung im Bochum gezogen, aber das Glück war uns scheinbar nicht vergönnt. Mutter packte Kisten und große blaue Mülltüten mit Klamotten und Bettzeug, die nach einigen Tagen vom Sperrmüll abgeholt wurden. Wir behielten nur die nötigsten Sachen, die noch in den VW Kombi passten. Von meiner Tigerklasse bekam ich ein Abschiedsbuch mit Bildern, Namen und Nachnamen von allen Mitschülern, dazu einen Abschiedsbrief und eine große Schachtel Merci Pralinen. Ich entschied, sie erst in Kroatien zu öffnen, weil ich es als angemessen empfand, diese besondere Leckerei in unserem neuen, schönen Haus zu verzehren. Auf Ani waren wir besonders stolz, weil sie es in den vier Jahren geschafft hatte, ausgezeichnet Deutsch zu lernen, gut in der Schule zu sein und sogar Klassenbeste der 10. Klasse zu werden. Sie bekam ein Zertifikat und einen großen Weltatlas. Alle waren sehr traurig, dass sie die Schule verlassen musste. Sie hielt noch lange Kontakt mit ihrem Klassenlehrer und einigen Mitschülern.

Der Tag der Abreise kam sehr schnell, Ani weinte ein bisschen und meine Eltern fanden es schade, dass wir nicht länger oder für immer im Land bleiben durften. Aber wir sollten das Beste daraus machen und die Köpfe nicht hängen lassen. Vater spielte Tetris mit den zahlreichen Taschen und Koffern, die noch übrig waren und fluchte furchtbar, weil der Kombi so voll war, dass er Angst hatte, ihn überladen zu haben. Der hintere Teil streifte fast den Boden und es lagen fast 1500 km vor uns. Einige Tage zuvor hatten wir uns von unseren Bekannten und Freunden verabschiedet, was uns sehr schwer gefallen war, weil wir einige wahrscheinlich nie mehr sehen würden. Viele hatten eine Weiterreise nach Amerika oder Australien beantragt und zugesagt bekommen, weil sie nicht mehr auf den Balkan zurückkehren wollten. Wir waren erneut an einem Wendepunkt in unserem Leben angekommen, mussten wieder alles hinter uns lassen und von vorn beginnen. Bevor wir losfuhren, schauten wir noch einmal auf das Haus mit dem 100 Satellitenantennen und sagten uns, dass wir wieder zurückkehren würden. Aber das passierte nicht. Als wir durch die Stadt Richtung Autobahn fuhren, sagten unsere Eltern, wie hart, aber auch, wie schön es war, hier zu leben, dass die Deutschen eine tolle Nation sind und alles gut im Griff haben. Erneut bedauerten sie die Abschiebung. Vater ärgerte sich wieder einmal, dass viele Bekannte, die den Krieg nie gesehen hatten, mit gefälschten Papieren bleiben konnten und er, der so viel Leid im Krieg gesehen und seelische Folgen davongetragen hatte, dabei noch ein Christ war, ausreisen musste. Er sah darin keine Logik und Mutter stimmte ihm zu. Wir Kinder schwiegen und schauten traurig aus dem Fenster.

Irgendwo in Süddeutschland blieb unser Auto stehen. Vater konnte gerade noch rechts ranfahren. Nach ewigem Forschen nach der Ursache stellte der große Meister fest, dass der Sprit alle war und dass wir irgendwie einen Kanister von der Tankstelle holen sollten. Mutter war stinksauer und machte ihm Vorwürfe, warum er nicht schon eher getankt hatte und immer bis zur letzten Minute warten musste. Kleinlaut buddelte er einen großen, leeren Benzinkanister aus dem Kofferraum und sagte, dass ich mitkommen sollte. Mutter stellte ein Warndreieck vor dem Wagen auf. Statt an der Autobahn entlangzulaufen, was ziemlich gefährlich war, wünschte ich mir einfach nur, dass Vater einen Automobilclub anrufen würde, der uns elegant aus der Patsche half. Aber mit Vater war das nicht möglich. Warum einfach, wenn es auch kompliziert geht? Der Wagen war auf jemand anderen zugelassen, weil wir ja kein Auto haben durften. Es war gefährlich, an den rasenden Autos vorbeizulaufen. Wenn sie uns erfassten, wären wir auf der Stelle tot gewesen. Nach kurzer Zeit hielt ein Auto. Der Mann gab uns ein Zeichen, dass wir mit ihm zur nächsten Tanke fahren konnten. Wahrscheinlich hatte er vorher Mutter, Ani und die kleine Marta vor dem Wagen stehen sehen und sich erbarmt. Die Tankstelle kam erst nach einer ganzen Weile und mir grauste vor dem langen Rückweg.

Vater füllte den Kanister. Auf dem Rückweg sahen wir vermutlich wie Gespenste aus. Niemand hielt. Wir waren bestimmt über eine Stunde unterwegs. Es war Ende Juli und die Hitze war nicht auszuhalten. Zum ersten Mal war ich richtig sauer auf Vater und fand ihn total verantwortungslos. Hinter einer lang gezogenen Kurve sahen wir unseren großen, grauen VW-Kombi, den mein Vater liebte, erbsengroß. Aber wenigstens war er zu sehen. Als wir zurück waren, schimpfte Mutter noch einmal mit Vater. Er bekannte sich schuldig und schüttete den Diesel in den Tank. Endlich fuhren wir weiter, mit mindestens eineinhalb Stunden Verzögerung.

Rückkehr

Nach einer Ewigkeit erreichten wir kurz vor Sonnenuntergang die kroatische Grenze und mussten einige Zeit im Stau stehen. Die kleinen, heruntergekommenen Zollhäuschen wirkten etwas befremdlich auf uns, dabei ahnten wir nicht im Entferntesten, was noch alles auf uns zukommen würde. Wir kamen ohne Probleme durch den Zoll und Vater drückte wieder aufs Gaspedal. Da es zu der Zeit noch keine Autobahn gab, fuhren wir über eine Landstraße, die uns durch viele Dörfer und Städte brachte. Einige Häuser waren fast durchlöchert, die Spuren der Kugeln waren überall zu sehen. Bei einigen Häusern fehlten die Fenster, bei anderen Häusern große Teile vom Dach oder den Wänden. Manche waren vollkommen zerstört. Es gab aber auch welche, die unberührt waren, als hätte es nie einen Krieg gegeben. Ani und ich waren sprachlos. Ein Haus hatte nur noch ein halbes Dach. Trotzdem wohnten im Erdgeschoss Leute, weil sie offensichtlich keine andere Wahl hatten. Niemand würde freiwillig in einem einsturzgefährdeten Haus leben. Schrecklich.

Vater erklärte uns, dass der Krieg erst vor kurzer Zeit beendet worden war und dass viele Menschen kein festes Dach mehr über dem Kopf hatten. In einem Dorf war sogar die Kirche getroffen worden und eine Scheune auf einem Bauernhof war völlig abgebrannt. Die Straßen waren löchrig, unser Wagen hüpfte die ganze Zeit hin und her. Einige Menschen überquerten in alten und abgenutzten Klamotten die Straße. Als ich sagte, dass sie total Scheiße aussehen, drehte sich Mutter um und schimpfte, wie ich so etwas sagen konnte. Wir würden genauso aussehen, wenn wir nicht nach Deutschland geflohen wären. Obwohl ich auch nicht das Beste anhatte, trafen mich Mutters Worte direkt ins Herz. Ich hielt sofort meinen Mund und verstand die Botschaft. Die Hänseleien der vielen Mitschüler kamen mir wieder in den Sinn und ich schämte mich in Grund und Boden für meine Worte. Ich hatte kein Recht, so über andere zu urteilen. In einem anderen Dorf waren viele Häuser unbewohnt, Türen und Fenster fehlten. Vermutlich hatten sich andere genommen, was sie brauchen konnten. Überall sahen wir die Ergebnisse der damaligen Politik und fragten uns, ob dieser Krieg wirklich nötig gewesen war. Hätten die Konflikte nicht auch ohne Blut zu vergießen geregelt werden können? Keiner der Soldaten hatte zum Spaß getötet. Im Nordosten von Kroatien war es am schlimmsten gewesen, vor allem an der serbischen Grenze in Vukovar. Während des Kriegs hatte es dort ein Massaker nach dem anderen gegeben. Bilder von den flüchtenden Menschen waren um die ganze Welt gegangen. Ich hoffe, dass das der letzte Krieg auf dem Balkan war. Was dort in der Geschichte passiert ist, all das Blut, das die Erde getränkt hat, reicht bis in die Ewigkeit. Die restliche Fahrt machte ich mir Gedanken über die armen Menschen, die in dem Haus ohne Dach lebten. Für mich war so ein Leben unvorstellbar.

Ani schubste mich und sagte, dass ihr die Beine wehtaten und sie es kaum erwarten konnte, endlich anzukommen. Ich stimmte ihr zu. Vater sagte, dass es nicht mehr weit wäre. Kurz vor Mitternacht weckte uns Mutter und sagte, dass wir in der Stadt wären, in der wir demnächst leben würden. Aber wir sahen nicht viel, nur einige Lichter und Straßenlaternen. Die Stadthäuser waren klein und die Straße schmal. Zehn Minuten später erreichten wir unser neues Zuhause. Da es auf dem Feldweg kein Licht gab, sahen wir so gut wie nichts. Das Haus gegenüber war anscheinend leer, da dort kein Licht brannte. Unsere Eltern gingen voran. Ich konnte nur erkennen, dass das Haus ziemlich groß war. Mutter sperrte die abgenutzte Holztür auf und schaltete das Licht ein. Ich erschrak. Spinnennetze hingen von der Decke. Es gab keine Steckdosen, einige Türen fehlten, im Flur war ein altes Linoleum ausgebreitet, ein kleiner Raum, der eigentlich eine Toilette sein sollte, war mit Müll vollgestellt, alte, verstaubte Stühle standen in einem offenen Raum, Vater ging voraus und bog um die Ecke. Ein weiteres Treppenhaus führte in die erste Etage. Wir legten oben unsere Taschen in den breiten Flur und schauten uns um. Die Wände waren etwas abgenutzt. An der rechten Seite befand sich der Raum für die Küche und den Wohnbereich, geradeaus war ein kleines Badezimmer mit Toilette und Badewanne. Es gab noch vier weitere Zimmer. Ich krallte mir eines, das links von der Toilette lag. Halleluja, endlich ein eigenes Zimmer! Ani ging in ein anderes, das sogar einen Ausgang zum Balkon hatte. Die Eltern belegten ein großes Zimmer mit Balkon und sogar Marta bekam ein sehr kleines Zimmer, das eher für eine Speisekammer vorgesehen war, aber am Ende für sie perfekt war. Mutter packte im Wohnbereich noch ein paar Sandwiches aus, die wir auf dem Boden sitzend aßen. Obwohl wir Kinder noch das ganze Haus inspizieren wollten, schickte uns Mutter schlafen, da ein harter Tag vor uns liegen würde. Wir legten uns auf die Matratzen, die ein LKW vor ein paar Tagen vorausgefahren hatte. Mit Vergnügen ging ich endlich auf mein eigenes Zimmer, stellte mir die Wände mit Postern von den Backstreet Boys und die Aufteilung der Möbel vor. Ich war gespannt, was der morgige Tag bringen würde und wie es wohl draußen aussah. Zufrieden legte ich mich auf die harte Matratze und deckte mich mit einer Decke zu, die wir im Flüchtlingsheim in Bochum bekommen hatten. Es war sehr ungewohnt, allein in einem Zimmer zu schlafen, was für mich das erste Mal überhaupt war. Ich schloss die Augen und schlief schnell ein.

Am nächsten Morgen hörte ich im Flur eine Stimme. Mutter packte anscheinend einige große Tüten aus. Das Rascheln machte mich wahnsinnig. Als ich erst nach wenigen Sekunden realisierte, dass wir in unserem neuen Haus waren, sprang ich wie vom Blitz getroffen auf und schaute aus dem Fenster. Alles, was ich sehen konnte, war eine große Wiese. Rechts stand ein großer Baum, ein Walnussbaum, wie sich später herausstellte. Weit entfernt entdeckte ich einige Häuser. Ich überlegte, warum es hier so viel Grünfläche gab. Rasch ging ich in den Flur. Vater baute einen großen Schrank für das Elternschlafzimmer und Mutter räumte unsere Kleidung aus. Überall lagen Möbelteile. Ich erkannte die Sachen vom Sperrmüll, die Vater mit dem Lastwagen hatte herbringen lassen. Ich war entsetzt. Ani rief nach mir. Ich sollte mir was ansehen. Wir gingen auf den Balkon, der vom Wohnzimmer aus zu erreichen war. Mir stockte der Atem. Erstens hatte der Balkon keinen Schutz, und wir hätten einfach runterfallen können, zweitens stand vor unserem Haus eine Scheune, aus der jede Menge Hühner zu hören waren, drittens war der Gestank der Hühner unausstehlich gewesen und viertens war der gesamte Garten mit diversen Pflanzen überwuchert. Alles wirkte verwahrlost. Links vom Haus führte ein Feldweg vorbei, der hinter irgendwelchen heruntergekommenen Häusern verschwand. Im Haus neben uns wohnte niemand. Alles war zugesperrt. Der Garten davor sah genauso beschissen aus wie unserer.

Ich wollte einfach nur weg. Ani teilte meine Meinung. Wir fragten unsere Eltern, wie sie uns das antun konnten. Vater schimpfte mit uns und sagte, dass es ein hervorragendes Haus wäre und wir uns mit Sicherheit wohlfühlen werden. Ich brauchte frische Luft. Mutter rief, ich solle vorsichtig sein, da es im Gras bestimmt Schlangen geben würde. Mich packte der Ekel. Schlangen waren die letzten Tiere, denen ich begegnen wollte. Aber ich war tapfer und ließ mich von nichts aufhalten. Die Grillen zirpten wie verrückt, die Sonne brannte auf der Haut, und obwohl es erst Vormittag war, steigerte sich die Hitze wahnsinnig schnell. Mir wurde schwindelig. Ich begutachtete das Haus aus sicherer Entfernung und war einfach nur entsetzt. Die eine Hälfte war mit einer schäbigen Fassade verkleidet, die andere Hälfte streckte die rohen Ziegelsteine der gleißenden

Sonne entgegen. Die beiden mindestens dreißig Jahre alten Garagen führten direkt ins Haus. Erdgeschoss und Dachboden waren unbewohnbar. An das hintere Teil des Hauses schloss sich ein lang gezogener Weingarten an, der derart von Unkraut überwuchert war, dass man zweimal hinsehen musste, um die Rebenblätter zu erkennen. Alles war einfach nur schäbig und armselig. Ich schämte mich für dieses Haus. Wie sollte ich da jemanden einladen? Ich rannte hinein und teilte Ani meine Eindrücke mit. Sie schüttelte enttäuscht den Kopf und sagte, dass ich mir erst mal ihr Zimmer anschauen und Vaters Werk begutachten sollte. Ich fiel fast aus meinen Socken. Vater montierte stolz das Jugendzimmer der 50-jährigen Frau, von der Vater das Zimmer erhalten hatte. Die Möbel waren uralt, nichts passte zusammen. Vor lauter Verzweiflung musste ich laut lachen und ging auf den Balkon. Das einzig Gute war, dass Anis Zimmer auf der Südseite lag, und ein großer Walnussbaum seinen Schatten auf das Fenster warf. So blieb ihr Zimmer auch in den heißen Sommermonaten kühl und im Winter war es etwas wärmer als meines, das nach Norden wies und immer saukalt war. Nachdem etliche Möbel aufgestellt und die Deckenleuchten montiert waren, sah es am Ende doch nicht so blöd aus, wie am Anfang gedacht. Vater grinste über das ganze Gesicht und war sichtlich stolz auf sich. Dabei betonte er mehrmals seine grandiose Idee mit dem Sperrmüll. Ani und ich verdrehten nur die Augen.

In meinem Zimmer stand ein großer, alter, schwarzer Schrank, dem einige Türen fehlten. Aber Vater beschloss, dass der super in mein Zimmer passen würde. Dazu bekam ich einen hässlichen, braunen Sperrmüllschreibtisch und eine alte, quietschende Couch zum Aufklappen, die von einer 70-jährigen Frau stammte, die sogar auf dem Sofa verstorben war. Als ich mich über das alte Ding und darüber, dass darauf jemand gestorben war, beschwerte, sagte Vater nur: »Habt keine Angst vor toten, sondern nur vor lebendigen Menschen.« Damit war jede Diskussion im Keim erstickt. Die Couch quietschte jedes Mal beim Auf- und Zuklappen, aber irgendwann gewöhnt man sich an alles. Marta bekam nur eine Matratze auf den Boden und ein kleines Schränkchen. Die weißen Küchenmöbel, die wir von einem jungen, türkischen Ehepaar bekommen hatten, standen auch schon bereit. Allerdings fehlten beidseitig Elemente, da die Küche sehr groß war. Für Vater war das kein Problem. Er schob noch einige Teile von einer anderen Küche dazu und fand es fantastisch – im Gegensatz zu Mutter und uns Kindern. Wenn Vater eines nicht werden konnte, war es mit Sicherheit Innenarchitekt und Wohndesigner.

Das Wohnzimmer »zierten« eine abartige, grüne Sitzkombination und ein schwarzes Regal, von dem wir jeden Tag den Staub wischen mussten. Der Couchtisch war aus Massivholz mit einer grünen Marmorplatte. Alles war zusammengewürfelt, nichts passte zusammen. Vater lobte immer wieder seine Fähigkeit, so tolle Möbel umsonst bekommen zu haben. Da wir viel mehr hatten, als wir benötigten, wurde der Rest im Erdgeschoss deponiert.

In den ersten Tagen in unserem neuen Heim kam ein Nachbar vorbei und stellte sich vor. Dabei erwähnte er fast beschämt, dass die Hühner in dem Stall vor unserem Haus die seinen waren, aber der Stall zu unserem Haus gehörte. Er bat meinen Vater, ihm den Stall weiterhin zur Verfügung zu stellen, da unser Vorbesitzer es auch gemacht habe. Da Vater nicht vorhatte, irgendwelche Tiere zu halten, stimmt er der Bitte schnell zu. Die beiden wurden schnell gute Bekannte, aber es stank dermaßen nach Hühnerkacke, dass wir uns draußen immer die Nase zuhalten mussten. Rechts vom Hühnerstall standen ein paar Obstbäume, die mit Unkraut überwachsen waren. Es schien, als wäre jahrelang nichts mehr gemacht worden. Eines Tages hörte ich etwas im Gebüsch rumkriechen. Es kam direkt auf mich zu und ich wich einen Schritt zurück. Da kam eine Katze aus dem Urwald und blieb vor mir stehen. Es war nicht nur eine gewöhnliche Katze, sondern eine uralte, graue Katze mit abgenutztem Fell und nur einem Auge. Narben überzogen ihren Kopf. Da ich mir schon immer eine Katze gewünscht, aber nie eine bekommen hatte, versuchte ich, sie euphorisch zu streicheln. Doch sie kratzte mich am Arm und ging einige Schritte zurück. Ich sprang erschrocken auf. Die Nachbarn sagten, dass es die Katze der serbischen Familie sei, die vor einigen Jahren in unserem Haus gelebt hatte. Das Tier hatte den Krieg miterlebt und irgendwie überlebt. Wir gaben ihr jeden Tag Futter. Sie blieb lange Zeit bei uns, wurde etwas sanfter, aber nie wirklich zutraulich. Sie hatte wahrscheinlich schlechte Erfahrungen mit Menschen gemacht. Am Anfang rätselte ich, wovon sie sich die ganze Zeit ernährt hatte. Da sie ständig irgendwelche kleine Schlangen und große Ratten mit nach Hause brachte, war die Frage bald geklärt.

Ich versuchte, es mir in meinem Zimmer gemütlich zu machen, und packte einige Kartons aus, auf denen mein Name stand. Einige Kinderbücher und eine ganze Sammlung von neuen Schulheften und Schreibutensilien, die Mutter monatelang zuvor in einem Spezialladen gekauft hatte, damit wir die Sachen in Kroatien benutzen konnten, räumte ich in die Schrankfächer, an denen die Türen fehlten. Dann hängte ich das Riesenposter von den Backstreet Boys auf und erinnerte mich daran, wie ich dafür all die *Bravos* gekauft hatte, für die mein ganzes Taschengeld draufgegangen war, da es in jeder Zeitschrift einen Teil meines riesigen Posters gab. Diese Investition hatte sich auf jeden Fall gelohnt. Langsam wurde es doch etwas gemütlicher in meinem Zimmer. Später schaute ich bei Ani vorbei. Ihr Zimmer war viel heller und freundlicher und die uralten Möbel sahen irgendwie doch nicht so schlimm aus. Einen Moment wünschte ich mir, an Anis Stelle zu sein.

An einem der nächsten Tage wollten Ani und ich die Stadt erkunden. Statt uns mit dem Auto hinzubringen, sagte Vater, dass wir einfach den Weg immer geradeaus gehen sollten. Irgendwann würden wir dann automatisch die Stadt erreichen.

Ani zog ihre geliebten Sandalen an, die einen etwas höheren Absatz hatten. Da es ziemlich heiß war, zog ich Shorts und ein Top mit Spaghettiträgern an. Gegen Mittag, als die Sonne am stärksten brannte, brachen wir auf. Auf dem Feldweg musste ich Ani festhalten, da sie sonst mit ihren Schuhen gestürzt wäre. Nach ungefähr hundert Metern erreichten wir eine schmale Straße, dessen Asphalt streckenweise aufgerissen war. Zunächst ging es bergab. Komische, heruntergekommene Häuschen säumten die Straße. Erneut musste ich Ani helfen, den Hügel hinunterzukommen, da die Sandalen dafür nicht ganz geeignet waren. Kurz darauf erreichten wir endlich eine normale Straße und wir fanden unseren Rhythmus. Viele Häuser waren unbewohnt, verwahrlost, heruntergekommen oder einfach zerstört. Von der Nebenstraße kamen wir zur Hauptstraße und marschierten los. Es waren nur wenige Autos unterwegs, da es mega heiß war; und die, die unterwegs waren, hupten uns wie verrückt hinterher. Wir schauten uns an und mussten einfach nur lachen, manchmal fanden wir es sogar aufregend, dann lästig, und irgendwann war uns das Gehupe völlig egal. Wir schwitzten und hatten großen Durst. Zum Glück kamen wir an einem Supermarkt vorbei. Wir verlangten in dem winzigen Laden nach Mineralwasser mit Kohlensäure. Uns fiel jedoch das kroatische Wort für Kohlensäure nicht ein. Wir erklärten unser Anliegen mit Händen und Füßen, bis die Verkäuferin es endlich verstand und uns genervt zwei Flaschen Wasser gab. Wir hatten den Eindruck, dass sie uns für arrogant hielt, weil wir aus Deutschland kamen und meinten, wir wären etwas Besseres, was absolut nicht der Fall war. Uns fehlten tatsächlich einige Wörter, da wir in Deutschland fast nur Deutsch gesprochen hatten. Etwas verwundert über die Unfreundlichkeit der Verkäuferin tranken wir das Wasser sofort aus und machten uns wieder auf den Weg in die Innenstadt.

Nach ungelogen vierzig Minuten erreichten wir schweißgebadet den Hauptplatz und fragten uns, ob das jetzt alles war. Der Platz bestand aus einer etwas größeren Fläche mit nichts drauf. Gegenüber erblickten wir eine Apotheke und einige Modegeschäfte, wobei das Wort Mode eine Übertreibung war. Wir entschieden uns, der Straße weiter zu folgen, in der Hoffnung, doch noch auf ein Highlight zu stoßen. Doch nach dem kleinen Hauptbahnhof, der eher einem größeren Parkplatz ähnelte, kam absolut nichts mehr. Die Straße endete einfach am Ende der Stadt, wo ein Fluss verlief. Das war's auch schon. Enttäuscht sahen wir uns an und konnten nicht glauben, dass wir in dieser Geisterstadt leben mussten. Bochum war auch nicht gerade eine Weltmetropole, aber dort gab es zumindest etwas zu sehen und zu erleben. Knin war das totale Gegenteil. Die Stadt bestand aus einer langen Straße, die sich durch die ganze Stadt zog. Die meisten Geschäfte waren während der Mittagszeit geschlossen, sozusagen Siesta im Nirgendwo. Wir konnten nur in ein Café namens Metropola gehen, vor dem vier Leute saßen. Ani hatte Blasen an den Füßen und konnte nicht mehr laufen. Wir stiegen erschöpft die Stufen hoch und setzten uns unter einen Sonnenschirm. Wir hatten ein Gefühl, als würden unsere Zungen am Gaumen kleben. Ich bestellte mir eine Fanta Lemon und Ani eine Cola. Wir konnten nicht fassen, in welchem Loch wir nun lebten. Auf der Straße war keine Menschenseele zu sehen. Obendrein war unser Haus vom Zentrum meilenweit entfernt. Mir war zum Heulen zumute. Ein Gefühl grenzloser Hilflosigkeit erfasste mich. Wie sollten wir ein Leben lang in so einem Kaff wohnen, nichts sehen, nichts hören und trotzdem glücklich sein? Ani schwor, wieder zurück nach Deutschland zu ziehen, koste es, was es wolle. Auf meine Frage, wie sie es anstellen wollte, nachdem wir abgeschoben worden waren, sagte sie aufgebracht, dass es immer einen Weg gäbe und sie es auf jeden Fall schaffen würde. Ich glaubte nicht daran, traute mich aber nicht, dies laut zu sagen.

Gegen 16 Uhr tauchten dann doch noch ein paar Leute auf und als wir zwei Stunden später nach Hause gingen, wurde die Straße etwas voller. Aber das machte die Stadt auch nicht schöner. Sie lag in einem richtigen Loch, drum herum waren nur Berge. Wenn die Sonne schien, lag die Hitze bis September schwer auf der Stadt. Im Winter fegte der Wind, in Dalmatien besser als die Bura bekannt, so stark von den Bergen herunter, dass manchmal sogar Bäume entwurzelt und Dächer abgedeckt wurden. Auf unserem Rückweg fielen uns viele Jugendliche auf, die mehr oder weniger gut gekleidet waren. Ani trug ihre Sandalen in der Hand und jaulte bei jedem Stein, auf den sie trat. Dadurch wurde uns mit jedem Schritt bewusster, wie weit unser Haus von der Stadt entfernt war.

Nichts ist mehr so, wie es einmal war

Ende der Woche waren fast alle Möbel aufgestellt und Vater wollte mit der ganzen Familie nach Travnik fahren. Sechs Jahre waren seit unserer Flucht vergangen. Ich freute mich riesig, meine Großeltern wiederzusehen, die schon seit einiger Zeit dort lebten. Der Gedanke an unser Zuhause, an den Garten, an die Familienangehörigen, die Nachbarn und Freunde aus der Kindheit weckten in mir jedes Mal den Wunsch, sofort hinzufahren und nie wieder wegziehen zu müssen. Es gibt nur einen Ort im Leben, der durch kein Geld, keinen Wohlstand und keine Mode käuflich ist, und dieser Ort heißt Heimat. Heimat bedeutet Familie, Freunde und Sicherheit. Schöne Erinnerungen und das damit einhergehende Herzflattern bestätigen uns, wo wir herkommen und wo wir hingehören. Jeder Mensch hat nur einen solchen Ort. Für mich war es Travnik, dort wo ich leider nur ein paar Jahre eine glückliche Kindheit verleben durfte. Das waren die ersten Jahre meines Lebens gewesen, die mich sehr geprägt haben und an die ich heute noch immer gern zurück denke.

Wir packten unsere Taschen in den großen Kofferraum unseres Kombis und wollten gerade losfahren, als Mutter noch einmal ausstieg, um zu prüfen, ob die Herdplatten aus waren. Es war immer das Gleiche mit ihr. Aber sogar das war uns egal. Ich träumte davon, wie ich meiner geliebten Oma um den Hals fallen würde und war gespannt, ob sich im Haus etwas verändert hatte. Die Fahrt ging flott voran, weil Vater zum einen wie ein Wahnsinniger fuhr, und zum anderen Knin direkt an der bosnischen Grenze lag. Überall war dasselbe Szenario zu sehen, zum Teil oder vollkommen zerstörte Häuser, verwahrloste Gärten und überall Müll. Irgendwie war das alles zwar bedrückend, aber meine Euphorie war trotzdem so groß, dass ich mir wenig Gedanken über andere Dörfer und deren Häuser machte.

In einem Vorort von Travnik forderte Mutter uns auf, nach rechts zu schauen, wo wir das Haus ihrer Großmutter, die wir früher oft besucht hatten, erblickten. Mutters Oma war schon einige Jahre tot, aber wir fühlten uns, als wären wir gestern erst dort gewesen. Das alte Häuschen lag auf der anderen Seite des kleinen Flusses und war über eine Brücke zu erreichen. Davor stand eine Moschee, deren Anblick unsere Zufriedenheit und die Macht der Fantasie nicht zerstören konnte. Mutter strahlte und wir erst recht. Ich dachte daran, wie oft wir Kinder um das Haus getobt sind und Steine in den Fluss geworfen haben. Es war eine schöne und unbeschwerte Zeit gewesen. Wir fuhren eine schmale Straße bergab und hinter der nächsten Kurve sahen wir unsere Stadt. Still genossen wir den Anblick, mein Herz schlug mir bis zum Hals. Wir wussten nicht, was auf uns zukommen würde, hofften aber auf das Beste. Je näher wir kamen, desto vertrauter wurde alles. Die Häuser, die Wege, die wir gegangen waren, alles war so ungewohnt und dennoch so vertraut. Vater bog in Richtung unseres Hauses ab und ich konnte es kaum erwarten, unser Haus zu sehen. Endlich sah ich die Schule und mein Blick blieb an einem Haus hängen, das ich so noch nicht kannte. Wir schwiegen. Als wir näher heranfuhren, sagte Mutter: »Was ist nur aus unserem Haus geworden?«. Ani wurde kreidebleich und ich kapierte erst nach einiger Zeit, dass dies unser Haus war. Die eine Hälfte fehlte und das klaffende Loch war nur provisorisch von muslimischen Flüchtlingen, wie Vater bereits erzählt hatte, verschlossen worden. Eine Seite des Dachs fehlte, ich konnte die weißen Fliesen im Bad sehen. Der traurige Anblick trieb mir Tränen in die Augen. Vater parkte vor dem verschlossenen Gartentor. Wir stiegen aus. Zögernd überquerte ich den Zaun und betrachtete das, was von unserem einst so schönen Haus übrig geblieben war. Wir waren am selben Ort, in der gleichen Stadt, standen vor demselben Haus, doch es war nicht so, wie es früher einmal war. Bedrückt betraten wir den Innenhof.

Zwischen den Trümmern auf einer Bank vor ihrer Doppelhaushälfte saß sie und schaute uns mit großen Augen an. Oma Ana, die ganz in Schwarz gekleidet war, das Kopftuch am Hinterkopf verknotet, schrie auf, als sie ihren Sohn erkannte, den sie seit so langer Zeit nicht mehr gesehen hat. Sie sprang auf, so gut wie sie konnte, umarmte, küsste und herzte uns. Ihre gebrochene und operierte Hüfte ließ nicht zu, dass sie ein Tänzchen vorführte. Sie erhob sich mithilfe ihrer Krücken und fragte, wie wir dazu kamen, sie so überraschend zu besuchen. Sie weinte vor Glück und wir gleich mit. Das Wiedersehen war schön und bedrückend zugleich. Vaters Bruder Braco stürmte aus dem Haus und begrüßte uns voller Überschwang. Er holte Kekse, Kaffee und Getränke aus dem Haus. Auf meine Frage, was mit unserem Haus passiert war, antwortete er, dass eine große Granate, kurz nachdem wir geflohen waren, auf das Haus gefallen sei. Wenn wir nicht rechtzeitig geflohen wären, wären wir im Keller ums Leben gekommen. »Die haben alles mitgenommen, sogar die Steckdosen«, sagte Braco zornig. Mit »die« meinte er die Moslems, die einfach darin gehaust hatten. Braco sperrte die Tür auf und wir betraten das Haus. Nackte Wände starrten uns entgegen. Mutter war sehr bedrückt und traurig. Ani und ich wunderten uns, wie klein unser Kinderzimmer eigentlich war. Meine Schwester zeigte mir, wo ihr Schreibtisch mit den bunten Bleistiften und unsere Etagenbetten gestanden hatten. Wir konnten uns kaum umdrehen und wunderten uns, dass wir das nicht schon vor sechs Jahren gemerkt hatten. Das Wohnzimmer war komplett weg, das große Regal mit Mutters Agatha Christie Romanen war zusammen mit meinen geliebten Spielsachen, mit denen ich nie hatte spielen dürfen, verschwunden. Selbst die Dielen vom Boden waren weg; wir standen auf nacktem Beton. Braco sagte, dass die Leute das Holz einfach in den Kamin geschmissen hatten, weil sie sich kein richtiges Holz kaufen konnten. Vater war ebenfalls sehr betroffen, hielt sich aber tapfer. Ich lief nach draußen und umarmte wieder meine geliebte Oma, die vor Freude weinte. Als ich mich umsah, erblickte ich Jokis leere Hundehütte. Er war gestorben, wie Vater es gesagt hatte. Der Hasenstall war verwahrlost und irgendwie schien alles anders. Opa war nicht mehr da, Oma ging es mit ihrer Hüfte sehr schlecht, das Haus war zerstört … Ljuba und Slawek gesellten sich mit Tanja zu uns. Wir hatten uns viel zu erzählen, was uns ein wenig von unserem Schmerz ablenkte. Wir besuchten auch noch Oma und Opa mütterlicherseits in ihrem wunderschönen Haus mit der großen, grünen Wiese davor, was uns den Tag doch noch ein wenig versüßte.

Am nächsten Tag gingen wir zum Friedhof und legten Blumen auf die Gräber. Für Mutter und Vater war es ein schwerer Weg. Überall gab es neue Gräber, in denen junge, gefallene Soldaten lagen, die meine Eltern gut gekannt hatten. Einige von ihnen waren weitläufige Verwandte, einige gute Bekannte, enge Freunde oder Söhne von guten Freunden gewesen. Es war grauenvoll. Von einigen wussten sie nicht einmal, dass sie tot waren. Es war sehr bitter. Als Mutter das Grab ihres Bruders fand, legte sie zum ersten Mal Blumen darauf. Wir beteten für seine Seele. Obwohl die Sonne am Himmel strahle, tobte ein dickes Gewitter in unseren Herzen und der Tag endete in schweigender Bedrücktheit.

Da es in Travnik jeden Donnerstag einen Markt gab, standen wir sehr früh auf und machten uns auf dem Weg. Auf dem Markt gab es nicht nur hausgemachte Delikatessen wie etwa Schafskäse oder luftgetrocknetes Fleisch, sondern auch viele andere Dinge wie CD's, die natürlich alle keine Originale waren, genau wie die ganzen Markenklamotten, auf die sich Ani und ich stürzten. So ergatterten wir einige Shirts für weniger als 5 Euro und Markenhosen für ein Drittel des Normalpreises. Vater war großzügig. Wir schnappten uns einige richtig schöne Teile und freuten uns sehr darüber. Die Umkleiden auf dem

Markt bestanden aus kleinen Boxen, die aus Gardinen oder anderen Stoffen gemacht wurden. Das fanden wir lustig und auch ein bisschen beschämend. Aber wir machten alles mit. Nach der Shoppingtour ging es zum Cevapcici essen. Mit frischem Joghurt und viel Pfeffer schmeckten sie am besten. Im Anschluss besuchten wir ein großes Shopping Center, in dem sich unsere Eltern umsahen. Ani und ich passten auf Marta auf und vergnügten uns in der Plüschtierabteilung. Da die Steuer in Bosnien niedriger war als in Kroatien, waren die Waren entsprechend billiger. Bosnien wurde für die nächsten paar Jahre zu unserem Shoppingerlebnis.

Am Abend kehrten wir zu unserer Oma zurück. Sie wollte auf die Toilette gehen. Ani und ich halfen ihr auf und stützten sie beidseitig. Sie dankte uns mit ihrem lieben Lächeln. In diesem Augenblick dachte ich nur an die vergangene schöne Zeit. Vor dem Krieg war alles anders gewesen. Die Menschen waren freundlicher und vertrauter miteinander umgegangen, sie hatten ein anderes Funkeln in den Augen und sprühten vor Lebensfreude. Sie unterhielten sich, verabredeten sich oder tauschten die neusten Witze aus. Während unseres Besuches schauten die Nachbarn zwar über den Zaun und begrüßten uns, aber es gab keine große Kommunikation oder Herzlichkeit. Der eine oder andere wollte wissen, wann wir endlich nach Hause kämen, schließlich gehörten wir hier hin und sonst nirgends. Vater diskutierte gern mit den anderen und schilderte ihnen seine Sicht der Dinge, indem er immer wieder betonte, dass Bosnien wegen den ganzen anderen Nationen keine Zukunft hätte und dass man in Kroatien viel besser leben konnte. Aber die Nachbarn wollten das nicht hören. Nach ein paar Tagen wollten wir zurückfahren. Ich setzte mich mit gemischten Gefühlen ins Auto. Travnik war meine wirkliche Heimat. Der Ort, wo ich geboren und teilweise aufgewachsen war. Dort hatte ich meine ersten Schritte gemacht und mein erstes Wort gesagt und aus der Gegend stammten meine Vorfahren und alle waren hier begraben. Bis vor kurzem wussten wir nicht, dass es eine andere Welt gab. Obwohl mich vieles an früher erinnerte und ich dort Sicherheit und Geborgenheit verspürte, war nicht alles so, wie es einmal war.

Was willst du werden?

Der Sommer näherte sich langsam dem Ende zu und ein neues Schuljahr begann. Mutter meldete mich in einer Grundschule an, die ich zu Fuß in einer halben Stunde erreichte. Ani hatte es etwas besser erwischt. Ihre Mittelschule lag deutlich näher als meine. Da es nicht so viel Auswahl gab, entschied sich Ani für die ökonomische Richtung. Sie hatte die Wahl zwischen Verkäuferin, Köchin, Friseurin oder Ökonomie. Die restlichen Sommertage verbrachten wir meistens zu Hause oder gingen ab und zu ans Meer, das 50 Kilometer entfernt war. Manchmal fuhr uns Vater hin, manchmal nahmen wir einen Bus, der für solche Ausflüge gedacht war. Gegen ein geringes Fahrgeld brachte der Busfahrer, dem das Unternehmen auch gehörte, sämtliche Sonnenanbeter aus Knin, die gewillt waren, einen Tag in der Sonne zu braten, früh am Morgen zum Strand und holte sie am Abend wieder ab. Die Leute nahmen das Angebot begeistert an und mussten teilweise schon im Voraus reservieren und sich anmelden, was gar nicht so einfach war. Internet und Handys waren Ende der Neunziger in der Gegend noch nicht so sehr verbreitet gewesen. Manchmal blieb uns nichts anderes übrig, als einige Tage zuvor dorthin zu trotten, zu reservieren und dann wieder 45 Minuten nach Hause zu gehen, was bei 40 Grad im Schatten mühevoll war. Am Badeort ging dann der Kampf um die Liegeplätze los. Wenn achtzig Leute den Strand und die bereits anwesenden Badegäste überrollten, war erst mal Schluss mit lustig. Aber Ani und ich ließen uns die gute Laune nicht verderben. Schnell merkten wir, dass uns die Wirte und Eisverkäufer nicht gerade mochten, da wir unsere Verpflegung von zu Hause mitbrachten und vor Ort kein Geld ausgaben. Aber auch das war uns völlig egal. Hauptsache wir konnten ins lauwarme Meer springen und etwas Sonne tanken. Na ja, springen wäre übertrieben. Da ich ziemlich wasserscheu bin, planschte ich eher im flachen Wasser. Ani dagegen tauchte, machte Rollen vorwärts, einen Handstand im Wasser und sprang mit Anlauf ins Meer. Wenn ich jetzt zurückblicke, kann ich mich nicht erinnern, dass ich jemals mein Haar im Meer freiwillig nass gemacht hätte.

Auch wenn wir es nicht wahrhaben wollten, rückte der große Tag immer näher. Wie würden die anderen Mitschüler auf mich reagieren? Würde ich alles verstehen? Wie weit waren sie mit dem Lernstoff? Ich hatte weder Bücher noch Hefte und keine Ahnung, wohin ich überhaupt gehen sollte. Mutter erklärte mir den Weg und am nächsten Tag ging ich allein dorthin. Ich befolgte Mutters Rat und ging erst zur Schulpädagogin, die mich schon erwartete. Als sie die Tür meines neuen Klassenzimmers öffnete, war der Unterricht bereits im vollen Gange. Zögernd betrat ich den Raum. Meine Begleiterin stellte mich vor und alle schauten mich neugierig an. Ich blieb sehr gelassen. Schließlich erlebte ich das bereits zum sechsten Mal. Ich war das dumme Anglotzen und Gemurmel gewohnt. In sechs Schuljahren war dies die sechste Schule. Mir wurde die letzte Bank zugeordnet und ich saß wie erwartet allein dort. Es gab drei Tischreihen, alle Bänke waren hintereinander aufgestellt. Es gab keine Tische, die aneinanderstießen und auch keine Tische, die nebeneinanderstanden, damit man seine Mitschüler besser sehen konnte. Ich kannte diese Anordnung aus Deutschland, aber ich merkte schnell, dass ich in Kroatien war und hielt mich zurück, irgendwas zu sagen oder zu kommentieren. Eigentlich hatte ich auch keine Gelegenheit dazu, weil sowieso niemand mit mir geredet hatte. Keiner nahm den Unterricht mit der Klassenlehrerin, die Biologie unterrichtete, ernst, weil alle gerade aus den langen Sommerferien zurückgekommen waren. In Kroatien dauerten die Sommerferien wegen der Hitze manchmal zweieinhalb Monate, was mir natürlich große Freude bereitete. Nach der ersten Stunde packten alle ihre Sachen zusammen. Als sie das Klassenzimmer verließen, folgte ich ihnen. Später verstand ich erst, dass für jedes Fach ein eigener Schulraum vorgesehen war. Die Lehrer kamen nicht zu uns, sondern wir gingen zu ihnen. Sobald der Lehrer den Raum betrat, wurde es ganz still. Alle Schüler mussten aufstehen und durften sich erst wieder setzten, wenn der Lehrer es sagte. Ich betrachtete diese Vorgehensweise, die wohl den Respekt der Schüler vor den Lehrern ausdrücken sollte, skeptisch von der letzten Bank aus. Wenn ein Schüler etwas zu sagen hatte, meldete er sich mit zwei Fingern statt mit einem, wie ich es gewohnt war. Am meisten aber schockierte mich die Mathestunde, der ich hilflos folgte. Ich sah zum ersten Mal zwei Zahlen mit einem Strich dazwischen: Bruchrechnen. Die anderen hatten es schon in der fünften Klasse und machten in der sechsten einfach weiter. Ich benötigte jedoch erst einmal die Grundkenntnisse, um überhaupt mithalten zu können. In Bochum gingen wir erst mal langsam an die Fächer heran, was in Kroatien nicht der Fall war. Dort gingen die Kinder acht Jahre in eine Grundschule und hatten danach die Möglichkeit, eine Ausbildung zu machen, wie Ani es vorhatte, oder ein Gymnasium zu besuchen, das die Schüler auf ein Studium vorbereitete. Irgendwie ging alles schneller. Das Tempo überforderte mich zumindest in den ersten Tagen, obendrein verstand ich nicht alles, was gesprochen wurde. Es war zwar meine Muttersprache, aber viele Wörter fehlten mir einfach, weil ich sie nur auf Deutsch kannte. Die Schule bedeutete für mich eine sehr große Umstellung und Herausforderung. Zu Hause sagte Ani, dass auch in ihrer Schule niemand so richtig mit ihr reden wollte, und wenn einige dann doch ein paar Worte mit ihr wechselten und feststellten, dass sie aus Deutschland zurückgekehrt war, bekundeten sie zwar Interesse, akzeptierten sie aber trotzdem nicht so recht, weil sie vielleicht auf einem etwas höherem Niveau hätte stehen können und nicht so primitiv gestrickt war, wie einige andere in der Klasse, die nichts im Leben gesehen oder gehört hatten, sich aber trotzdem für etwas ganz Besonderes hielten und dies den anderen auch zu verstehen gaben.

Ani war ein Überflieger und das wusste sie auch. Aber so bescheiden und lieb wie sie war, traute sie sich nicht viel zu sagen und lief meistens hinter den anderen her, ohne irgendwelche Bemerkungen zu machen.

Am zweiten Schultag stellte die Schulpädagogin eine neue Mitschülerin vor. Sie hieß Sylvie und sie setzte sich neben mich auf die letzte Schulbank. Ich fragte sie leise, woher sie kam. Als sie sagte, dass sie aus Deutschland zurückgekehrt sei, schloss ich sie sofort in mein Herz. Von da an waren wir unzertrennlich, zumindest während der Grundschulzeit. Das Lustige war, dass wir immer Deutsch gesprochen haben und uns kein anderer verstehen konnte. Wir machten uns damit nicht viele Freunde, aber es war sehr praktisch. Wenn uns jemand ärgerte, dann schimpften wir auf Deutsch oder kommentierten die Lehrer, ohne dass sie uns hören und verstehen konnten. Manchmal wurden wir ermahnt und aufgefordert, Kroatisch zu sprechen, da es sonst unkollegial wäre. Also tauschten wir uns eben heimlich in deutscher Sprache aus. Deutsch war das Einzige, was uns noch von unserem guten, alten Leben geblieben war, und das ließen wir uns nicht einfach nehmen. Außerdem sorgten wir dafür, dass wir die Sprache nicht vergaßen, und übten eben jeden Tag fleißig weiter. Schnell stellte sich heraus, dass Sylvie eine bessere Schülerin war als ich. Sie unterstützte mich oft in Mathe und der kroatischen Grammatik. Ich war nicht dumm, aber faul. Am Ende des Schuljahres ereilte mich postwendend die Quittung dafür. Im Zeugnis war nur »ausreichend« und »befriedigend« zu sehen, was Vater sehr verärgerte. Er verbot mir, in den Ferien ans Meer zu fahren. Mutter rastete vollkommen aus und drohte mir mit einer schlechten Ausbildung, wenn ich mich nicht zusammenreiße. Schließlich gäbe es genug gute Schüler, die sich dann eben die besten Plätze sichern würden. Meine Eltern sperrten mich fast täglich in mein Zimmer, damit ich lernte und nicht auf dumme Gedanken kam. Sie entzogen mir für mehrere Monate mein Taschengeld. Ich konnte mir nicht einmal eine Brezel kaufen. Aus Trotz lernte ich erst recht nicht. Wenn Eltern denken, mit Gewalt etwas bei ihren Kindern erreichen zu können, dann gibt es meistens einen Kontraeffekt. Mutter hat das irgendwann selbst begriffen, auch wenn es beinahe zu spät war. Als sie mich endlich in Ruhe ließen, holte ich alles nach und absolvierte die siebte und achte Klasse mit »sehr gut«, worauf ich ziemlich stolz war. Weniger auf die Noten, sondern viel mehr, weil ich Mutter gezeigt hatte, dass ich es doch schaffen kann, aber nur dann, wenn ich es auch selber wirklich will und keinen Druck habe. Ani dagegen hatte konstant super Noten. Trotzdem wurde sie immer stiller, bis Mutter sie eines Tages fragte, was denn los sei. Ani brach in Tränen aus. Sie sagte, dass Ökonomie nichts für sie sei und dass sie sich in der Schule fehl am Platz vorkam. Sie wollte dort nicht mehr hingehen, wusste aber auch keinen anderen Weg, da es nur die eine Schule in der ganzen Stadt gab. Alle örtlichen Bereiche waren Anis Anforderungen und Wünschen nicht gewachsen. Auf Mutters Frage, was sie denn gerne machen würde, antwortete sie: »So etwas, wie die Schwestern bei Doktor Cruz.« Unser Kinderarzt in Bochum hatte eine nette, kleine Praxis gehabt. Ani hatte bei ihm sogar ein Praktikum absolviert. Ab diesem Zeitpunkt wollte sie unbedingt eine Ausbildung zur Krankenschwester machen. Da gab es aber ein kleines Problem. Bis zur nächsten Schwesternschule in Sibenik waren es sechzig Kilometer. Mutter telefonierte mit der Schule. Aufgrund von Anis Noten wurde sie sofort aufgenommen. Sie steckten Ani zwar um ein Lehrjahr zurück, sie musste mit dem zweiten Ausbildungsjahr unter der Bedingung beginnen, dass sie das erste Jahr in Form einiger Tests nachholte. Ani nahm das alles in Kauf. Da die Wohnungen in Sibenik für unsere Eltern zu teuer waren, musste sie jeden Tag mit einem lokalen Bus täglich drei Stunden hin- und her gondeln und täglich jeweils 45 Minuten zum und vom Bahnhof zurücklegen. Schulbeginn war um acht. Ani musste jeden Tag um fünf Uhr aufstehen, aber das machte sie gern und schaffte es innerhalb weniger Monate zur Klassenbesten. Ich bemitleidete sie oft und sagte, dass ich das nie machen würde, dieser Aufwand wäre mir zu viel.

Die Wochenenden verbrachte ich meist mit Sylvie. Wir erlebten zusammen eine unbeschwerte Zeit. Langsam wurde aus mir eine junge Frau. Ich vermisste Deutschland nach wie vor, fand aber in Sylvie eine Verbündete. Wir schworen uns, eines Tages zurückzukehren und ein viel cooleres Leben zu führen als im verschlafenen Knin. Irgendwann kam Danni in unsere Klasse, die ebenfalls in Deutschland gelebt hatte. Wir drei wurden rasch unzertrennlich. Nicht, dass wir mit den anderen Mitschülern nichts zu tun haben wollten, aber es ergab sich einfach, dass wir ständig zusammenhockten und auf Deutsch unsere Zukunftspläne schmiedeten. Knin war für uns nur eine Zwischenstation. Unser Wille, wieder in das tollste Land der Welt zurückzukehren, war stärker als alles andere. Da wir mit unseren Eltern abgeschoben worden waren, machte uns niemand große Hoffnungen. Im Gegenteil. Alle lachten uns aus und sagten, dass wir schnellstens in die Realität zurückkehren sollten. Aber wir ließen uns von unserem Ziel nicht abhalten. Wo ein Wille, da auch ein Weg.

Da wir ein großes Grundstück hatten, wünschte ich mir einen Hund, aber meine Wünsche wurden wie fast immer bereits im Keim erstickt. Auf meine Gebete hörte schon lang niemand mehr. Ich konnte nicht verstehen, warum meine Eltern so stur waren. Wir besaßen alle Voraussetzungen für ein Haustier. Wenn ich sie zu sehr drängte, kamen Fragen wie: »Und, kümmerst du dich auch ganz allein um den Hund? Was passiert mit dem Hund, wenn wir verreisen? Gibst du ihm auch jeden Tag regelmäßig sein Futter?« Obwohl ich das alles tun wollte, rührte sich nichts. An einem sehr kalten Wintertag forderte mich Vater auf, mit ihm mitzukommen. Ich wusste nicht, wohin es ging. Auf meine Frage bekam ich keine Antwort. Der Bura stürmte wie verrückt. Manchmal hatte ich das Gefühl, unser Kombi würde jeden Moment umgerissen. Nach etwa einer halben Stunde kamen wir in ein Dorf am A ... der Welt. Vater hielt an und wir stiegen aus. Wir gingen in einen Hof und der Besitzer, der einen dicken Schal um sein Gesicht geschlungen hatte, begrüßte meinen Vater herzlich. Anscheinend kannten sie sich. Wir betraten eine kleine Scheune. In einer Kiste lagen sieben pechschwarze Hundebabys. Vater sagte, dass ich mir einen aussuchen konnte. Erst dachte ich, es wäre ein Scherz. Doch er betonte es noch einmal. Bevor er es sich doch noch anders überlegte, ging ich schnell in die Knie. Mein Blick fiel auf einen Welpen, der als einziger eine weiße Stelle am Hals hatte. Es sah aus, als trüge der Winzling eine weiße Kette um den Hals. Ich zeigte auf ihn. Der Besitzer reichte ihn mir und als ich ihn in der Hand hielt, fühlte ich mich, als hätte ich ein Baby bekommen. Ich war selig. Der Welpe war so winzig, dass er in meine Jackentasche passte. In der westlichen Welt wäre es verboten, ein zwei Wochen altes Hundebaby von seiner Mutter zu trennen, aber da unten waren die Hundebesitzer froh, wenigstens einen vermitteln zu können. Da sie die restlichen nicht behalten konnten, setzten sie sie irgendwo aus und überließen sie ihrem Schicksal. Das war schrecklich, aber zu der Zeit gab es in der Gegend keine Tierheime und einen Hund kastrieren zu lassen, war noch nicht so verbreitet. Im Auto kuschelte sich der winzige Welpe, der seine Augen noch nicht einmal aufmachen konnte, unter meinen Arm und hörte auf zu winseln. Er war nicht größer als eine dicke Maus, und selbst mir, die unbedingt einen Hund haben wollte, tat er ein bisschen leid. Aber ich schwor mir, alles zu geben, damit er überleben und ein schönes Zuhause bei uns haben würde. Auf der Rückfahrt krachte der Wind einmal so stark gegen unser Auto, dass Vater anhielt und große, schwere Steine in den Kofferraum packte, damit wir nicht umkippen. Zu Hause wunderten sich alle über so einen winzigen Hund.

Ich nahm eine Obstkiste, kleidete sie mit weichen Textilien aus und stellte sie vor unseren Holzofen, damit er es warm hatte. Ich erwärmte etwas Milch, zum Glück konnte er aus einem flachen Teller trinken. Nach ein paar Tagen öffnete er die Augen auf und wurde immer kräftiger und größer. Das bedeutete für mich einen großen Triumph und war gleichzeitig eine Bestätigung dafür, dass ich eine gute Tierpflegerin war.

Der Winter war in diesem Jahr saukalt und eines Tages wurde die Stadt vom Eis überzogen. Die ganze Stadt war eingefroren, die Straßen waren einzige Eisfelder, es gab kein Fortkommen mehr. Die Schulen und öffentlichen Einrichtungen wurden geschlossen, die Stromleitungen waren eingefroren oder gerissen. Wir hatten im Haus sieben Tage keinen Strom mehr. Von den Häusern und Bäumen hingen dicke Eiszapfen herab. Wir heizten unseren Wohnbereich mit dem Holzofen und schliefen alle in diesem Raum. Die restlichen Zimmer waren so eisig, dass selbst doppelte und dreifache Deckenlagen nichts geholfen hätten. Es war der schlimmste Winter, den ich je erlebt hatte. Tagsüber ging es irgendwie, aber wenn es gegen 17 Uhr dunkel wurde, mussten wir uns mit Kerzen und Büchern die Zeit vertreiben. Mir reichte mein geliebter Hund, den ich Jerry, nach der kleinen Maus in der bekannten Zeichentrickserie, genannt hatte. Jerry war ein Terrier. Da keiner von uns ein Spezialist für Tiere war, schaute ich, welches Geschlecht Jerry hatte. Ich kam zu dem Schluss, dass es ein Junge sein könnte. Vater war froh, dass es kein Weibchen war. Jerry war in der Nachbarschaft schnell beliebt, da er ein sehr guter Rattenfänger war. Es gab keine einzige Katze in der ganzen Umgebung, die besser Mäuse fangen konnte als Jerry.

Einmal hatte ein Nachbar eine Maus gesehen, die sich in seinem Brennholz versteckt hatte. Damit sie sich dort nicht vermehrte, wollt er sich unsere Katze ausleihen. Vater sagte, dass er einen besseren Spezialisten hätte. Der Nachbar schaute dumm aus der Wäsche, als Jerry und ich angetanzt kamen. Er lachte ungläubig. Jerry schnupperte einige Sekunden und fing an, kräftig mit seinem Schwanz zu wedeln. Vater nahm ein Stück Holz aus dem Stapel und Jerry bellte und wedelte immer stärker. Nach wenigen Minuten hatte Vater fast alle Holzstücke beiseite geräumt. Da sprang die Maus unter dem vorletzten Scheit heraus. Jerry schnappte sie sich und biss ihr die Wirbelsäule durch. Zur Krönung fand er noch ein Nest mit einem Haufen Mäusebabys, die er ebenso vernichtete. Sie taten mir wahnsinnig leid, aber so war das eben. Vater platzte schier vor Stolz und dem Nachbarn fiel die Kinnlade herab. Von da an war Jerry der Star in der Straße. Nur Kinder fürchteten sich vor ihm, da er, wenn er nicht angeleint war, hinter ihnen herrannte und laut bellte.

Nach knapp einem Jahr war Jerry ausgewachsen und bekam immer mehr Gewicht auf die Rippen. Obwohl er nicht viel mehr zu fressen bekam, wurde er breiter. Wenn wir ihn morgens von der Leine ließen, rannte er nicht mehr so stürmisch wie vorher, aber wir machten uns weiter keine Gedanken. Er war eben etwas verfressener und fauler geworden. Als ich ihm eines Morgens das Frühstück brachte, hörte ich ein Winseln, das aus seiner Hütte kam. Jerry kam langsam heraus und ich sah, dass sich in der Hütte etwas bewegte. Vor Schreck ließ ich den Teller fallen und schaute vorsichtig ins Innere. Drei kleine, neugeborene Hundebabys lagen drin und bewegten sich hektisch. So viel zu meiner Analyse, was das Geschlecht betraf. Schnell holte ich Vater, der genauso überrascht war wie ich. Er äußerte etwas Negatives über meine Hundekenntnisse, aber woher hätte ich es auch wissen sollen. Doch schon bald freuten wir uns über die kleinen, süßen Babys. Aber Jerry war sehr schwach, sie schien Schmerzen zu haben. Sie lag mit geschlossenen Augen da. Vater bekam Panik. Da es zu der Zeit keinen Tierarzt in der Nähe gab, untersuchte er die Hündin und stellte fest, dass Jerry noch einen kleinen Welpen im Körper hatte, der anscheinend tot war und nicht rauskommen konnte. Er schaute zwar ein paar Millimeter heraus, steckte aber im Geburtskanal fest. Vater war offensichtlich überfordert und wies mich an, das Tier herauszuziehen. Zuerst weigerte ich mich, aber als ich Jerry ansah, musste ich es einfach tun. Ich streifte Handschuhe über und zog den toten Welpen heraus. Es war ein schlimmes Erlebnis, aber Jerry erholte sich sichtlich und kümmerte sich liebevoll um die Babys. Wir verteilten die Kleinen später an irgendwelche Leute und Jerry blieb noch einige Jahre mit uns zusammen.

Hinter dem Haus erstreckte sich eine große Wiese, an dessen Ende ein großer Walnussbaum stand. Oft ging ich mit Jerry zu dem Baum. Kater Tom kam meistens von selbst hinterher. Wir saßen auf der Decke und ich las in meinen Kinderbüchern, die ich aus Bochum mitgenommen hatte. Ich beschäftigte mich viel lieber mit der deutschen, statt mit der kroatischen Sprache. Marta, Ani und ich sprachen miteinander Deutsch, damit die Eltern nicht verstehen konnte, was wir sagten. Wir fanden es amüsant, dass die Eltern dann nicht wussten, was wir im Schilde führten.

Eines Tages besuchten wir einen älteren Mann, der Ziegen hatte. Ich verliebte mich in die Kleinen, die nur wenige Tage alt waren. Schließlich sagte ich mehr aus Spaß, dass ich auch gern so kleine Ziegen hätte. Daraufhin fragte mein Vater den Mann spontan, ob er welche verkaufen würde. Mutter rollte mit den Augen und der Mann sagte, dass Vater gern ein paar Tiere haben könne. Sofort baute Vater ein kleines Gehege für die Tiere. Ein paar Tage später parkte ein Transporter vor unserem Haus und eine Ziege und zwei kleine Zicklein kamen heraus. Mutter schimpfte mit Vater, was das denn sollte, und ob er noch alle Tassen im Schrank hätte. Doch er verteidigte sich mit der Begründung, dass ich welche haben wollte. Als ob ich je gefragt worden wäre. Er kaufte sie für sich und schob die Schuld auf mich. Die Ziegen zogen in das Gehege und ich musste frisches Gras von der Wiese holen und die Tiere versorgen. Die Kleinen waren zwar süß, aber die Aufgabe, die Ziegen zu versorgen, war mir einfach zu viel. Als ich in die Pubertät kam, wollte ich den Jungs und nicht den Ziegen hinterherrennen. Meine Aufgabe war mir dermaßen peinlich, dass ich immer erst aus dem Fenster sah, ob die Nachbarn draußen standen. Wenn keiner da war, rannte ich hinaus und führte die Ziegen auf die Weide, wo sie den ganzen Tag verbrachten. Bei unseren Nachbarn gegenüber versammelten sich immer Jugendliche. Jeden Abend, wenn ich die Ziegen von der Weide holte, saßen sie draußen und schauten mir lachend zu. Am liebsten wäre ich im Erdboden versunken, aber ich ließ mir nichts anmerken. Vater hatte ich in Gedanken schon mehrmals umgebracht. Er wollte die Ziegen einfach nicht abschaffen. So bleiben sie ganze zwei Jahre bei uns. Außerdem schmeckte die Ziegenmilch furchtbar.

Als unsere Eltern spontan für ein Wochenende nach Bosnien fahren wollten, kam mir eine grandiose Idee. Mit Anis moralischer Unterstützung rief ich Radio Knin an, wo man von 15 bis 16 Uhr Verkäufe anmelden konnte. Ich sagte klipp und klar, dass ich zwei Ziegen zu verkaufen hätte. Kurz darauf meldete sich ein Mann und ich sagte, dass ich beide Tiere für 200 DM abgeben würde. Der Mann kam umgehend und lud die Ziegen in seinen Laster. Man musste kein Profi sein, um zu merken, dass ich sie fast hergeschenkt hatte. Aber ich wollte die Viecher einfach nur loswerden und endlich ein ganz normales Teenagerleben führen. Als unsere Eltern nach ein paar Tagen zurückkamen und erkannten, dass es keine Ziegen mehr gab, war Vater so richtig wütend auf ich, , aber ich spürte, dass Mutter insgeheim stolz auf uns war, wenn sie es auch nicht offen zeigte. Vater ärgerte sich zudem über den Preis und beschimpfte mich für die Idee und das schlechte Verhandlungsgeschick.. Ani und ich gingen an diesem Abend zwar ohne Abendessen, aber mit einem breiten Grinsen im Gesicht ins Bett.

Nach drei Jahren ging die unbeschwerte Zeit langsam zu Ende. Obwohl Sylvie, Danni und ich uns sicher waren, in Knin nur auf der Durchreise zu sein, hatten wir auch ein paar schöne Momente erlebt. Auch als Vierzehnjährige blödelten wir immer noch rum. Jungs interessierten uns nicht so sehr, wie man es vielleicht in dem Alter vermuten würde. Die Zeit der Grundschule war vorbei und wir mussten uns entscheiden, welchen Weg wir im Leben wählen wollten. Es war nicht einfach, weil eine derartige Entscheidung das gesamte Leben verändern konnte. Ich hatte mir schon oft die Frage gestellt, was ich im Leben gerne machen würde. Mein Herz sagte mir, dass ich Tierpflegerin werden möchte. Mutter respektierte meinen Wunsch und fand eine Schule im achtzig Kilometer entfernten Zadar. Dort hatten sie sogar ein Wohnheim, in dem ich hätte kostenlos wohnen können. Doch mein Verstand sagte mir, dass ich in Anis Fußstapfen treten und eine Ausbildung zur Krankenschwester machen sollte, weil Krankenschwestern es leichter hatten, einen Job zu finden. In Deutschland wäre das Diplom meine Eintrittskarte, da mir zu Ohren gekommen war, dass Pflegepersonal dort Mangelware war. Mutter und Vater waren skeptisch und fragten mich noch einmal nach meinem Berufswunsch. Mit einem weinenden Auge blieb ich bei meiner Entscheidung. Aber mir war schon damals bewusst, dass ich als Tierpflegerin nirgendwo einen Job finden würde. Sylvie ging aufs Gymnasium und Danni machte eine Ausbildung zur Verkäuferin. Beide blieben in Knin und auf mich wartete das gleiche Schicksal, für das ich Ani einmal ausgelacht und bemitleidet hatte. Nun hieß es jeden Morgen um fünf Uhr aufstehen und spät am Abend zurückkommen, eineinhalb Stunden mit dem Bus fahren, praktischer Unterricht im Krankenhaus, zwei bis drei Stunden frei, von 14 bis 20 Uhr theoretischer Unterricht, eineinhalb Stunden

Busfahrt nach Knin und 45 Minuten nach Hause gehen. So ging es Tag für Tag, Woche für Woche. Es war wirklich anstrengend, aber welche Wahl hatte ich wohl? Die Eltern konnten eine Wohnung in Sibenik nicht bezahlen und waren froh, wenn sie das Geld für die Busfahrkarte hatten. Ich war aber nicht die Einzige, die mit dem Bus zur Schule fuhr. Schnell freundete ich mich mit Kristina aus einem Nachbarort an. Wir wurden enge Freundinnen und das ist bis heute so geblieben. Wir saßen im theoretischen Unterricht nebeneinander. Da sie die Klassenbeste war, half sie mir, mich auf die Prüfungen vorzubereiten. Ich hatte es ihr zu verdanken, dass ich alles so gut überstehen konnte und mit einigermaßen ordentlichen Noten abschloss. Da Kristina ebenfalls kein Geld hatte, teilten wir uns jeden Cent und kauften uns immer nur das Billigste zum Essen; meistens Weißbrot mit einer billigen Salami, das den ganzen Tag reichen musste. Schokolade sahen wir nur im Schaufenster und wenn mal eine Stunde ausfiel, schauten wir uns Klamotten an, kaufen konnten wir sie uns natürlich nicht. Eines Tages entdeckte ich in einem Schaufenster traumhafte Flipflops mir Fransen, die einfach der Hammer waren. Sie kosteten fünfzig Kuna, umgerechnet sieben Euro, und ich musste sie unbedingt haben. Ich bekam jeden Tag zehn Kuna fürs Essen. Um dieses Geld sparen zu können, nahm ich mir die ganze Woche etwas von zu Hause mit. Das war ganz schön hart, weil ich den ganzen verdammten Tag in Sibenik hocken musste. In den Freistunden suchten die meisten Schülerinnen ein nahe gelegenes Café auf. Kristina und ich gingen in den Stadtpark. Ich holte meine Plastikbox mit dem Strudel, den Mutter einen Tag zuvor gebacken hatte, heraus und teilte ihn mit Kristina. Sie hatte selbstgemachtes Brot und luftgetrockneten Schinken von ihren Großeltern dabei. Wir fühlten uns armselig. Aber irgendwann mussten wir lachen und fragten uns, ob wir jemals über diese Situation würden lachen können. Wir konnten uns nicht mehr vorstellen, dass wir irgendwann besser leben könnten, weil wir zu der Zeit einfach kein Licht am Ende des Tunnels sahen. Nach einer Woche kaufte ich mir die Flipflops. Ich musste feststellen, dass sie zwischen den Zehen drückten und zog sie nicht oft an. Zu Kristinas Frage kann ich heute sagen, dass wir nun wesentlich besser leben. Sie hat studiert und ist eine leitende Krankenschwester in einer Notaufnahme. Bei ihren Kollegen ist sie angesehen und beliebt. Sie hat zahlreiche Freunde. Da wir weit voneinander entfernt wohnen, sehen wir uns selten. Aber wenn wir uns sehen und unsere hart erarbeiteten Markentaschen spazieren führen, erwähnen wir immer die Situation mit dem Strudel aus meiner Plastikbox und ihrem leckeren Schinken, den wir uns bei Wind und Wetter im Stadtpark geteilt hatten.

Die Karawane zieht weiter

Nach fünf langen Jahren in Knin mussten sich unsere Eltern eingestehen, dass wir von der Politik ausgetrickst worden waren. Uns Bosniern war nach dem Krieg viel versprochen worden, um uns in die Region zu locken und die Häuser der geflüchteten Serben zu füllen, damit sie nicht mehr zurückkehren konnten. Uns waren Arbeitsplätze, finanzielle Hilfe beim Hausbau, guter Standard und vieles mehr zugesagt worden. Aber nach fünf Jahren standen wir da und nichts von dem, was die Herrschaften im Parlament verkündet hatten, war wahr geworden. Mutter arbeitete zwar als Verkäuferin in einem Supermarkt, aber für Vater gab es in Knin nie einen Job. Er arbeitete die ganzen fünf Jahre in Rogoznica, dem kleinen Ort an der Küste, in dem Ani und ich als Kinder für kurze Zeit bei der Tante mit Oma und Opa untergebracht worden waren. Dort gab es Ende der Neunzigerjahre einen Bauboom. Es wurden so viele Häuser und Wohnungen gebaut wie nie zuvor. Die Anzahl der Häuser hatte sich innerhalb von fünf Jahren verfünffacht. Vater lebte während der fünf Jahre in Rogoznica und kam nur am Wochenende nach Hause. Für uns Kinder war es auf einer Seite gut, weil er sehr streng war und wir, wenn er zu Hause war, nicht immer weggehen durften. Wir mussten uns immer gut vorbereiten und tief Luft holen, um ihn zu fragen, ob wir am helllichten Tag in die Stadt gehen durften. Über Dates zu sprechen oder gar Jungs mit nach Hause zu bringen, wäre glatter Selbstmord gewesen, weshalb wir das nicht einmal versuchten. Ani war schon damals fast 19 Jahre alt und unsere Nachbarn hatten einen Verwandten, der in Österreich lebte. Dieser Verwandte hatte einen 25-jährigen Sohn. Die beiden kamen mehrmals im Jahr, um die Verwandten in Knin zu besuchen. Jedes Mal, wenn sie da waren, hing Ani am Fenster und beobachtete schwärmerisch den jungen, hübschen Mann. Obwohl sie es nie zugab, war meine 19-jährige Schwester unübersehbar über beide Ohren verknallt. Irgendwann trafen sie vor dem Haus aufeinander und lernten sich kennen. Der junge Mann war wohl auch von Ani sehr angetan. Sie verabredeten sich unter der Woche zum Kaffee trinken, er holte sie ab und sie gingen in die Stadt. Alles lief gut und da Ani auch etwas Gutes für ihn machen wollte, backte sie einen Kuchen und lud ihn für Freitagabend ein. Da Vater erst am Samstag nach Hause kommen würde, hatte Mutter nichts dagegen. Der junge Mann kam um Punkt 19 Uhr mit einem Strauß Blumen zu uns. Ani strahlte über das ganze Gesicht und wurde rot vor Verlegenheit. Kurz darauf flitzte unser grauer Kombi über den Feldweg und ließ eine große Staubwolke hinter sich. Mir rutschte fast das Herz in die Hose. Vater kam, wie vom Teufel gerufen, einen Tag früher nach Hause, stieg ahnungslos die Treppe herauf und blieb an der offenen Wohnzimmertür stehen. Der junge Mann stand auf und begrüßte unseren Vater. Der ging ohne ein einziges Wort an ihm vorbei und stieß irgendwo auf Mutter. Ich hörte nur etwas wie »Habe ich ihn gebeten, zu kommen? Es ist mein Haus und ich werde mich so benehmen, wie ich es für richtig halte!«. Nach einer Weile fluchte er über die Waschmaschine, die nicht richtig funktionieren wollte. Dann rief er: »Lass mich doch in Ruhe, es interessiert mich nicht, ob wir Besuch haben!« Ani schämte sich in Grund und Boden. Der junge Mann stand daraufhin schnell auf, verabschiedete sich höflich und ging. Er lud zwar Ani ab und zu ein, mit ihm in die Stadt zu gehen, aber zwischen ihnen stand, obwohl sie sich gut verstanden, der Vorfall mit Vater. So wurde nichts Ernstes daraus, was Ani ein wenig bedauert hat. Nachdem der Kerl weg war, erwähnte Vater die Situation nie wieder und tat, als wäre nichts passiert.

 Eines Tages teilten uns die Eltern mit, dass Vater ein Grundstück in Rogoznica gefunden hatte und wir nun ein eigenes Haus bauen würden. Im ersten Moment erschraken wir, auf der anderen Seite konnte uns nach so vielen Umzügen nichts mehr überraschen. Der Hausbau war für das bevorstehende Jahr geplant und somit noch mehr Sparen angesagt. Ani rief immer wieder in der Deutschen Botschaft in Zagreb an und bettelte um einen Job innerhalb der Bundesrepublik. Nach etlichen gescheiterten Versuchen und einigen Monaten später wurde sie mit einem netten Mann verbunden, der ihr einen Job in München anbot. Tatsächlich, sie bekam eine Stelle als Krankenschwester in einem privaten Pflegeheim. Nachdem sie ihr Visum in der Tasche hatte, ging alles ganz schnell. Innerhalb weniger Wochen packte sie ihre Sachen und war weg.

Das Haus war leer ohne sie und meine Mutter kämpfte täglich mit den Tränen. Für sie war es besonders schwer, ihr erstes Kind gehen zu lassen, vor allem ins Ungewisse. Sie hatte immer Angst vor Betrügern. Nicht selten hört man Geschichten darüber, dass jungen Frauen seriöse Jobs versprochen wurden und dann landeten sie im Rotlichtmilieu. Aber Ani ging es gut. Sie hauste zwar anfangs im Dachgeschoss des Pflegeheims, musste die ständig betrunkene Chefin ertragen und verdiente lächerliche 1000 Euro im Monat, aber sie kämpfte weiter und wollte auf keinen Fall zurückkehren, um ohne Job wieder bei den Eltern zu wohnen. Sie rief oft an und erzählte von ihrem bescheidenen Leben im fernen Deutschland. Aber wir redeten ihr immer wieder gut zu und gaben ihr Kraft durchzuhalten.

Der Hausbau begann. Am Freitag nach der Schule fuhr ich zu Vater und half ihm, die Fundamente des Hauses anzuordnen. Ich musste immer irgendwelche Bretter halten und eine lange Schnur hin- und herziehen, aber angeblich half ich ihm sehr, da er sonst hätte Hilfsarbeiter bezahlen müssen. Das wäre auf Dauer ganz schön teuer geworden. In den Sommerferien kündigte Mutter ihren Job im Supermarkt, um Vater beim Hausbau zu unterstützen. Sie mischte Zement, reichte ihm die Ziegelsteine und wurde rasch zu einem guten Hilfsarbeiter. Manche Leute schauten skeptisch und lästerten nach dem Motto, der lässt seine Frau arbeiten oder der Geizkragen will keinen Hilfsarbeiter zahlen und seine Frau muss ran. Keiner verstand, dass es anders einfach nicht ging. Nach einigen Monaten war es dann soweit. Marta und ich waren endlich erlöst und unsere Einsamkeit in dem großen Haus, in dem wir praktisch monatelang allein gelebt hatten, war vorbei. Wir sagten unserem alten Haus in Knin auf Wiedersehen. Wir rumpelten ein letztes Mal mit unserem Kombi über den Feldweg, einen Lastwagen mit unseren Sachen im Schlepptau. Ein trauriges Gefühl stieg in mir auf. Obwohl es nicht unsere wahre Heimat war, hatten wir fünf schöne Jahre in dem Haus erlebt. Ich hatte dort meine Firmung gefeiert und Marta ging in die erste Klasse. Sie erinnert sich noch heute gern an die Zeit in Knin. Auch ich verbinde immer noch sehr schöne Momente mit unserer Familie mit dieser Zeit. Wir hatten oft Besuch von lieben Freunden und Verwandten. Meine geliebte Oma haben wir lange in dem Haus gepflegt, bevor sie im Krankenhaus verstorben ist. Die schöne, große Wiese hinter dem Haus und den Walnussbaum vermisse ich heute noch. Ja, sogar die dämlichen Ziegen. Warum hatten wir so ein Karawanenleben geführt, heute hier, morgen Gott weiß wo? Vater versprach uns, dass wir nirgendwo mehr hinziehen müssten und dass das neue Haus für immer uns gehören würde. Das wollte ich auch schwer hoffen, denn für das neue Haus musste ich meinen Führerschein und meine Klassenfahrt sausen lassen. Für mich gab es kein Geld. Ich musste für alles Verständnis haben und freundlich dabei lächeln. Als ich mich auf dem Feldweg noch einmal nach unserem Haus umdrehte, liefen mir ein paar Tränen über die Wange, die ich schnell mit meinem Ärmel wegwischte, denn Schwäche zeigen, war auch nicht gern gesehen.

Unser neues Haus war auch nicht nur annähernd fertig gewesen. Die Fenster waren improvisiert, es gab keine Türschwelle, im gesamten Wohnbereich fehlten die Fliesen und Parkettböden, weil das Geld ausgegangen war. Überall war Linoleum auf dem nackten Beton ausgebreitet. Von den Möbeln war nur eine große Couch da, alles andere war noch auseinandergebaut und verpackt. Am 1. November regnete es so stark, dass unser Haus überflutet wurde. Wir versuchten, große Plastiktüten an der Stelle zu befestigen, wo eigentlich die Türschwelle hätte sein sollen, was natürlich nicht funktionierte. Wir schaufelten ununterbrochen das Wasser raus und blieben fast die ganze Nacht wach. Innerlich verfluchte ich dieses neue Haus. Es war mir unbegreiflich, wie Vater seine Familie in ein nicht fertiges Haus ziehen lassen konnte. Vor allem war ich wütend, dass wir in ein so kleines Fischerdorf, wo ich kein Schwein kannte, gezogen waren. Heute weiß ich, dass Vater wollte, dass wir so schnell wie möglich alle wieder unter einem Dach lebten. Baufortschritt gab es auch. Alle paar Monate wurde etwas fertiggestellt, zuerst die Bodenbeläge in den Schlafzimmern, nach ein paar weiteren Monaten wurde die Küche vollendet. Irgendwann bekamen wir dann auch einen richtigen Zugang zum Haus und mussten nicht mehr über ein langes Brett zur Tür gehen. Es ging im Schneckentempo voran, und wehe jemand von uns meckerte. Dann bekamen wir schnell unser Fett weg. »Woher soll ich das Geld denn nehmen? Wisst ihr, wie lange ich dafür sparen musste? Glaubt ihr, das Geld wächst auf den Bäumen …?«, erboste sich Vater. Marta und ich steckten schon so viel zurück, dass mehr kaum möglich war, und kotzten uns gegenseitig aus. Ani war zu der Zeit eine sehr große Hilfe gewesen. Jahrelang sparte sie fast ihr ganzes Geld und schickte es den Eltern, damit sie mit dem Haus vorwärtskamen. Ohne sie wäre gar nichts mehr gegangen. Das rechnet ihr Vater noch heute sehr hoch an.

Mit der Zeit wurde aus Rogoznica ein richtig schöner Urlaubsort. Für jeden war etwas dabei. Familien mit Kindern hatten es besonders gut. Die Kinder konnten umherspringen, da sich der Verkehr sehr in Grenzen hielt. Das türkisfarbene, saubere

Meer ließ alle Herzen höherschlagen und das milde Klima erlaubte Urlaubern sogar im Mai und September schwimmen zu gehen. Obendrein konnte man den Ort gut über die Autobahn erreichen. Für junge Leute gab es schicke Cafés und Restaurants. Wem das immer noch nicht reichte, konnte sich in einem angesehenen Klub nur wenige Kilometer entfernt bis in die Morgenstunden vergnügen und von internationalen DJs verwöhnen lassen. Inzwischen ist Rogoznica einer Art Geheimtipp geworden. Klein, aber fein mit wunderschönen Stränden, dem offenen Meer und einer tollen Marina. Da wir zum Winter umgezogen waren, war alles leer und verschlafen. Ich fragte mich oft, wie viele Einwohner der Ort hatte. Es gab viel mehr Häuser als Menschen, da viele nur Ferienhäuser hatten, die sie nur in den Sommerferien bewohnten. Da ich keinen Menschen außer meiner Familie kannte, ging ich oft mit Jerry am Strand spazieren und genoss die schöne Aussicht. Marta fand in der Grundschule automatisch neue Freunde. Im folgenden Sommer besuchte mich Sylvie. Danni blieb sogar zwei Wochen. So konnten wir einiges unternehmen. Ausgehen war angesagt. Natürlich mussten wir jedes Mal Vater fragen, aber er hatte komischerweise nie etwas dagegen. Immerhin war ich schon siebzehn und meine Hormone spielten verrückt.

Im Juli und August jobbte ich in einer schönen, privaten Arztpraxis, die eine Mutter von Martas Mitschülerin betrieb. Ich verstand mich mit der Ärztin sehr gut und lernte einiges dazu. Sie gab mir etwas Taschengeld und wir waren zufrieden. Unter unseren Patienten gab es sehr viele Deutsche und Österreicher, mit denen ich fließend Deutsch sprach, was mich sehr stolz machte. Die Patienten waren sehr zufrieden, dass sie in der Praxis jemand verstand und gut betreute. Endlich zahlten sich meine Deutschkenntnisse aus und die Ärztin war äußerst zufrieden. Irgendwann tauchte ihr Sohn auf. Er war sieben Jahre älter als ich, ein scheuer, nicht gerade gesprächiger junger Mann, der Medizin studierte. Er hatte blonde Locken und passte so überhaupt nicht in die südländische Region. Ich machte mich insgeheim lustig über ihn, vor allem weil sein Kleidungsstil nicht gerade seinem Alter entsprach. Wir sprachen den ganzen Sommer über kaum ein Wort, obwohl er auch jeden Tag bei seiner Mutter aushalf. Ein seltsamer Mensch, aus dem ich nie so richtig schlau geworden bin, obwohl ich mich sehr lange um ihn bemüht habe. Keiner konnte zu dem Zeitpunkt wissen, dass er irgendwann später meine erste große Liebe sein wird, mit dem ich sogar vor den Altar treten würde.

Meine Karriere

Im darauffolgenden Sommer beendete ich meine Ausbildung und Vater setzte mich, was meine berufliche Zukunft anging, sehr unter Druck. Er wollte unbedingt, dass ich zu Ani nach München gehe und dort ein neues, schöneres, besseres Leben führen sollte. Er meinte, dass ich in Kroatien keine Perspektive hätte, weil die Gehälter sehr niedrig sind und ich ohne Beziehungen sowieso keinen Job kriegen würde. Je mehr Druck er ausübte, desto reaktionärer wurde ich. Seine Rechthaberei ging mir tierisch auf die Nerven. Ich war achtzehn und wollte mir nichts mehr sagen lassen. Nach ein paar Wochen stellte er mir ein Ultimatum: »Entweder du gehst nach Deutschland oder du findest hier eine Stelle und ziehst aus.« Für viele unvorstellbar, aber so war mein Vater eben. Seine Aussage wunderte mich nicht wirklich. Um ihm zu zeigen, dass ich es auch ohne seine Ratschläge schaffen konnte, ging ich zum Arbeitsamt und suchte mir eine Stelle. Die Angestellte teilte mir mit, dass eine private psychiatrische Einrichtung eine Krankenschwester suchen würde. Gleichzeitig warnte sie mich, dass die dortigen Zustände nicht besonders gut seien und viele nach wenigen Tagen kündigen würden. Auf meine Frage, ob es noch weitere Angebote gab, schüttelte sie den Kopf und machte ein Gesicht, als wollte sie mir vermitteln, dass meine Frage ziemlich dumm war. Also nahm ich das Angebot an. Ich rief sofort das psychiatrische Heim an und vereinbarte einen Termin für ein Vorstellungsgespräch. Die Leiterin der psychiatrischen Einrichtung machte mir klar, dass sie eigentlich keine Krankenschwester, sondern eine Putzfrau benötigte. Aber offiziell musste sie nach einer Krankenschwester suchen, weil die Behörden es vorschrieben. Ich schluckte erstmal und hörte mir alles an. Dann fragte sie, ob ich einverstanden wäre. »Wann kann ich anfangen?«, wollte ich wissen.

In wenigen Tagen sollte es losgehen. Ich eröffnete ein Bankkonto und zog in das Zimmerchen, das mir die Besitzer zur Verfügung stellten, weil die Einrichtung fünfzig Kilometer von Rogoznica entfernt war und sich die Buskosten nicht gerechnet hätten. Mein Gehalt betrug umgerechnet 400 Euro im Monat. Es reichte für nichts. Ich wollte es unbedingt durchziehen, um mich einmal im Leben meinem Vater entgegenzustellen, der mit mir nicht mehr redete. Bevor ich aber endgültig das Haus verließ, sagte er: »Du wirst eines Tages sehen, dass ich im Recht bin. Spätestens dann, wenn du feststellst, dass du dir von deinem Gehalt nichts leisten kannst. Du siehst doch, wie deine Mutter und ich uns quälen. Warum tust du dir das an?«. Ich ließ mich nicht davon abbringen, wollte endlich nach meinen Vorstellungen handeln. Jeder Arbeitstag begann damit, dass ich erst mal einen Eimer mit Wasser füllte und einen Spritzer Meister Propper hinzufügte. Dann ging es mit einem Wischmopp hin und her. Es gab zwei große Häuser mit vierzig Bewohnern. Da fast alle mobil waren, musste ich höchstens ab und zu mal bei einigen Patienten Blutzucker messen und Insulin spritzen. Das war meine ganze medizinische Arbeit, ansonsten wartete der Putzlappen auf mich. Es gab sehr viele Toiletten, die täglich geputzt werden mussten wie alle anderen Räumlichkeiten auch. Das Beste war, wenn der Chef höchstpersönlich vorbeikam und mit dem Finger über die hohen Schränke fuhr, den er mir dann vor die Nase hielt, weil da noch immer Staub lag. Ich hätte ihm jedes Mal den Wischmopp um die Ohren hauen können. Stattdessen lächelte ich verbindlich und entfernte den Staub. Das Haus hatte noch einige Pflegehelferinnen, die ebenfalls putzen mussten, nur noch extremer. Sie schrubbten auf den Knien die Balkone und putzten auf einer hohen Leiter stehend die zahlreichen Fenster. Mir wurde beim Zuschauen schon schwindelig. Die Angestellten, die schon länger dort arbeiteten, hatten regelrecht Angst vorm Chef, da er sie wegen jeder Kleinigkeit zusammenstauchte, was vor meinen Augen schon mehrmals passiert war. Das Schlimmste war, dass es nur um Kleinigkeiten ging, etwa, dass sie ein Hemd falsch gebügelt oder die Bettwäsche falsch zusammengelegt hätten. Das war Psychoterror und nicht auszuhalten. Ich musste oft in der Küche aushelfen, da es nur eine Köchin gab. Wie sie es wohl vorher geschafft hatte, alles vorzubereiten und dann noch für fünfzig Leute zu kochen? Ständig musste ich die großen Töpfe schrubben und mich mehrmals umziehen, weil ich von oben bis unten mit Fett und Schmutz bedeckt war. Einmal saß ich draußen in der prallen Sonne und schälte gefühlte 100 Kilo Kartoffeln für das bevorstehende Abendessen. Plötzlich ging mir durch den Kopf, ob ich wirklich so enden wollte? Soll ich mich mein ganzes Leben lang von irgendwelchen Idioten anschreien lassen? Konnte ich eigentlich noch tiefer sinken oder war das hier schon das tiefste Level in meiner Laufbahn? Die wichtigste Frage war für mich, ob ich in dieser Situation jemals lachen konnte.

Nach mehreren Monaten des Psychoterrors und des ewigen Putzens entschied ich mich, eine andere Stelle zu suchen. Als mir eine Freundin eine Stelle in einem Pflegeheim, in dem sie selbst arbeitete, anbot, nahm ich das gern an. Es war der gleiche Mist, nur anders verpackt. Aber wenigstens gab es keine Chefs, die einen ständig überwachten. Es gab überhaupt niemanden, der sich um die Patienten oder um uns kümmerte. Das Pflegeheim bestand aus drei kleineren Wohnhäusern, die für ältere, schwache und gehbehinderte Menschen überhaupt nicht geeignet waren. Überall gab es schmale Gänge, steile Treppen und überfüllte Zimmer. Ich wusste nicht, wie einige Patienten überhaupt in ihre Zimmer kamen. Es gab keine Aufzüge. Die Betten waren nicht elektrisch, sondern ganz normale Gestelle ohne irgendwelche Extras. Es war grauenvoll. Der Koch bekam von den Besitzern nicht genügend Geld zur Verfügung und konnte deshalb nicht vernünftig einkaufen. Oft gab es am Abend nur Maismehl mit Milch oder eine Scheibe Brot mit Marmelade. Die

Eigentümer des Heimes kassierten vom Staat das Geld, taten den Patienten aber nichts Gutes. Es war mir ein Rätsel, warum sich so schlechte Menschen nicht davor fürchteten, eines Tages vor den lieben Gott verantworten zu müssen. Es gab nicht einmal genügend Waschlappen und Handtücher, geschweige denn Bettlaken oder Kissenbezüge. Wir mussten immer wieder improvisieren und die Menschen oft mit einem Teil einer Pyjamahose waschen und mit dem anderen Teil abtrocknen. Morgens bekamen die Patienten eine frische Windelhose mit einer Einlage. Die Einlage wurde um 14 Uhr herausgezogen, aber die Windelhose blieb bis zum nächsten Morgen dran, weil uns befohlen wurde, Windelhosen zu sparen. Oft hatten wir für den Tag nur so viele, dass es knapp reichte. Hatte jemand »groß« gemacht, hatten wir immer ein Riesenproblem. Es gab auch keine Patientenglocken, da im Vorjahr draußen ein Blitz in die Anlage eingeschlagen hatte. Seitdem war es nicht repariert worden. Das war ein Unding. Wenn wir draußen waren und Hilferufe aus den Zimmern hörten, eilten wir nach oben, um zu sehen, was los war. Die Wäsche mussten wir natürlich auch selbst waschen. Da die Waschmaschinentür nicht ganz zugehen wollte, mussten wir sie mit einem langen Stock stützen und die nasse Wäsche dann draußen aufhängen. Da der Koch am Sonntag frei hatte, mussten wir Schwestern das Essen kochen und verteilen, abräumen, das Geschirr von Hand spülen, nebenbei zu zweit 50 Bewohner betreuen. Bis heute frage ich mich, wie der Staat es überhaupt zuließ, dass jemand ein Pflegeheim unter solchen Bedingungen eröffnen konnte. Ich hoffe sehr, dass das Heim heute nicht mehr existiert oder dass es zumindest eine dicke Renovierung erfahren hat und von verantwortungsvollen Menschen geführt wird.

Als ich einmal mit einer Arbeitskollegin mit dem Bus nach Hause fuhr, zeigte sie auf einen Berg über Sibenik und sagte wütend: »Wegen dem Haus da oben verdienen wir so wenig.

Unsere Chefs bauen sich da oben eine Villa! Siehst du das weiße Haus dort? Deshalb geht es uns allen so schlecht. Sie stecken das ganze Geld in den Bau und wir müssen darunter leiden.« Da packte auch mich die Wut. Wie konnten sie sich ruhigen Gewissens auf Kosten kranker und armer Menschen eine Villa bauen? Hinzu kam, dass wir unsere Gehälter oft erst mit tagelanger Verspätung bekamen und froh sein mussten, wenn wir unser Geld überhaupt erhielten. Für eine große Villa in Sibeniks Nobelgegend hatten sie dem Teufel ihre Seele verkauft und gehofft, ein schönes und unbeschwertes Leben zu führen. Aber ich war davon überzeugt, dass der Teufel auf seinen großzügig bemessenen Anteil nicht verzichten würde.

Nach einem Jahr wollte ich in Zagreb mein Glück versuchen. Da junge Schwestern ohne Beziehungen keine Chance hatten, in einem Krankenhaus eine Stellung zu bekommen, wartete ein weiteres Pflegeheim auf mich, allerdings ein städtisch geführtes, das richtig gut organisiert war. Ich blieb zwei Jahre dort. Doch da auch hier das Gehalt kaum zum Leben reichte, entschied ich mich, zu handeln. Ich konnte nicht ausgehen, geschweige denn Urlaub machen. Geringster Luxus lag in unerreichbarer Ferne.

Ich musste mir eingestehen, dass Vater mit seiner Prophezeiung Recht hatte. An einem Wochenende besuchte ich meine Eltern und teilte ihnen mit, dass ich mein Visum für Deutschland beantragt und eine befristete Arbeitsgenehmigung erhalten habe. Vater sprang triumphierend von seinem Stuhl auf. Ich musste mir stundenlang anhören, wie recht er die ganzen Jahre gehabt hatte und dass ich naiv und blöd war. Als wäre das nicht genug gewesen, musste ich noch gestehen, dass ich gescheitert war und bestätigen, dass er das alles vorausgesehen hatte und nur das Beste für mich wollte. Am liebsten hätte ich mich umgedreht und wäre einfach gegangen, aber ich wollte keinen Ärger machen. Immerhin hatte ich es versucht und alles gegeben, was mir möglich war. Ich hatte ein normales Leben führen wollen, was sich am Ende als unmögliche Mission herausgestellt hatte. Das Geld hatte oft vorne und hinten nicht gereicht. Allein die Lebensmittel waren viel teurer als in Deutschland, dafür waren die Gehälter fünfmal niedriger. Mein Visum bekam ich sehr schnell, da ich alle Voraussetzungen erfüllte. Ich war sehr jung, beherrschte die deutsche Sprache und hatte eine gute Schulausbildung, die sehr gefragt war. Ani half mir bei der Wohnungssuche, da München nun mal das teuerste Pflaster in Deutschland ist und Wohnungen sehr knapp waren. Ich bekam sofort eine Stelle in einem Krankenhaus, was in Kroatien ohne Vitamin B unmöglich war. Ich spürte, dass ich endlich im Leben angekommen war und dass ich von hier nicht mehr so schnell weg wollte.

München bot mir all das was ich in meiner ehemaligen Heimat jahrelang so vermisst habe. Ich konnte mich endlich in meinem Beruf entfalten, das tun wofür ich 4 lange Jahre hart gearbeitet habe und vor allem das Gehalt zu bekommen was ich auch wirklich verdiene. Die Leistungen die man tagtäglich erbringt werden geschätzt und für alles gibt es zumindest ein *Dankeschön* was in Kroatien nicht so üblich war. Die Ärzte mit denen man arbeitete benutzten immer die Wörter wie *Bitte, entschuldige, dass ich störe* oder *Kannst du das für mich tun* was für mich total ungewöhnlich war. Ich erzählte meinen Freundinnen von der anderen Art des arbeiten und einige konnten es nicht glauben weil bei uns waren die Ärzte immer noch die Götter im weiß und so benahmen sie sich auch meistens. Jeder der über den anderen stand war automatisch etwas Besseres und dass ließ er die anderen auch deutlich spüren. Ich war so froh dass ich dem primitiven Umfeld entkommen konnte und aus der heutigen Sicht über genau diese hochnäsigen Wichtigtuer lachen kann.

Da ich keine größeren Verpflichtungen hatte nahm ich das Angebot gerne an noch einen Nebenjob zu machen wofür mich einige deutsche Kolleginnen ziemlich bemitleidet haben weil sie der Meinung waren, dass man mit einer Vollzeitstelle auf keinen Fall noch einen zusätzlichen Job machen kann, weil der Körper nicht genug Erholung hat. *Euer deutscher Körper vielleicht nicht, aber mein Balkanherz schlägt dynamischer und mein bosnisches Blut fließt schneller durch meine Adern als euer* waren meine Gedanken, aber ich sagte es natürlich nicht laut. Wenn man in der Heimat noch Familie hat die Unterstützung braucht dann ist keine Arbeit zu schwer denn man weiß wofür man arbeiten geht und warum man jeden Cent auf die Seite legt.

Zum Glück ging es nicht nur mir so, denn in der Abteilung, in der ich arbeitete, waren zu 80% Mitarbeiter aus Ex-Jugoslawien. Sogar die Stationsleitung war eine Bosnierin, was mich ziemlich überraschte. Andere kamen aus Kroatien, Serbien oder Mazedonien, wir sprachen alle dieselbe Sprache und mussten uns beherrschen vor den deutschen Kollegen auch deutsch zu sprechen, was nicht immer leicht war. Die Deutschen beschwerten sich oft über uns und hatten Angst, dass wir etwas Böses über sie reden könnten, was natürlich nicht oft der Fall war. Wir unterhielten uns über die Heimat, über unsere Familien, wer wo ein Haus gebaut oder gekauft hat, wie lange man an den Grenzen anstehen musste usw. Die Differenzen sah man auch jeden Morgen am Frühstückstisch. Die wenigen deutschen Kolleginnen schmierten sich Butter und Marmelade aufs Brot, während eine von uns die Zwiebeln und die Paprikas in die Pfanne haute und sie dann kräftig würzte. Dazu gab es meistens noch Brotaufstriche aus der Heimat, genau wie Käse und einige Wurstprodukte und natürlich hart gekochte Eier mit Salz und Pfeffer. Denn immer fuhr jemand nach Hause und brachte dann anschließend auch etwas Leckeres für alle mit. Es war schön zu sehen, wie sich Kroaten, Serben und Muslime aus dem ehemaligen Land, die sich im Krieg noch bekämpft haben, alle zusammen an einem Tisch sitzen und lachen. Denn im fremden Land sind wir alle eins und halten zusammen.

München brachte mir nicht nur Glück in der Arbeit, sondern auch in der Liebe. Hier fand ich auch meinen deutschen Traummann Michael, mit dem ich jetzt schon viele Jahre glücklich zusammen bin. Der Mann, der mir in jeder Lebenslage zur Seite steht, mich immer von den schlechten Seiten des Lebens beschützt und eigentlich viel mehr als mein Mann ist, denn er ist auch mein bester Freund und der Vater meines über alles geliebten Sohnes. Wir drei sind ein unschlagbares Team und wenn das die Belohnung für mein außergewöhnliches und schweres Leben war, dann hat es sich voll und ganz gelohnt und für dieses Geschenk würde ich, wenn es sein muss, alles wieder von vorne machen.

Happy End

Seit ich die ersten Flüchtlingswellen aus der arabischen Welt in Europa ankommen sah, erinnerte mich das an meine eigene Vergangenheit. Eine Vergangenheit, über die ich ungern rede, da sie alte Wunden aufreißt und mich traurig macht. Der Gedanke, dass der Jugoslawienkrieg vollkommen umsonst war. Dass viele junge Soldaten, egal welcher Religion, grundlos sterben mussten, ohne irgendeine Verbesserung der Lage oder einem anderen tieferen Sinn. Dass wir unsere geliebten Familien und Freunde und unsere Heimat verlassen mussten und dass es nie wieder so sein wird wie früher, ist tief in mir verwurzelt. Ich habe meine Gefühle hinter einer dicken Eisentür versteckt, aber wenn die Lichter ausgehen und alles still wird, bohren sie sich durch den Stahl und ich denke, was wäre wenn ..., wo wäre ich jetzt ..., was wäre aus den mir nahestehenden Menschen geworden, wenn sie noch am Leben wären? Diese Gedanken habe ich jahrelang versucht, mit einer ganzen Armee von Schutzmechanismen von mir fernzuhalten, um mich nicht an meine Vergangenheit zu erinnern. Inzwischen führe ich ein schönes Leben mit tollen Menschen um mich herum, von denen nur die wenigsten etwas von meinem Nomadenleben wissen. Aber mit der jetzigen Flut der Menschen, die ihre Heimat verlassen mussten, kam alles wieder hoch. Seitdem träume ich häufig von unserem Haus in Travnik, von verstorbenen Mitgliedern der Familie und der heilen Welt davor. Ein tiefer Schmerz schlummert vor sich hin und schließt seine Klauen um mein Herz, wogegen ich vollkommen wehrlos bin.

Trotz allem, was passiert ist, sind meine Familie und ich der deutschen Republik sehr dankbar, dass sie uns aufgenommen hat, als es uns am Schlechtesten ging. Wir hatten nur das Nötigste bei uns. Deutschland gab uns die Sicherheit und die nötigsten Dinge zum Leben. Wir Kinder wurden meist gut behandelt, lernten die deutsche Sprache, was uns im weiteren Leben sehr viel gebracht hat. Die Deutschen sind sehr freundlich, zuvorkommend, lieb und pünktlich. Selbst wir Kinder hatten diese Eigenschaften bei unserer Rückkehr nach Kroatien im Gepäck. Es störte uns sehr, dass einige Kroaten bei ihrer Arbeit oft sehr kühl und desinteressiert waren. Keiner tat mehr, als er unbedingt musste. In keiner Behörde, in keinem Krankenhaus wurde einem am Schalter ein guter Tag gewünscht. Den Angestellten kam kein höfliches »Was kann ich für Sie tun?«, sondern nur ein barsches »Was willst du?« über die Lippen. Oft hätte ich diese Leute am liebsten nach Deutschland zu einem Benimmkurs geschickt. Wir hatten in den vier Jahren so viel Positives mitgenommen, dass wir selbst staunten, wie weit wir uns in Kroatien von der breiten Masse abhoben. Ich war ganz automatisch aufgeschlossener zu meinen Kollegen und dem Arbeitsumfeld gegenüber generell positiver eingestellt als viele meiner Mitmenschen. Nicht, weil das unbedingt in meiner Natur liegt, sondern weil ich dieses Verhalten bei den Deutschen einfach abgeschaut hatte. Danke Deutschland, dass ich so gut aufgenommen wurde und hier ein schönes Leben habe. Danke für die Freundlichkeit und Sicherheit, die wir jetzt mehr denn je brauchen. Danke, dass ich ein Teil von dem versprochenen Land sein darf, das so groß und tolerant ist, das ich als Gast aber auch immer respektiert habe. Die Gesetze, Bräuche und Kultur. Und dafür habe ich unendlich viel bekommen. Gerne möchte ich jetzt etwas zurückgeben. Jeden 6. Juni denke ich an den Beginn meiner lebenslangen Reise, der Vertreibung, des Krieges und bin froh, dass es jetzt geendet hat. Ich bin angekommen.

Nachdem ich den ganzen Tag intensiv über meine Vergangenheit nachdachte, legte ich mich erschöpft ins Bett und konnte erst lange nicht einschlafen. Irgendwann in den frühen Morgenstunden gelang es mir und im Traum saß ich zusammen mit Ani, Vater und Onkel Braco im tiefen Schnee vor unserem Haus in Travnik. Wir hielten zwei prallgefüllte Päckchen in den Händen, nur dass es uns diesmal der Nikolaus höchstpersönlich gegeben hatte. Ich empfand eine riesige Freude, weil ich den mysteriösen Mann endlich zu Gesicht bekam und der größte Wunsch meiner Kindheit in Erfüllung gegangen war. Bevor er mit seinen Rentieren und Geschenken davonfuhr, lächelte er mich an und sagte, dass ich mein Paket aufmachen sollte. Langsam zog ich an der wunderschönen Schleife und sah die leckersten Sachen, die ich bis dahin nur in den Schaufenstern der örtlichen Konditorei gesehen hatte. Mit Herzrasen griff ich hinein und zeigte sie Ani, die ebenfalls begeistert war und ihr Päckchen fest an sich drückte. Zum ersten Mal bekamen wir bessere Päckchen als die anderen Kinder und waren stolzer denn je. Der alte Mann mit dem weißen Bart nahm die Zügel in die Hand und schwebte mit seinen Rentieren dem sternenklaren Nachthimmel entgegen.

Dankesrede

Es gibt viele Menschen, die es verdient haben, hier erwähnt zu werden. Die Ehre, als erstes genannt zu werden, bekommt mein Mann Michael, der mich inspiriert hat, dieses Buch zu schreiben und mich dazu bewegt hat, meinen Lebensweg aufzuschreiben. Danke, dass du an mich glaubst und mir immer die größte Stütze im Leben bist.

Danke an meinen kleinen Sohn Ludwig, der ein liebes und braves Kind ist, der mir viel Zeit zur Verfügung gestellt und all die Nächte durchgeschlafen hat, damit ich in Ruhe an meinem Buch schreiben kann. Auf der Erde bist du mein größter Schatz!

Mein größtes Dankeschön geht natürlich an meine Familie. Mutter Ruzica (Rosie), die immer für uns da ist, uns gut erzogen hat und die beste Köchin der bosnischen Spezialitäten ist. Ich freue mich immer wieder nach Hause zu kommen, die elterliche Liebe zu spüren und natürlich auf die Kartoffel Pita, die einfach nur nach Heimat schmeckt. Danke an meine Schwester Ani (Anita), die eine der wichtigsten Menschen im meinem Leben ist. Danke, dass ich immer auf dich zählen kann, dass du meinen Sohn wie deinen eigenen liebst und danke einfach dafür, dass es dich gibt. Meine kleine Schwester Marta (Martina) oder auch Nini ist ebenfalls eine wunderbare Person, die mitten im Krieg geboren wurde. Danke Nini, dass du immer für mich da bist, mich bei all meinen Ideen unterstützt und an mich glaubst. Nini hat gerade ihr Studium abgeschlossen. Herzlichen Glückwunsch! Ein riesiges Dankeschön geht natürlich auch an meinen tapferen Vater Vlado, der für die Familie sein Leben geopfert hätte und der für uns gekämpft hat – im wahrsten Sinne des Wortes. Der keine Furcht kannte und uns durch unser Leben geführt hat. Du bist und bleibst unser Held.

Danke an meine treuen Freundinnen, die mich seit einer ganzen Ewigkeit durchs Leben begleiten. Kristina, du bist mein Schatz, auf dich kann ich immer zählen, genau wie du auf mich. Silvi (Silvija) und Dani (Danijela), danke für die tolle Zeit in Knin. Ich freue mich immer wieder von euch zu hören oder noch besser euch zu sehen. Jelena, bleib so wie du bist. Die Kinder, die du betreust, können sich glücklich schätzen, so eine Schwester zu haben.

Ein besonderer Dank geht an meine Lektorinnen Frau Christine Hochberger und Nadine Nierzwicki, die viel Arbeit mit mir hatten. Danke, dass Sie sich so viel Mühe und gute Ratschläge gegeben haben.

Zudem möchte ich mich bei meiner Schwägerin Betina Fichtl für ihr Engagement herzlich bedanken. Bist eine tolle Künstlerin.

Danke an alle Leser, die sich entschieden haben, etwas mehr über das Leben eines Flüchtlings zu erfahren. Denn das Schicksal jedes einzelnen Menschen ist anders und unterscheidet sich von der Masse, die wir aus dem Fernseher kennen. Auch Flüchtlinge sind würdevolle Menschen mit Leib und Seele.

Und zum Schluss möchte ich mich bei den Soldaten der Kroatischen Einheit bedanken. Dafür, dass ihr euer Leben riskiert habt, um eure und fremde Frauen und Kinder zu schützen. Ohne euch gäbe es viele von uns nicht mehr und dieses Buch würde höchstwahrscheinlich nicht existieren. Ihr habt das getan, wofür ein Orden für jeden das Mindeste gewesen wäre und es ist eine Schande, dass ihr und eure guten Taten oft in Vergessenheit geraten.

Hier noch ein Appell an alle Bürger von Ex-Jugoslawien: Lasst uns die Vergangenheit hinter uns lassen und nur nach vorne schauen. Wir müssen wieder miteinander leben und uns zumindest respektieren. Lasst uns die Nachbarn und Mitmenschen wieder in unsere Herzen schließen und versuchen, wieder eine Einheit zu werden wie vor dem verdammten Krieg auch.

In Liebe,
Jana Bilic